: NE VEUX PAS ÊTRE LÀ

ıı L7

DU MÊME AUTEUR

ROMANS

Caramelle,
Éditions Bernard Barrault, 1989.

Au Petit Marguery,
Éditions Bernard Barrault, 1991.

Le Roman des Quarks,
Éditions Julliard, 1995.

La Paresse de Dieu,
Éditions Julliard, 1998,
Grand Prix de la littérature policière.

THÉÂTRE

Les Femmes de la Petite Couronne,
Éditions Lansman, 1995.

LAURENT BÉNÉGUI

JE NE VEUX PAS ÊTRE LÀ

roman

Julliard
24, avenue Marceau
75008 Paris

ISBN 2-260-01717-7

Pour Lilou et Ilona

C'est par le doute que nous venons à la recherche et par la recherche que nous percevons la vérité.

PIERRE ABÉLARD, XIIIe siècle

La radio de l'autoroute diffusait un flash d'information sur les titanesques embouteillages du week-end. Plus de trois mille kilomètres de carcasses ventousées les unes aux autres sur les routes de France. Du ciel, les pare-chocs et les calandres avaient paru soudés sur le goudron surchauffé de juillet. La veille et l'avant-veille, le ver multicolore s'était étiré sans interruption de la Norvège à la Méditerranée.

Fred Braz sourit en fixant du regard quelques centaines de mètres en avant le seul reflet métallique sous le soleil. Il avait dépassé la 404 blanche à plusieurs reprises mais elle mettait à profit chacun de ses arrêts pour le doubler à nouveau. Instinctivement, il accéléra. Le moteur de la puissante Volvo émit un ronronnement plus sourd. Il sentit l'infime trépidation se transmettre à ses poignets depuis le volant. L'inclémence policière envers les conducteurs en excès de vitesse avait été promulguée peu avant les vacances ou juste après les élections. Quand la voiture franchit les cent cinquante kilomètres à l'heure, il relâcha la pression exercée sur la pédale et la brillance de la 404 s'évanouit au détour d'un coteau qu'enlaçait l'autoroute.

Fred n'avait aucune hâte que s'abrège ce voyage, tant chaque minute lui prodiguait un plaisir dont il s'estimait rationné le reste de l'année.

Dix doigts de pieds nus, aux ongles illuminés de vernis rose fluo, pianotaient sur le tableau de bord. Ils dansaient en rythme avec l'ombre de la souris blanche porte-bonheur, suspendue au rétroviseur. Fred observa Alicia du coin de l'œil. Elle farfouillait dans une pochette en plastique noire, comme si sa propre vie en dépendait. Peut-être son bien-être tenait-il aux sensations délivrées par certains des tubes gravés de manière illégale. Sinon, pourquoi les aurait-elle écoutés en boucle du réveil au coucher, ne quittant certains jours ses oreillettes que pour franchir le seuil de la cabine de douche ? Il essaya de se souvenir si son propre bonheur découlait autrefois d'un refrain des Floyd ou des Stones. Il s'avéra, à la réflexion, que cinq ou six cartons à chapeau lui auraient été nécessaires à l'époque pour emporter autant de vinyles que la pochette de sa fille contenait de CD.

Alicia avait revêtu un short en éponge bleu turquoise et un tee-shirt orange sur lequel était imprimé devant le triangle poilu d'un sexe de femme portant la mention *good Bush* et, derrière, le visage du président américain George W. Bush portant la mention *bad Bush*. Deux tongs, ornées de marguerites synthétiques multicolores, égayaient le tapis de sol de la Volvo.

À dix ans, Alicia leur avait expliqué qu'à son premier baiser sur la bouche le garçon avait dû se hisser sur la pointe des pieds. Elle avait réclamé une connexion ADSL afin de pratiquer le *chat* et le *peer to peer*. Elle raffolait des sushis de thon, picorés devant les bonus de *Némo*. Le cinquième tome de *Harry*

Potter l'avait absorbée un week-end entier sans qu'elle éprouvât le besoin d'ôter le pouce de son bec. *Spiderman 2*, au cinéma, l'avait déçue, car elle ne se sentait pas concernée par la difficulté d'être un super-héros dans le monde moderne. Le groupe Nirvana avait ses faveurs en dépit du controversé suicide de Kurt Cobain. Les gays devaient avoir le droit de se marier, puisque papa et maman l'avaient fait. On ne disait plus texto mais SMS. Son ami Kaya ne comprenait pas pourquoi on faisait un tel foin de *l'entrée de la Turquie*, puisqu'ils jouaient en coupe d'Europe. Elle pleurait des larmes de crocodile si sa meilleure amie, Manon, négligeait de l'appeler au téléphone dans le quart d'heure qui suivait leur retour du collège.

Fred ne saisissait pas toujours ce mélange de maturité, qui dépassait sans conteste la sienne au même âge, et d'ingénuité sidérante. Deux rameaux divergents de l'enfance de sa fille s'étaient développés saison après saison, sans qu'il y prenne garde et, au fond, et malgré toute son attention, sans qu'il y prenne tout à fait part. En tant que père, à quarante-six ans, il devait accepter l'idée qu'Alicia était elle-même, depuis le premier jour. Une semi-étrangère, qui avait créé la brèche, l'irruption la plus déterminante dans sa vie.

Pour l'heure, ils roulaient, en ce premier jour de vacances, sur une autoroute du Sud pratiquement déserte et venaient de dépasser Dijon.

— Si on pouvait remonter le temps, dit Alicia, on serait ici, hier à la même heure, bloqués avec le reste du troupeau, à transpirer comme des œufs…

— Des bœufs, on dit des bœufs… transpirer comme un bœuf…

— Non, on dit plus comme ça, rétorqua-t-elle en brandissant un CD.

La galette argentée portait un titre calligraphié au feutre indélébile rose, entouré d'étoiles et de symboles bleus. Fred avait depuis longtemps renoncé à s'interroger sur le sens de ces graphismes que seul l'agent d'un service du chiffre aurait pu décrypter. Il croyait néanmoins savoir que cela servait à sa fille et aux siens, à reconnaître qui avait gravé et depuis quelle source.

— C'est idiot, reprit-il, il n'y a rien qui transpire moins qu'un œuf...

— Manon dit aussi que les chiens ne font pas des rats... ça, c'est inattaquable...

— Certes.

— Et aussi, chercher une anguille dans une motte de coings... c'est des codes entre nous, une reconnaissance.

— Tribu, quoi.

— Ça se dit plus non plus, ça. On n'est plus en l'an 2000...

— Bien sûr.

— Papa, tu t'es déjà demandé qui conduisait la voiture qui était en tête dans un embouteillage ?

Fred sourit. Il savourait le moindre instant de ce trajet. Pour un peu il en aurait fermé les yeux, mais ce n'était pas prudent.

Sur 107.7 la voix du présentateur signala la présence de chevreuils et de cerfs dans les zones boisées entre Beaune et Mâcon. Il allait délivrer un bulletin météo quand Alicia glissa le CD dans le lecteur.

— Ça te gêne pas si j'arrête la radio ?

Elle choisit une plage et James Brown retentit dans l'habitacle. « Like a Sex Machine ».

— Tu écoutes du James Brown ?

— Me dis pas que tu préfères la Star Ac'…

— Non, mais je ne savais pas que tu connaissais… et que tu aimais ça… et puis les paroles… sont un peu…

— Quoi ?

— Osées…

Elle se mit à balancer ses petits orteils au rythme de la musique funk.

— Alors, tu ne m'as pas répondu, reprit Alicia… dans la voiture de tête de l'embouteillage, le premier ?

— C'est une question sur laquelle ont bossé pas mal de mathématiciens et de physiciens… répondit Fred. Ça a à voir avec la mécanique des fluides… Je crois même qu'il y a eu un prix Nobel qui s'est penché là-dessus, mais je ne suis pas sûr qu'on ait vraiment la réponse…

— Moi je l'ai.

— Ah.

Alicia prit le ton le plus sérieux et le plus concentré qu'elle put.

— Le mec qui conduit cette voiture s'appelle Raoul Peulard, il a cinquante-sept ans, il travaille au Crédit Agricole, il est marié et père de trois enfants.

Puis elle se tut. Un instant, seule la voix du grand chanteur noir américain résonna dans l'habitacle.

Fred tourna la tête sur la droite, où le guettait le sourire espiègle d'une petite fille de onze ans qui était la sienne. Ensemble ils éclatèrent de rire.

Au kilomètre 386, après le péage de Fontainebleau, la Volvo S80 gris métallisé doubla en miaulant du klaxon la 404 blanche dont les cinq passagers tournèrent la tête en même temps sur la gauche.

Ils aperçurent à l'intérieur un père et sa fille qui chantaient à tue tête.

— *Guileuoulop... I am on the scene... like a sex machine...*

Une grenouille coassa à côté du pommeau du levier de vitesse.

— Maman, c'est maman, bondit Alicia, en récupérant le téléphone portable de Fred.

Depuis qu'Alicia leur avait indiqué comment personnaliser leurs sonneries, de nombreuses discussions avaient opposé Fred et Claire. Lui prétendait que c'était la plus surprenante. Elle jugeait d'un goût douteux d'avoir été associée à un batracien.

— Alicia, ça va ?...

— Oui, ça va maman, et toi, elle est bien la maison ?

— Géniale, répondit Claire. Elle est magnifique, en vieilles pierres, c'est un vrai mas... Papa t'a pas dit ?

— Si, mais il embellit toujours.

— Je suis autour de la piscine... l'eau est carrément à trente-deux, il y a des oliviers partout et ça sent la lavande... Et vous ça va ? Ça roule comme prévu ?

— Génial, y a personne sur la route...

— J'ai hâte que vous arriviez...

Alicia adressa à son père un regard qui ne tolérait aucune hésitation.

— À quelle heure on arrive, papa ?

— Ça dépend... avec arrêt saucisses-frites ou sans ?

Fred, muni d'un mastère en physique quantique et structure de la matière, avait commencé à travailler pour Browers, sept ans plus tôt. La société américaine était leader mondial de la conception et de la fabrication de filtres, présente dans la pétrochimie, la santé, la microélectronique, mais aussi dans le domaine militaire et l'agroalimentaire.

Fred se déplaçait en France partout où il était nécessaire de filtrer de l'eau, du gaz, du sang, de l'huile, de la peinture et des acides. Son expertise couvrait un spectre particulaire allant du nanomètre au millimètre. Le lundi il prenait la route pour évaluer un filtre de circulation extracorporelle dans un service de chirurgie vasculaire du sud, ou se rendait à l'est dans une station d'épuration d'eau municipale et ne revenait que tard le vendredi. Promu directeur pour l'Europe de l'Ouest, il lui arrivait d'avoir à apporter à ses clients étrangers une solution de séparation, clarification, purification, en urgence, ce qui revenait à sauter le week-end et à ne revoir les siens qu'après deux semaines d'absence.

Depuis son embauche, il y avait eu nombre de parkings où il avait attendu dans les brumes froides de l'hiver que le moteur de sa voiture consente à démarrer, nombre de couloirs d'hôtels aux tapis épais qu'il avait foulés sans hâte à la nuit tombée, nombre de bancs sur les quais de gares où il s'était assis, les yeux clos, laissant la brise tiède de printemps lui souffler de meilleurs endroits. Ces moments gris, le flux de sa propre existence, lui avaient parfois paru s'écouler au travers d'une membrane dont il craignait qu'elle puisse retenir jusqu'aux plus infimes vapeurs de l'amour qu'il portait à sa femme et à sa fille.

Fred avait accompagné du mieux qu'il avait pu la grossesse de Claire. Le ventre de sa femme s'était arrondi sous sa main, il l'avait couvé de sa paume le plus souvent possible et, au cinquième mois, il avait senti les tressaillements du petit être. De simples hoquets au début, de lointains appels contre la paroi, transformés semaine après semaine, en reptations sensées, créant sur l'abdomen tendu des ondulations pareilles à celles d'une main sous un foulard de soie. La complicité avec ce ventre avait été sa façon d'intégrer l'aventure, le coin qu'il avait calé dans la grossesse de sa femme, conscient que ses propres organes allaient être épargnés, qu'il allait leur être évité d'avoir à laisser croître un organisme en leur sein, que ses vaisseaux sanguins n'allaient pas se câbler inextricablement à ceux d'une vie en devenir et que, malgré toute sa connaissance des filtres, il n'allait jamais accueillir le placenta de quiconque. Exempt de la chair de l'enfant. Juste père.

L'accouchement l'avait laissé sans ressources physiques, comme si les siennes avaient été absorbées par le formidable effort de Claire. Des milliers de fois, il avait revu le visage de sa femme, contracté par la violence musculaire, les rides de tension sur son front rougi et mouillé, le tapis de veines turgescentes sur ses tempes, la raréfaction de ses lèvres rendues à un trait violet qui ne s'était ouvert que pour laisser un ahanement s'échapper. Un cri d'avant, de toujours. Et puis la première image qu'il avait gardée de sa fille, celle d'une mèche de cheveux roux arrivant sur terre, inscrite au départ entre les cuisses de sa mère et dans le cerveau de son père. Cela faisait toute la différence.

Il était resté debout, à la tête de sa femme allongée sur la table d'accouchement, ne sachant que faire de ses mains, de sa propre respiration, comme si, à mesure que les larmes coulaient sur ses joues, une eau plus généreuse le remplissait. L'amour avait déferlé en lui comme à l'intérieur d'un moule, créant un sentiment inaltérable, voué à un être qu'il ne connaissait pas une minute plus tôt.

Ensuite Alicia avait fait comme les autres. Des régurgitations, des dents, lustrer le parquet avec sa nuque, puis avec son ventre et sa langue, et enfin, de ses genoux. Elle avait mâché, marché, parlé. Quand elle avait eu trois ans un chasseur de têtes de Browers avait recruté Fred. Il avait dû laisser Alicia grandir sans lui. Encore une fois. Comme dans le ventre de sa mère. Mais cette fois elle n'était plus connectée à personne.

— Avec ! Saucisses-frites, œufs à la neige et Coca ! répondit la gamine, qui appréciait particulièrement les restaurants d'autoroute.

Fred connaissait la réponse à l'avance, mais n'avait pu se priver de voir les yeux d'Alicia briller davantage.

— Alors dis à maman qu'on a passé Auxerre, et qu'on arrivera aux alentours de seize heures…

La conversation entre la fille et la mère se poursuivit quelques instants.

Ce M. Monge, le propriétaire du mas, avait fait les choses correctement. Il était venu chercher Claire à la gare, comme convenu, lui avait offert quelques légumes de son jardin et rempli le frigo de bouteilles d'eau. Il avait également acheté des matelas pneumatiques gonflables pour la piscine. Le soleil tapait dur mais le terrain était ombragé.

Fred leva les yeux au ciel et observa quantité de nuages noirs et globuleux qui avaient surgi dans l'azur jusque-là immaculé. Ils s'aggloméraient et se tassaient contre l'horizon, formant le commencement d'une barrière entre eux et le Midi, laquelle, s'ils avaient un peu de chance et s'ils ne traînaient pas à table, allait attendre leur passage pour se refermer.

Le pictogramme de la fourchette et du couteau enlacés grossissait rapidement sur un panneau qui indiquait l'aire de Venoy-Grosse-Pierre à trois kilomètres. Fred le désigna du doigt.

Alicia opina vigoureusement du chef en envoyant un dernier baiser à sa mère, puis elle referma le clapet du mobile et rejeta la tête en arrière.

Elle passa mentalement en revue les tartes aux fraises, saucisses-frites et autres mousses au chocolat dont elle se rapprochait à plus de cent trente kilomètres à l'heure, les yeux mi-clos, exclusivement concentrée sur le contenu de son prochain plateau-repas.

Le soleil, de ce côté de la frontière de nuages, transperçait l'écran teinté du pare-brise et irradiait sa peau pâle. L'astre avait, peu après la première année d'Alicia, semé quelques poignées d'éphélides sur ses pommettes et la base de son petit nez. Il était légitime qu'il assiste à présent au succès de son entreprise et caresse avec douceur les boucles d'un roux tendre, éparses sur le front de l'enfant.

Les deux plateaux en plastique beige se choquèrent en bout de course contre l'arrêt en inox. Les assiettes empilées manquèrent de verser et trois frites atterrirent sur la tarte aux poires. D'un geste vif, Alicia les ramassa et les fourra dans sa bouche. Même si elle avait été raisonnable, si elle avait choisi par exemple une entrée, un plat et un dessert, ceux-ci n'auraient pas tenu sur un plateau avec le pain, le verre et les couverts. D'où l'empilement nécessaire, et l'accident à la caisse.

Une assiette de frites, en plus des spaghettis, et un dessert de secours, au cas où la mousse au chocolat déçoive, mais aussi pour compenser l'absence d'œufs à la neige, n'avaient rien arrangé à l'affaire. Fort heureusement son père s'était contenté d'un poulet aux petits pois et d'un morceau de camembert.

— T'es sûr que tu auras assez, papa ?

Comme Fred ne réagissait pas, Alicia releva les yeux et le trouva, absorbé, le regard fixe. Elle tourna la tête et vit qu'il lorgnait avec application sur les seins de la caissière. En réponse, les tétons semblaient pointer avec arrogance sous un débardeur, taille petit douze ans.

La jeune femme termina de taper les prix sur le clavier digital de sa caisse, puis elle déchira le ticket et le tendit à Fred en disant :

— Quatorze euros quarante, monsieur… en vous remerciant…

En le remerciant de quoi ? s'étouffa Alicia. De ne pas répondre à sa propre fille ? De mater ses nibards ? De lui décocher un sourire qui dégoulinait comme une guimauve ?

Furieuse, la gamine s'empara du plateau. La coupe de mousse au chocolat chavira sur l'assiette de crudités.

— Merde !

— Tu veux qu'on la change ? demanda Fred. Puis à la caissière : mademoiselle ?…

— Aucun problème, monsieur, minauda celle-ci en se tortillant sur son tabouret.

— Non… Ça va, laisse tomber, bougonna Alicia, en ramassant et en essuyant le bord de l'assiette avec sa serviette.

— Tenez, mademoiselle…

La fille à la caisse, lui tendit une serviette en papier.

— C'est bon je vous dis, répliqua sèchement Alicia. Puis elle s'éloigna avec son plateau, en poussant un soupir.

Elle marcha deux mètres, s'arrêta, se retourna et vit la caissière saisir la carte de crédit que lui tendait Fred. Elle fut persuadée que la fille avait effleuré les doigts de son père.

Fred attendait que le sabot électronique établisse le contact avec sa banque et, pendant ce temps, la fille, bras joints derrière la nuque, s'étira. Ses seins manquèrent de déchirer le fin tissu rouge. Il était clair qu'elle prenait du plaisir à se laisser observer.

Écœurée, Alicia se détourna et partit à la recherche d'une table libre.

Le self était enfumé et empestait la friture, elle avait besoin d'air et d'espace. Elle sortit et s'installa en terrasse, à l'abri d'un parasol. Un peu plus loin, au-delà du parvis, une sculpture en forme d'anneau sectionné trônait au centre d'un bassin vide. Une fontaine en panne. Plus en arrière encore se dressait le bâtiment circulaire de l'archéodrome de Bourgogne. Alicia avait lu qu'on pouvait y observer quelques bifaces néolithiques et une reconstitution des prémices du mode de vie agraire, mais, à cet instant, elle se sentait modérément concernée par le patrimoine de l'humanité.

La saignée de l'autoroute se dessinait à moins d'une cinquantaine de mètres. Elle vit deux semi-remorques, puis la 404 blanche, précédés d'une rumeur assourdissante, passer à vive allure sous l'arche qui franchissait les voies.

Une larme pointa au coin de son œil. Sûrement un courant d'air, une de ces maudites poussières soulevées par la circulation.

Partir avec son père, c'était prendre le temps que le reste du temps ne leur accordait pas. Comme des vacances avant les vacances. Elle s'en était fait une telle fête. Elle avait exprès copié le CD de ce croulant de James Brown et mit ses tongs à marguerites parce qu'elle savait qu'il les appréciait. Pourquoi fallait-il qu'à la première occasion il la délaisse pour une tasse sortie tout droit d'une émission de téléréalité ?

— Elle était un peu jeune, tu sais…

Alicia sursauta et se raidit quand il s'assit auprès d'elle.

— De qui tu parles ?

Fred sourit, il avait choisi d'opter pour la méthode douce.

— Tu es une jeune fille vive et curieuse et je sais que tu as parfaitement noté le petit jeu de la caissière… assez mignonne, certes, mais pas à mon goût…

Alicia lui décocha un regard torve, pas convaincue pour deux sous.

— Quand tu auras son âge, tu seras infiniment plus jolie qu'elle, et tous les garçons te regarderont… peut-être alors que cela te fera plaisir… Il suffit juste de savoir quoi faire de ces regards…

— Quoi alors ? demanda-t-elle, à peine adoucie par le compliment de son père.

— Un regard reste le plus souvent un regard et c'est bien comme ça… cela ne porte pas à conséquence. Cela ne veut pas dire, par exemple, que l'on n'aime plus les gens que l'on aime.

Alicia tourna la tête en direction de l'intérieur, mais la fille était hors de son champ de vision.

— Mouais… et elle croqua une frite.

Fred entreprit de découper son poulet. Il prit le ticket de caisse de leur repas et le glissa sur la table en direction de sa fille. Dessus était écrit au stylo à bille : Jennifer – 06 09 68 91 11.

Les yeux d'Alicia s'ouvrirent comme des billes.

— Elle t'a filé son numéro ?

— Oui, fit Fred en avalant une bouchée de petits pois.

— Alors ça… Jennifer…

Les pensées d'Alicia se bousculèrent. Ce genre de fille était sans surprise, ne se contentant sûrement pas d'un regard sans conséquence. Elle devait être loin de se prendre pour un tableau qu'on regarde sans avoir le droit d'y mettre les mains. En même temps son père lui montrait le papier… c'était donc qu'il jouait franc jeu.

Quand même, elle était gonflée cette fille. Lorsque Manon avait voulu que Günez l'appelle, elle avait suggéré à Alicia d'en parler à Chloé, qui l'avait rapporté au cousin de Samir qui connaissait bien le frère de Günez. Cela avait monopolisé l'attention de toute la classe à chaque récréation pendant une semaine. Maintenant, ils se téléphonaient sans intermédiaire, mais de toute façon Manon trouvait que Günez passait trop de temps à dessiner des elfes.

— Tu vas l'appeler ? finit-elle par demander.

— Pour quoi faire ?

Alicia ne répondit pas, elle n'était pas certaine de la réponse d'ailleurs.

Elle vit Fred déchirer le petit ticket de caisse et le laisser se disperser au gré du vent frais qui se levait.

Elle eut un sourire et frissonna. Son père lui couvrit les épaules de son gilet.

— Mange ou ça va être froid…

Alicia fit « oui » de la tête, mais avant de saisir sa fourchette elle s'empara de la main de son père et la serra fort dans la sienne.

— Comme quand j'étais petite, et qu'on allait se promener…

Fred l'embrassa dans le creux du cou et elle rougit.

Le vent se mit à souffler plus fort. Les nuées avaient achevé de boucher le ciel. Une tache claire persistait dans la direction de l'autoroute, de la forme d'un trou de serrure, dans laquelle Fred douta qu'ils aient désormais le temps de se glisser. La lumière se teintait d'un bleu électrique, il se dit qu'ils n'allaient plus échapper à l'averse.

Après avoir englouti ses crudités, sa saucisse, ses pâtes et ses frites, Alicia attaqua sans mollir son premier dessert.

— On ne va peut-être pas traîner, lui dit Fred.

— J'ai presque fini, fit-elle, la bouche pleine. Puis quand elle fut vidée : Dis papa ?

— Oui ?

— Il doit y avoir d'autres femmes comme ça... qui te laissent leur téléphone, pendant la semaine... quand tu n'es pas à la maison...

Fred ne put s'empêcher d'apprécier. Il avait baissé sa garde quelques minutes et la gamine plaçait une banderille.

— Et peut-être... poursuivit Alicia... qu'elles ne sont pas toutes aussi jeunes...

— Tu veux savoir si j'ai déjà trompé maman, c'est ça la vraie question ?...

— Euh...

— J'aime ta mère et je ne l'ai jamais trompée. Je t'aime et tu es ma seule fille. Vous êtes mon trésor et pour rien au monde je ne prendrais le risque de le perdre.

Alicia hocha la tête. La réponse sembla la satisfaire. Fred reprit la parole :

— Il faut faire confiance aux gens qu'on aime.

— Mais je te fais confiance, papa...

— Moi aussi je te fais confiance.

— Tu sais, reprit l'enfant, je suis heureuse d'avoir attendu pour partir avec toi, ça valait bien deux jours de vacances...

— Ça, ça me fait très plaisir... mais fais vite, parce que sinon on va se prendre la sauce...

En rapportant les plateaux vides sur les présentoirs, Fred se débrouilla pour faire écran entre Alicia et la caissière. Il ne voulait pas prendre le risque que sa fille découvre que le prénom de la jeune femme au débardeur rouge était Marie, comme indiqué sur le badge posé à côté d'elle. Cette dernière préférait sans doute ne pas l'épingler, afin de préserver la vue offerte sur son buste. Fred s'était dit qu'avec un prénom tel que Jennifer son histoire de numéro de téléphone allait être plus crédible. Il serra dans sa poche le stylo à bille avec lequel il avait écrit sur le ticket. C'était le seul moyen qu'il avait trouvé pour éteindre l'incendie qui menaçait. En déchirant le ticket devant sa fille, il lui avait démontré de la manière la plus objective qui fût, qu'il n'était pas intéressé par la donzelle à la poitrine insolente.

Fred avait eu plusieurs maîtresses, çà et là, au gré de ses missions, mais jamais de vraie liaison. Son travail le jetait sur des routes, dans des hôtels et des entreprises où des femmes, jeunes ou moins jeunes, célibataires ou mariées, satisfaites ou insatisfaites, avaient le goût pour une aventure d'un moment. Il était grand, mince et entretenait sa forme physique en courant dès qu'il le pouvait. La seule chose qu'il n'omettait jamais dans ses bagages était sa paire de chaussures de jogging et son vieux short gris. À quatre années du demi-siècle, il voulait ralentir la progression de la méforme. Il était séduisant et le savait. S'il ne cherchait pas les rencontres, il les refusait rarement lorsqu'elles se présentaient.

Sa connivence sexuelle avec Claire restait parfaite après dix ans, ils n'aimaient rien autant que se donner du plaisir l'un l'autre, et ce qui se passait en dehors des instants où ils étaient ensemble n'était jamais abordé.

Claire aussi restait solitaire des jours durant, et son métier d'antiquaire ne la mettait pas à l'abri des sollicitations. Elle avait trente-huit ans et était petite et fine, d'apparence presque fragile mais musclée. Elle avait des seins hauts et fermes et des fesses rondes comme des pommes. Brune, les yeux noisette perçants, un sourire qui pouvait jaillir à tout instant comme une lame et fendre les cœurs les mieux défendus. Certains marchands plus ou moins avisés, quelques jeunes bobos amateurs d'Art déco, des touristes nantis restaient parfois plus longtemps dans sa boutique que ne le nécessitait le choix d'une lampe en Bakélite.

Une chose était nette, bien qu'elle n'eût pas été explicite : Fred et Claire ne révélaient jamais rien de ce qui pouvait se passer à l'extérieur. Le secret était le ciment de leur union. Le mensonge, le recours nécessaire pour le préserver. Ils partageaient l'idée que la franchise était un artifice destiné à soulager la bonne conscience de celui qui trompe et que deux personnes qui s'aimaient n'étaient pas là pour se dire la vérité mais pour se faire du bien. L'exactitude eût été le meilleur moyen de saper le socle de respect réciproque sur lequel reposait leur union. Eux ne commettaient aucun manquement, puisqu'ils s'aimaient sincèrement et depuis longtemps.

Des amis les avaient plaisantés sur le bilan de leur vie sentimentale, qu'ils imaginaient chahutée par l'absence, prêchant le faux pour savoir le vrai. Ces fouineurs s'étaient heurtés à leur front uni et d'apparence naïve.

— Pour quelle raison j'irais chercher ailleurs ? disait Fred. J'ai une femme désirable et intelligente.

— Dites-moi pourquoi je prendrais le risque de ruiner le désir provoqué par l'attente ? Vous verriez ce qui se passe quand on se retrouve..., ajoutait Claire, en décochant un sourire à son mari qui séchait instantanément la gorge des autres hommes présents.

Ils avaient une fois abordé le sujet après avoir fait l'amour.

— As-tu jamais connu un autre homme depuis que nous sommes ensemble ? lui avait demandé Fred.

— Non, et toi, as tu connu une autre femme depuis ?

— Jamais et je n'en connaîtrai jamais.

— Moi non plus.

Puis ils s'étaient endormis, corps mêlés et repus, ayant entendu ce qu'ils voulaient entendre. Et que donc souhaiter d'autre lorsque l'on aime une personne, qu'elle vous comble de plaisir en actes, mais aussi en paroles ?

Alicia et Fred quittèrent le self de Venoy-Grosse-Pierre et sa caissière sans remords. Ils détalaient vers la voiture, lorsque les premières gouttes de pluie s'écrasèrent à gros flocs sur le pare-brise, comme des insectes transparents.

Alicia appuya sur la télécommande et se précipita vers sa portière. Ils pénétrèrent simultanément dans l'habitacle. Alicia introduisit la clef dans le contacteur. Fred la tourna. Le moteur vrombit sous leurs pieds.

— Et maman, tu l'as rencontrée comment ? Elle t'a laissé son téléphone sur un ticket de caisse ?

— Tu veux vraiment que je te raconte ?

— *Yes !*

— Je te préviens, ça va être très long...

Fred actionna la commande des essuie-glaces.

— On a plusieurs heures devant nous, fit la gamine en se tassant dans son siège, reproduisant instinctivement le geste qu'elle effectuait à l'âge de deux ans, lorsque, au moment du coucher, son père commençait à lui raconter une histoire.

Fred mit le clignotant, il enclencha la première et la Volvo s'ébranla en direction du sud noirci par les nuages.

— Cette histoire trouve son origine, il y a près d'un siècle à Cuba... juste avant la Première Guerre mondiale.

La voix de Fred transporta alors doucement la gamine au Pays basque, un matin de septembre 1913, alors que l'Europe se boursouflait de puissance et que le travail se raréfiait dans les régions où ne s'assemblaient pas des canons. Plusieurs guerres avaient éclaté dans les montagnes des Balkans et menaçaient de propager aux autres nations leur modèle belliqueux.

Plus à l'ouest en d'autres monts, là où les Pyrénées plongeaient dans l'océan Atlantique, la contrebande avec l'Espagne était devenue dangereuse et d'un mauvais rapport. Le roi Alphonse XIII, soucieux d'affirmer sa neutralité dans le conflit annoncé, avait choisi de marquer sa différence en déployant le long de ses frontières de nombreux carabiniers. Aberri eta Askatasuna, le premier parti nationaliste basque avait vu le jour trois ans plus tôt et nombre de jeunes se déclaraient nés en province de Guipúzcoa, pour ne pas faire leur service au régiment. Ils étaient fiers de leur langue unique, vifs joueurs de pelote et légers danseurs de fandango, par essence réfractaires aux idées expansionnistes, épris de leur pays mais encore plus épris de la liberté que de leur pays.

Imanol Iparrateguy, le grand-père de Fred, était l'un d'eux.

— À l'âge de dix-huit ans, il s'embarqua clandestinement à bord d'un navire en partance pour la Floride, avec, pour tout bagage, une grappe de raisin et un colt chargé de trois balles dans le barillet...

Alicia, les oreilles grandes ouvertes, déglutit et se pelotonna davantage dans son siège.

Du fond de la sentine où il croupissait depuis le départ, Imanol examina longuement le grain de raisin avant de l'avaler. Il n'en restait que neuf sur la grappe. De quoi tenir trois jours au rythme d'un par repas. Pas plus. C'était ainsi qu'il survivait depuis le début de la traversée, grâce à un cep racorni préservé de la vermine dans le fond de son béret de laine. Il avait pensé qu'en se glissant à bord d'un cargo bananier il allait trouver en quantité suffisante de quoi s'alimenter pendant le trajet, mais le navire rentrait les cales vides.

L'essor de la marine de guerre allemande gênait le commerce entre le Vieux Continent et l'Amérique. Les désirs d'annexion étendaient leurs griffes par-delà la Méditerranée, jusqu'en Afrique et plus loin en Orient. Il n'était pas rare qu'un navire soit affrété sans qu'on puisse jurer que les soutes allaient être pleines au retour.

La grappe de raisin avait également fait office de calendrier, car le soleil ne pénétrait jamais le fond de cale où le jeune homme avait trouvé refuge. L'endroit était séparé de la salle des machines par une cloison d'acier rouillé qui vibrait dans son dos sans répit. Le rythme assommant des moteurs variait certes de temps à autre, et c'était le seul indice qu'il avait que le monde extérieur n'était pas devenu lisse et uniforme. Mais rien ne pouvait lui indiquer quand la nuit chassait le jour et quand le jour le rapprochait un peu plus de la Floride.

Il avait mangé quarante-huit grains de raisin, à raison de trois par jour, et, en supposant que son estomac avait conservé une certaine régularité dans ses réclamations, on devait atteindre aujourd'hui le seizième jour de traversée.

Il avala le quarante-neuvième grain en se disant que cela ne pouvait plus durer très longtemps. Il n'y avait eu ni avarie ni tempête, et, selon la force des vents et des marées, c'était à peu près le temps nécessaire pour relier l'Amérique.

D'ailleurs il était plus que temps d'arriver à destination. Le goût des baies se faisait sûr et elles prodiguaient moins de jus, bientôt il n'allait avoir que des pépins à croquer.

La barbe d'Imanol avait poussé sur sa mine hâve. Son profil aigu de Basque sous le béret, dont il ne se séparait que pour dormir, paraissait plus basque encore. Dès son arrivée à Miami, il allait se mettre en quête du fronton. Depuis plus d'un siècle les Basques émigraient vers l'ouest et, de San Francisco à Montevideo, il y avait toujours eu un fronton pour les rassembler. Imanol ferma les yeux et vit les pelotaris, leur pantalon blanc noué d'une ceinture rouge, leur chemise de coton blanche et leur béret posé sur les gradins de pierre autour de la place du jeu de paume. Ils jouaient une partie de *joko-garbi*, fouettant l'air chaud du petit gant. Il allait leur donner des nouvelles de leur pays, de ces montagnes vert et brun qui changeaient de teinte cent fois dans la journée, des troupeaux accrochés aux pentes escarpées, si haut qu'on les croyait déposés là par les doigts méticuleux de Dieu. Il allait aussi leur parler de l'océan ourlé d'écume des terres du bas, et des chants des hommes qui retentissaient depuis les galeries à balustres des églises. Le plus beau pays du monde.

Imanol soupira et massa son pied qui le démangeait. Il avait dû contracter un germe dans cette atmosphère confinée et huileuse, une gale des pieds. Il se prit à rêver d'un bain chaud et aussi de la voix d'une jeune femme pour lui murmurer des paroles d'apaisement. À dix-huit ans, il laissait en France, avec sa jeunesse, l'espoir de revoir un jour l'ovale raffiné du visage de Lucía.

Lucía Ortiz était la fille de Salvador Ortiz, propriétaire foncier de Saint-Sébastien, qui lorgnait sur la députation aux Cortes. L'homme avait la réputation de saigner lui-même l'agneau du dimanche pascal, mais d'aucuns prétendaient qu'il réservait le même sort à toute personne qui se dressait en travers de son chemin politique.

Persuadé d'un grand possible dans la monarchie parlementaire, Salvador Ortiz avait cédé par affermage la plupart des terres qu'il possédait. Ses métayers avaient à leur tour engagé des bergers, auxquels ils procuraient un abri de foin au rez-de-chaussée de leur maison familiale. De val en val veillaient ces hauts cubes aux murs blanchis à la chaux, aux colombages peints de sang de bœuf et aux longs toits aux dévers inégaux. Ils se mêlaient à la frondaison des hêtres et des châtaigniers, épars dans les brumes de l'immense domaine Ortiz.

Imanol était un de ces bergers. Lui ne connaissait rien d'autre que les chemins de transhumance, les soins que l'on porte aux brebis pleines et les lettres de l'alphabet enseignées par les pères curés de la vallée d'Ossau.

Sa rencontre avec Lucía datait d'un hivernage, lorsque, à un frémissement de l'aube, le galop d'un cheval avait fait s'envoler par dizaines les hérons affairés à becqueter le dos des brebis endormies. Une nuée de pétales blancs s'était élevée du manteau laineux vers le ciel rosissant et la silhouette montée de la jeune femme avait éparpillé leurs pépiements agacés.

Imanol, réveillé en sursaut, avait empoigné son fusil. Il s'était redressé, hagard, aux premiers frémissement des sabots du troupeau. Il craignait l'attaque d'un ours ou la visite de sangliers attirés par les reliefs du souper. À cinq jours des basses terres où il conduisait près de mille têtes appartenant à don Salvador, il restait cinquante kilomètres de sentiers à parcourir parmi les fougères rouillées de l'automne, et pas une tête ne manquait à l'appel.

Il vit la cavalière reprendre la bride du pottok et flatter l'encolure de l'animal en lui murmurant des paroles apaisantes. Elle s'approcha ensuite à pas lents, son regard farouche contrastant avec l'infini délicatesse de ses traits. Elle était une apparition de finesse et de beauté dans le paysage âpre, face à laquelle il ne put maintenir son arme dressée.

Dans ses montagnes, dans son parcours de berger les femmes avaient été rares. Aucune de celles qu'il allait parfois retrouver lorsqu'il rejoignait le bas pays, au port de Saint-Jean-de-Luz, ou derrière les voies du chemin de fer qui menaient à Madrid, n'avaient la grâce et l'effronterie de celle-ci. Elle posa un pied au sol en acceptant la main qu'il tendait. Il la conduisit près du foyer installé entre deux roches et ranima les braises. Il fit griller des tranches de pain frotté d'ail qu'il mouilla d'un peu d'huile d'olive.

Dans l'existence de Lucía, lors de ses marches sur le Paseo de la Concha, face à la baie, il y avait eu peu d'hommes, et pas un de ceux que son père avait autorisés à la courtiser n'avait évoqué autant un buisson noir et sauvage, prêt à s'enflammer à la moindre étincelle, que ce jeune homme au visage mince, aux épaules tendues, au cou puissant.

Ils partagèrent le repas au milieu des bruits de râpe de la denture des moutons contre les broussailles, dans le lointain chuchotis d'un ruisseau. Ils échangèrent quelques rares phrases, préférant ne pas altérer un moment qu'ils sentaient tous deux hors du temps habituel de leur existence, hors même du lieu où le hasard les avait conduits. Elle dit qu'elle aimait chevaucher en solitaire depuis la vallée de Roncevaux où ils résidaient certains étés. Lui connaissait au village de Sarre un Etcheverry de retour d'Amérique qui lui avait appris que le sang des pottoks courait dans les veines des mustangs des plaines de l'ouest. Ils étaient la plus ancienne race de chevaux. Lucía ajouta que son père était riche. Imanol répondit qu'indirectement il était son employé.

Les jours suivants, il progressa dans sa marche vers l'océan. À mesure que les cirques montagneux dessinaient des silhouettes plus fantomatiques dans le ciel et que le troupeau gagnait les terres où la brise se charge de sel, Lucía vint le retrouver de plus en plus souvent. Puis elle resta un premier soir.

Lorsque Salvador Ortiz apprit d'un de ses métayers que ce petit berger, né sans parents et sans maison, était l'amant de sa fille depuis plusieurs lunes, il le fit battre, sala ses plaies et l'accrocha, suspendu par les pieds à la manière d'un jambon, une journée entière. Puis comme Imanol avait survécu, il le chassa en France avec ordre à ses gens de l'abattre si on le revoyait de ce côté de la frontière.

Il menaça Lucía du couvent et, puisque la jeune fille n'était plus vierge, il la fiança à un négociant de Bilbao qui avait perdu la parole et l'usage de la moitié du corps à la suite d'une embolie cérébrale.

Imanol avait saisi qu'un berger ne pouvait pas sortir vainqueur d'une telle opposition de classe, mais il tenta une fois, contre le cours de l'histoire, de revoir son aimée. Il traversa la Bidassoa en pleine nuit, empruntant les chemins de contrebande, qui différaient peu de ceux des bergers, pour se rendre à Saint-Sébastien lors de la fête de la Vierge. Bientôt, il aperçut Lucía dans la procession. Elle suivait docilement son père à un mètre et devançait d'autant la claudication de son futur mari. Ils défilaient recueillis à l'avant du cortège, à quelques pas d'une vierge de porcelaine hissée sur un palanquin d'or. Imanol ne put s'empêcher d'admirer ce qu'il y avait de grâce en commun entre ces deux visages au teint diaphane. Lucía devina l'intensité ardente de ce regard parmi les regards de tous les fidèles. Sous la mantille noire, ses yeux se posèrent sur lui, pour se détourner aussitôt, l'échappant, l'abandonnant au milieu de la foule fervente. Il tenta de lui indiquer un rendez-vous à la cidrerie par des signes convenus en secret, auxquels elle ne sembla pas accorder attention. Il voulut la rejoindre mais il échoua à jouer des épaules dans la masse compacte des costumes sombres et des dentelles. Il était bloqué dans une geôle apprêtée, condamné à ne plus imaginer l'inexorable éloignement de Lucía qu'en suivant, là-bas, au-dessus des coiffes et des chapeaux, la progression lente de la nuque immaculée de l'idole.

Après une semaine passée à l'attendre dans la cache des chais enfouis, il renonça. Il retraversa les galeries creusées sous la terre où le jus de la récolte fermentait dans des barriques du diamètre d'un homme. Le patron de la cidrerie, qui avait à plusieurs reprises abrité leurs amours clandestines dans le dédale souterrain, le serra contre sa poitrine.

Avant de laisser Imanol emprunter les sentes dérobées dans le sens du retour, il lui offrit son arme pour se défendre contre les hommes de Salvador Ortiz, s'ils venaient à le coincer. Il lui recommanda de se méfier autant des carabiniers, vraisemblablement acoquinés au futur député. C'était un colt 45, au barillet chargé de trois balles, que son père Enrique Ormaechea avait rapporté d'Argentine un demi-siècle plus tôt. Il avait fréquemment graissé et essuyé l'arme dont la mécanique était restée sans défaut.

Le régime des machines venait de se modifier, et avec lui les oscillations transmises aux reins douloureux d'Imanol. Le navire changeait de cap.

Imanol vérifia pour la centième fois que les trois balles étaient correctement engagées dans le barillet du colt et pouvaient percuter si nécessaire. Personne ne pouvait avoir touché à son arme, cependant il la contrôlait sans cesse dans une sorte de superstition compulsive. Les soutes étant vides, Imanol ne risquait pas d'être découvert avant l'arrivée immanente en Floride, mais cela le rassurait de savoir qu'il pouvait se défendre le cas échéant.

Sur les quais de Bayonne, au moment d'embarquer, il avait été surpris par une cascarote en maraude nocturne. Allant pieds nus, furtive et agile, la bohémienne lui avait tiré la manche et, le trouvant fort beau garçon, devinant aussi qu'il n'avait rien pour payer ses services, lui avait fait cadeau d'une prédiction :

— Avant que ton sang revoie le sol du Pays basque, par trois fois, une balle de ton arme t'épargnera la mort abominable et indigne qui voudra éparpiller ta si gracieuse tête et tes membres si fins…

Cela lui rappela les trois mensonges de Pierre dont lui avaient parlé les pères curés et para la prédiction de sérieux, si bien qu'il prit cela pour vraisemblable et tint à être prêt à tout moment.

Il rangea l'arme dans sa poche et s'accroupit, la tête calée entre ses mains, les coudes appuyés sur les genoux, seule manière pour lui de parvenir à amortir les vibrations continues des moteurs. Dans cette position, il parvenait tant bien que mal à trouver un peu de repos. Il songea encore une fois au corps d'albâtre de Lucía qu'il avait étreint passionnément sur les pâturages au pied des névés, à leurs siestes parmi les fougères, étalés nus aux vents tièdes, à leurs bains dans le courant des torrents. À l'évocation de ces souvenirs, il parvint presque à comprendre que le père de Lucía ait voulu le chasser. Tant de gens trouvent le bonheur insoutenable.

Il sombra dans un semi-sommeil en souriant, tandis que dans son esprit se succédaient les images des ultimes journées qui avaient précédé son départ.

Dans chaque auberge de Saint-Jean-de-Luz, la menace de guerre figurait en pointillé dans les conversations. Entre un commentaire sur la partie dominicale de pelote et la localisation d'un banc de thons en baie de Biscaye, tous s'accordaient à considérer que la somme proposée lors de la conscription volontaire n'était pas négligeable. La plus importante était offerte pour les garnisons des forts de l'est. Un commandant recruteur du 30ᵉ corps d'armée faisait le tour des villes de France et s'était installé pour quelques jours dans le port de Bayonne. Les Basques étaient recherchés, on savait qu'au moyen de leurs chisteras ils pouvaient lancer une grenade à cent mètres. Imanol s'était demandé s'il n'était pas temps de choisir de devenir français puisque le retour en Espagne lui était interdit.

On embauchait également sur les morutiers, mais la saison ne débutait qu'en avril. Et puis, s'il ne craignait pas les frimas des montagnes dont il était natif, il redoutait les aubes gelées de Terre-Neuve, les houles ravinées des mers arctiques.

Son colt à la ceinture, Imanol s'était donc rendu par les chemins côtiers jusqu'à Bayonne. Tantôt il marchait au rythme lent des bouviers, les pas entravés par la souvenance de son amour déçu, tantôt il allait à la hâte, la foulée accélérée par la curiosité des ailleurs. La fréquentation de Lucía, outre lui avoir révélé le sentiment amoureux dans son entière acception, l'avait éveillé à la complexité du monde, et il rêvait désormais d'en découdre avec celui-ci. Ce n'était pas la lassitude de la vie de berger, c'était la résolution inévitable de son état de jeune homme.

Le port de Bayonne grouillait de manœuvres, et sur les quais animés on chargeait et on déchargeait les embarcations. Certaines, mues par moteur, et d'autres encore par les voiles, assuraient le commerce jusqu'à Bilbao ou plus au nord en direction de Bordeaux. Imanol croisait entre les ballots d'étoffes, les barils de saumure et les caisses de fruits, lorsqu'il arrêta son pas. Dans le bassin profond un navire dominait les autres de son tonnage. Il s'agissait d'un cargo bananier à destination de la Floride qui levait l'ancre le lendemain matin.

Imanol regarda la haute cheminée noire. Les fumées qui s'en échappaient dans le ciel indiquaient la direction de l'ouest, où ses semblables émigraient depuis si longtemps, comme si leur profonde nature les poussait à harceler le soleil.

Non loin, les débardeurs venaient de poser plusieurs cageots de raisins autour desquels les abeilles dansaient un bruyant ballet. Imanol attendit que les ouvriers se fussent éloignés puis il alla partager le festin des insectes piqueurs. Il ne s'enquit finalement pas du bureau de ce commandant, recruteur du 30ᵉ corps d'armée, mais laissa la journée s'étirer au-dessus des eaux du port, jusqu'à ce que l'ombre du cargo engloutisse toutes les autres ombres.

N'ayant évidemment pas l'argent du voyage, ni une famille qui aurait pu le garantir sur ses biens, il profita de la nuit, alors que l'équipage ronflait au lupanar, pour se glisser à bord du cargo bananier. Et c'est ainsi que cette bohémienne l'avait interpellé.

Un violent rai de lumière l'extirpa de sa songerie.

Cela faisait de si nombreuses journées que ses pupilles s'étaient habituées à l'obscurité qu'il fut aveuglé, incapable de déplier son corps à temps, de saisir son arme, avant d'être basculé au sol et roué de coups de pied. Il se rendit compte aussi qu'il était devenu pratiquement sourd à cause du bruit des moteurs et qu'il ne comprenait rien des insultes qu'on lui adressait.

Le bras du capitaine Bright reposait par près de onze mille mètres au-dessous de la surface, dans la dépression océanique des Mariannes, une fosse si profonde qu'elle eût pu engloutir l'Everest dans sa totalité sans qu'il en émerge le moindre îlot. Cela datait d'une campagne de chasse à la baleine, qu'il avait menée au large des îles en 1904. Le frein vermoulu du palan de soute avait cédé et le retour de la cognée de saisie avait sectionné net le membre au moyen duquel il harponnait habituellement. Depuis, il avait intégré la marine marchande et louait ses services contre une rémunération de vingt pour cent du montant des transactions commerciales conclues sur son fret. Le tarif était exorbitant, mais le capitaine Bright n'avait pas son égal pour amener un bateau au port dans les plus brefs délais. Les tempêtes et les courants contraires semblaient n'avoir que peu d'effet sur les navires qu'il commandait, comme du temps où il poussait hommes et vaisseaux à des traques irréversibles sur tous les océans du créateur et sur tous ceux du diable. Les équipages qu'il commandait désormais étaient composés de marins estropiés et réformés à son instar, qu'il recrutait dans l'île de Nantucket.

Lorsque Bright poussait la porte de la Compagnie du chaudron, quartiers-maîtres borgnes, harponneurs à moignons et gabiers boiteux voyaient s'offrir à eux la chance ultime de reprendre un service. Aussitôt les conversations cessaient, les têtes se tournaient. Dans la lumière blanche de l'aurore maritime, sa silhouette leur apparaissait grandiose, brodée par les enroulements du brouillard de Jackson Point.

Sur les murs lambrissés de la taverne s'entassaient des modèles réduits de chaloupes, des harpons tordus et rouillés, un carré de voile déchiré, les trophées, jaunis par la fumée des pipes, d'os de cachalot, tous les vestiges de leurs chasses passées, de leur gloire révolue de marins, pour leur rappeler qu'ils étaient pratiquement eux-mêmes devenus des dépouilles vermoulues. L'infortune les avait fait échouer dans ces auberges de la Dame grise de la mer, d'où ils regardaient appareiller les baleiniers à bord desquels ils ne monteraient plus.

Bright les payait peu, mais comme il leur offrait un nouveau départ sur la mer, ils se levaient pour le suivre.

Le capitaine Bright les intéressait sur sa part, ainsi partageaient-ils le même objectif. La rapidité avec laquelle s'effectuait une traversée pouvait valoir beaucoup d'argent. Trois journées de gagnées en Atlantique sur une cargaison d'ananas représentaient plusieurs centaines de kilos supplémentaires de fruits consommables frais, vendus au prix fort à l'arrivée. La laine et les tissus augmentaient en valeur à parvenir à bon port avant que l'humidité y ait niché trop de moisissures. Il en était ainsi de toutes les marchandises dont le coût était proportionnel à la distance qu'elles parcouraient et inversement proportionnel au temps qu'elles mettaient à franchir cette distance.

Le capitaine Bright ne tolérait aucune entorse au règlement à bord, rien qui puisse ralentir la traversée ou la croissance de ses avoirs déposés dans une banque de Boston. Lorsque les deux matelots balancèrent brutalement Imanol à ses pieds, sa main se crispa sur le compas, la pointe dérapa, déchira la carte marine, creusant méchamment la table. Ses yeux roulèrent comme des vagues qui se fracassent aux soirs de tempêtes, il déplia sa carcasse homérique et mugit un profond grognement de colère, tel un vent déchaîné par lequel chaque membrure, chaque tôle du vaisseau se mit à trembler.

Un récit colporté par les plus anciens se transmettait la nuit dans les hamacs en dessous du pont supérieur. Il évoquait le capitaine Bright en mer de Spitzberg, empoignant par le scalp un mousse et le projetant pardessus le bastingage pour la raison que le jeune homme avait osé embarquer un chiot à bord. Les pieds du gamin battaient l'air et frappaient la coque au-dessus de la mer chargée d'icebergs. Il criait de terreur et de douleur. Ses longs cheveux bruns noués en queue-de-cheval, fermement enserrés et entortillés autour des poignets du capitaine Bright, le retenaient seuls d'une mort imminente dans l'eau gelée.

Le capitaine, accoudé au parapet blanchi par le givre, tenait sa prise solidement et hurlait sa fureur au blizzard :

— Mousse, dis-moi de qui je dois me débarrasser, de toi ou du chiot clandestin ?

Et il ne le hissa à bord qu'après que le mousse eut donné sa réponse et qu'on eut sacrifié le chiot à l'océan glacial.

À l'époque Bright était un jeune capitaine qui s'arrogeait le droit de vie ou de mort sur son équipage et possédait encore ses deux bras.

La vue commença à revenir à Imanol, mais il ne distingua rien de rassurant. Un homme de haute stature aux sourcils épais et au front si bas que sa chevelure broussailleuse paraissait avoir poussé à même les yeux, éructait dans une langue inconnue et le désignait du doigt, comme on pointe un couteau sur la gorge d'un cochon. Il portait une barbe en collier et la manche droite de sa veste était cousue au niveau de l'épaule, ballottant tel un fanion à chacun de ses demi-tours colériques dans le carré. Imanol ne comprenait rien à l'américain, mais il saisit pourquoi tout à l'heure il avait cru être devenu sourd. Le capitaine Bright ne parlait ni le français ni l'espagnol, quant au basque il devait même en ignorer l'existence.

— Les passagers clandestins n'ont rien à faire à mon bord, ils alourdissent le navire et ne génèrent aucun pourcentage sur le poids transporté ! braillait le capitaine Bright.

L'universalité du ton inamical fit sens aux oreilles d'Imanol, qui essaya de se redresser et de sourire. Mais les deux semaines d'ankylose à fond de cale et les coups de pied dont il avait été gratifié lui arrachèrent une grimace de douleur. Les matelots qui l'encadraient l'aidèrent à se remettre debout.

— Je peux travailler à bord, me rendre utile jusqu'à Miami…, leur murmura-t-il piteusement, en espérant qu'ils le comprendraient. J'étais berger, je sais manier une tondeuse, je pourrais couper les cheveux de l'équipage… je sais aussi tirer sur les cordes et je n'ai pas peur de porter des poids…

Le capitaine Bright se servit un whisky, rare cargaison qui trouvait grâce à ses yeux car elle se bonifiait aux vents contraires. Lui qui avait raffiné et transporté des milliers de litres d'huile de baleine, et débité des nuits entières des tonnes de chair blanche. Lui qui avait entassé dans ses soutes des centaines de vertèbres dont l'ivoire aurait écrasé un homme sous son poids. Lui qui avait passé les océans au tamis pour collecter le précieux ambre gris. Comment pouvait-il éprouver autre chose qu'un intense mépris pour les chargements de bananes, de tissus ou de socs de charrue, dont il était responsable désormais ? Combien de fois avait-il songé rejoindre le reste de son corps dans les abysses ? Dans ses rêves, ou ses cauchemars, il harponnait des cachalots ivres de leur propre sang, avec sa seule main gauche. Il luttait contre eux et leur infligeait des blessures au-delà de la limite des océans.

Le feu qui coulait dans sa gorge n'apaisa pas la colère du capitaine Bright. Pis encore que le transport de vulgaires marchandises était le transport de passagers. Quand bien même le créateur déciderait d'envoyer son autre main par le fond, jamais il ne serait un de ces capitaines endimanchés qui boivent le thé avec de riches veuves en cabotinant d'île en île.

— A-t-il de l'argent ? Qu'avez-vous trouvé sur lui ?

— Une grappe de raisin et un colt, mon capitaine, répondit le matelot avec une jambe de bois.

— Chargé ?

— Trois balles.

— Quelle est notre position ?

— Quatre-vingts degrés de longitude ouest sur le tropique du Cancer…

— L'île de Cuba…, murmura le capitaine.

Ce fut le premier mot qu'Imanol saisit dans cette conversation en américain.

— Cuba ? répéta-t-il. Cuba ?

— Ça a l'air de lui plaire, fit le borgne qui le maintenait fermement par le bras gauche.

— Alors qu'on l'aide à s'y rendre au plus vite, conclut le capitaine en ordonnant qu'on fasse donner les machines à fond.

Il s'agissait maintenant d'être à Miami avant la nuit. Une cargaison de liège les y attendait.

Le borgne et l'unijambiste entraînèrent Imanol sur le pont en échangeant des plaisanteries dont le sens échappait totalement à leur hôte. L'atmosphère était ardente et saturée d'humidité, mais Imanol apprécia de sentir une brise marine après deux semaines d'enfermement, quand bien même cela ressemblait plus aux mouvements de l'air autour d'un âtre qu'à une caresse rafraîchissante. Il regarda sur tribord, où le soleil polissait la surface des flots d'un alliage d'argent, puis tourna la tête sur bâbord et découvrit une mer laquée, d'un bleu pareil aux pierres de turquoise arborées par les femmes riches lors de la feria de Pampelune. D'innombrables bancs d'algues troublaient cette uniformité lénifiante et formaient à perte de vue des continents réduits et sombres. Il n'avait jamais rien vu de tel.

Imanol hésita entre l'admiration sans bornes pour un spectacle aussi impressionnant et la frayeur, comme si une telle masse de bleu quasiment immobile ne pouvait que receler de sourdes menaces. C'était une mer latente et sirupeuse, d'où les peurs pouvaient surgir sans avertissement. Rien de comparable à l'Atlantique et à ses fracas, qui laissaient tout paraître de leur véritable nature. Sur les plages des villages de pêcheurs à Bidart ou à Guéthary, Imanol se laissait chavirer par le bouillonnement vivifiant des rouleaux, son corps élastique et musclé drossé par l'écume jusqu'au sable. Il aimait la complicité du ressac puissant qui l'attirait au large, comme au *soka tira* l'équipe du village tend la corde pour entraîner ses adversaires au-delà de la médiane blanche. Ce n'était pas un challenge sournois, pas plus qu'en grimpant dans les gorges des Pyrénées à la recherche d'un isard, où il ne s'était jamais senti menacé, même si la chute était mortelle.

Il se dit que ces deux mers étaient si radicalement différentes qu'elles ne pouvaient se mélanger, et pourtant il savait que l'eau et le sel circulaient le long des courants. La nature n'admettait pas de telles frontières. Il n'y avait qu'un ciel où se formaient toutes les pluies, issues et mêlées de toutes les mers.

On lui avait dit l'histoire des anguilles qui venaient frayer et mourir ici, sous le soleil brûlant des îles caraïbes, avant que leurs larves entreprennent leur migration de retour en direction du Pays basque, où elles parvenaient métamorphosées en alevins de cristal. Plusieurs familles que connaissait Imanol subsistaient en tendant leurs filets en travers des estuaires, prélevant d'octobre à février des milliers de ces pibales qu'elles revendaient à prix fort sur les marchés. Celles de cinq à six centimètres qui avaient réchappé de l'hécatombe forçaient leur nage à contre-courant des fleuves et du gave, pour aller croître lentement à l'abri des eaux douces de l'intérieur. Plus elles remontaient le flot et plus elles grossissaient. Dans les rivières d'altitude Imanol avait pêché des anguilles adultes, dont certaines avaient le diamètre de son bras et la longueur de son corps. Noires et visqueuses, armées de dents pointues, couvertes de traces de multiples combats. Vingt années après leur remontée vers l'amont, elles étaient devenues de redoutables et solitaires prédatrices qui pouvaient attendre des heures durant leur proie, enfouies dans les sédiments, ne laissant dépasser que leurs yeux et leur museau, ou glissées dans une souche immergée, prêtes à bondir en eau vive.

Une nuit, un secret signal de l'espèce les informait qu'était venu le temps de se reproduire. Femelles et mâles entamaient leur dévalaison vers les eaux saumurées, gagnaient à nouveau l'océan, s'enfonçaient dans les abysses entre les pitons rocheux qui jalonnaient leur trajet de retour jusqu'à la mer des Sargasses où elles s'accouplaient, pondaient et mouraient, achevant de participer au mélange des deux mers.

Le Borgne et Jambe en bois donnèrent une tape amicale sur l'épaule d'Imanol, lui faisant signe d'avancer en direction de la poupe. Le jeune homme s'inquiétait toujours du sort qu'ils lui réservaient, mais il perçut que les deux hommes étaient moins tendus. Il eut la confirmation que les événements tournaient en sa faveur lorsque les matelots remirent ce qui restait de sa grappe de raisin et de son colt dans ses poches et lui rendirent son béret. Il voulut les remercier de leur hospitalité alors qu'ils se baissaient tous deux dans un même mouvement.

Imanol sentit deux paires de mains calleuses se refermer sur ses chevilles comme des fers, puis les épaules des deux Américains vinrent heurter ses genoux et les plaquer violemment contre le parapet. Lorsque le borgne et l'unijambiste tendirent leurs muscles des cuisses et se redressèrent simultanément, le corps d'Imanol bascula en arrière, et il passa par-dessus bord sans aucune autre forme de procès.

Alicia poussa un cri et se recroquevilla sur son siège en tirant sur la ceinture de sécurité.

— Mais non ! Mais pourquoi ils l'ont balancé ! Mais c'est un horrible ce capitaine Bright !

— Tes ongles, Alicia, ne ronge pas tes ongles s'il te plaît…

Fred ne put retenir un sourire. Sa fille l'écoutait sans dire un mot depuis vingt minutes et se révélait plus attentive qu'il ne l'aurait imaginé.

— Attends, mais t'as vu ce que tu racontes ! reprit-elle en écartant nerveusement sa main droite de son visage. C'est incroyable ! Il leur avait rien fait à ces types…

— Les lois étaient dures à l'époque et plus dures encore en mer…

— Et sa meuf qui le snobe à la procession… mais il est trop malchanceux… Comment tu connais cette histoire, papa ? Pourquoi tu m'as jamais raconté tout ça ?

— Laisse-moi aller au bout, tu vas comprendre…

— De toute façon j'ai une idée de la suite…

— Oui ?

— Ben oui, si c'était ton grand-père… et que toi t'es là en train de me raconter son histoire, c'est donc qu'il a vécu assez longtemps pour engendrer ton père ou ta mère… donc il est pas mort dans la flotte…

Alicia s'interrompit un instant, ses neurones carburaient à toute allure.

Ni son grand-père Michel, qu'elle n'avait pas connu, ni sa grand-mère Odette ne lui paraissaient avoir la moindre possibilité d'être le fils ou la fille de cet Imanol Iparrateguy. Dont ils ne portaient par ailleurs pas le patronyme. Odette, veuve et retraitée, vivait, certes, dans une maison à Biarritz, mais avait toujours dit que son arrivée dans la région était due au hasard. Son nom de jeune fille étant Beukler, d'origine alsacienne archiétablie. Quant à papy Michel, qui de son vivant s'appelait Braz, il avait transmis son nom à Fred, qui le lui avait transmis à son tour. Alicia Braz était son nom. Cela sonnait breton et n'avait rien à voir avec le portrait d'un berger basque en mal d'aventures. Quoique, à y réfléchir plus avant, Alicia se dit que l'épisode de la caissière du self lui avait fait entrevoir un visage inédit de son propre père. Quelque chose clochait.

— Il a dû se prendre le pied dans une corde, reprit la gamine, ou dans un truc qui traînait sur le pont et il n'est pas tombé à l'eau en définitive… c'est un grand classique dans tous les films d'action… il a peut-être même agrippé la chaîne de l'ancre… et a fini son voyage comme ça… suspendu dans le vide jusqu'à Miami…

— On pourrait se dire aussi qu'Imanol Iparrateguy avait eu le temps de concevoir un enfant avant de quitter le Pays basque, rétorqua Fred.

— Lucía…, souffla à voix basse Alicia, comme si, près d'un siècle plus tard, il valait toujours mieux ne pas risquer d'attirer l'attention du dangereux Salvador Ortiz… Elle était enceinte d'Imanol quand ils se sont séparés…

Si cette hypothèse était juste, Alicia était l'arrière-petite-fille de Lucía Ortiz. Elle pensa que son portrait était plaisant. Lucía était libre et indocile, en avance sur son époque, n'ayant pas froid aux yeux pour braver à la fois la nature sauvage et son père. Jolie à n'en pas douter, certainement très sensuelle. Alicia n'avait jamais songé à monter à cheval – ses copines qui pratiquaient l'équitation étaient snobs et hautaines, mais elle se promit de profiter des vacances pour essayer. Certes le fait que Lucía se fût détournée d'Imanol lors de la procession ne plaidait pas en sa faveur, mais on pouvait imaginer qu'au bout du compte elle avait voulu le protéger des hommes d'Ortiz. Que serait-il advenu s'ils l'avaient reconnu au milieu de la foule ? Ou si, la suivant à la cidrerie, dans le cas où elle s'y serait rendue, ils avaient débusqué Imanol de sa tanière ? Lucía pouvait-elle prévoir qu'ensuite son amant s'enfuirait pour ne plus revenir et périrait dans les mers chaudes ? Combien de temps Lucía l'avait-elle attendu avant d'accepter l'idée qu'il ne réapparaîtrait pas ? Peut-être même ne s'était-elle jamais habituée à cette idée. Il était probable, s'ils s'étaient tant aimés, qu'elle eût toujours espéré qu'il puisse revenir, et dans ce cas elle avait probablement caché l'identité du véritable père de son enfant. Mais le propre mari de Lucía, le paralytique muet, l'avait-il su ou compris ? Cela parut vraisemblable à Alicia, qui imagina que l'hémiplégique avait préféré participer à la fraude plutôt qu'être moqué. Et, s'il aimait Lucía, il avait fini par accepter et élever cet enfant qui était devenu un peu plus son enfant à mesure que le soleil avait éclairé de nouveaux jours et qu'aucune des ombres qui avaient rampé sur les pavés, glissé le long des murs, ou s'étaient fondues au pied des platanes, n'avait appartenu au petit Basque.

Le retour d'Imanol, l'idée même de son retour, ayant fini par se dissoudre dans le renouvellement des saisons.

Lectrice assidue du courrier des magazines pour adolescentes, Alicia s'était forgé une image imprécise de la sexualité, mélange de gloses théoriques des cours de récréation et d'interprétations des aventures de copines plus expérimentées. En fait, elle n'ignorait guère la complexité de ce qui était relatif au corps, même si la pratique lui en était inconnue. À l'inverse, la réalité de ce qui concernait l'inclination amoureuse proprement dite lui paraissait étrangère, alors qu'elle en avait l'expérience. Celle de la bienveillance absolue, altruiste et indivisible prodiguée par ses parents. Ce modèle suffisait à remplir à lui seul l'ensemble des cases de la définition de l'amour, dissimulant derrière une simplicité issue tout droit de l'enfance l'ensemble des autres visages de ce sentiment. Pour cette raison, elle n'avait pas voulu imaginer que le regard de Lucía Ortiz, se détournant d'Imanol le jour de la procession du 15 août, équivalait à une condamnation sans appel, dont la sentence était en cours d'exécution. Elle n'avait pu admettre la fin de leur romantique idylle.

Le long du trajet de l'autoroute le vent déferlait à présent en rafales, inclinant la cime des arbres de part et d'autre de la trouée grise. La pluie redoubla. Elle frappait la carrosserie de la Volvo avec insistance. Alicia eut un frisson. Peut-être était-ce le refroidissement de la température extérieure. Ou l'idée que son arrière-grand-père avait finalement trouvé la mort par noyade.

— Je continue ? demanda Fred.

— Mais carrément !

La première chose que réalisa Imanol, en heurtant la surface de l'eau, fut que la mer dans cette région du globe était aussi peu rafraîchissante que l'air.

Et, tandis qu'il s'enfonçait dans les profondeurs, la deuxième idée qui s'imposa à lui fut qu'il devait s'employer à remonter en nageant le plus vite possible à l'écart des remous de l'hélice.

Les muscles de son corps le faisaient souffrir et les battements frénétiques de ses jambes l'ébranlaient, d'autant que ses pieds paralysés ne lui étaient d'aucune aide. Le mouvement que lui avaient imprimé les deux matelots américains avait épargné sa vie en lui faisant accomplir un tour complet en l'air, si bien que ses talons avaient heurté le plan dur de l'eau en premier. À présent ceux-ci semblaient comme avoir été tués sur le coup. Moindre mal, se dit-il, car de la hauteur depuis laquelle il avait été projeté, il se serait assommé et serait mort s'il avait percuté du visage ou du côté.

Ses épaules lui donnaient le sentiment de se déchirer à chaque brasse, mais bientôt il refit surface. La mer était toujours aussi calme à l'exception des vagues produites par le sillage du cargo qui s'éloignait à plus de cinquante mètres.

Il n'essaya même pas de crier.

Et les vagues se transformèrent en vaguelettes.

Imanol tourna lentement sur lui-même et se rendit à l'évidence. Il se retrouvait au milieu de la mer des Sargasses, sans embarcation, et il n'était pas une anguille. Il se jura, s'il en réchappait, d'imiter leurs rejetons et de revenir un jour au pays.

Il songea à la prophétie de la voyante sur le port de Bayonne : « Avant que ton sang revoie le sol du Pays basque… » Les Gitans étaient nombreux sur la côte, de Saint-Jean-de-Luz à Bayonne, installés dans leurs roulottes, vivant de la vente des poissons et du fruit des rapines, peu aimés mais considérés du fait de mystérieux pouvoirs de divination qu'on leur accordait. Dans le peuple des marginaux ils y gagnaient une position supérieure à celle des cagots, descendants des lépreux auxquels étaient réservés un bénitier et une porte à part à l'église. Imanol n'avait jamais craint ni les cascarots ni les cagots, il s'était toujours senti proche de ces décalés, affranchi depuis ses cimes ensoleillées et ses vallées ombreuses de nombre des obligations de la société. S'il prenait la prophétie pour authentique alors il allait un jour remettre les pieds chez lui et cela lui redonna courage. Il hésitait à se fier à une promesse païenne, mais comme la mansuétude de Dieu ne connaissait ni limites ni jalousie, il pria dans le même temps, implorant le créateur d'employer son omniscience et son omnipotence – que les pères curés lui avaient maintes fois vantées – à se tenir au courant de la gravité de sa situation et à y mettre fin. Il était convaincu que Dieu n'allait pas prendre ombrage du double recours dont il tentait d'user.

Déjà, il s'épuisait à flotter à la verticale en essayant de se stabiliser avec ses mains comme le bouchon fou d'une ligne de pêche. Le séjour ankylosant qu'il venait d'effectuer dans la cale huileuse du cargo et la sous-alimentation avaient fait fondre ses muscles. Les coups reçus et la chute avaient achevé de l'épuiser. Il comprit qu'il n'allait pas tenir longtemps. À mesure que ses pieds sortaient de leur engourdissement, une douleur lancinante se répandait de leurs voûtes endolories jusque dans les mollets. Ses jambes allaient l'entraîner comme une ancre. Il allait bientôt couler et regretta de ne pas avoir perdu conscience lors de sa chute. Ce sursis était un mauvais tour du sort, qui semblait avoir décidé de se jouer de lui.

Imanol Iparrateguy n'était pas certain d'avoir connu ses parents. Il y avait longtemps qu'il vivait dans les bergeries. Des visages bienveillants s'étaient penchés autrefois sur lui, sans qu'il puisse affirmer qu'ils appartenaient à des membres de sa famille. Beaucoup avaient été décimés par la tuberculose. Il savait qu'il avait des cousins vers Saint-Jean-Pied-de-Port et d'autres à Ascain, mais leur rendre visite ne l'avait jamais intéressé. Les pères curés de la vallée d'Ossau, aux confins orientaux du Pays basque, lui avaient appris à lire et à écrire, puis à l'âge de dix ans il était venu à l'ouest et vers l'Espagne. De toujours, il gardait les troupeaux, parcourait les chemins de transhumance et trouvait dans la compagnie des torrents et des montagnes plus de certitudes que dans celle des humains. Lucía avait été une île qu'il avait cru à tort pouvoir accoster.

Dans sa situation désespérée, l'évocation d'une terre au milieu de l'eau trouva moyen de lui arracher un sourire. Deux éclairs d'une douleur fulgurante irradièrent aussitôt depuis les commissures de ses lèvres, gercées par le sel et le soleil.

D'autres visions traversèrent l'esprit accablé de fatigue du petit Basque. D'abord, un col enfoui sous la neige dans un ciel d'hiver, où seul le vol d'un aigle indiquait le milieu du blanc. Ensuite il y eut cette gorge où perduraient dans la prolifération des fougères les dalles de l'ancienne voie romaine, empruntées seulement par de lourdes et lentes limaces noires. Puis se dessinèrent les murs épais de l'abbatiale Saint-Martin entre lesquels les abbés fabriquaient le meilleur fromage de brebis. Une fois par an, il les aidait à descendre les meules à dos d'âne. Le convoi escorté de robes et de capuches traversait cahin-caha les brumes dormantes au fond des vallées, prenant l'apparence d'un cortège de spectres.

Insensiblement Imanol rejoignait les fantômes de sa brève vie, il sombrait, peinant à remplir ses poumons, exténué.

Lui vint encore le souvenir qu'il avait aimé s'asseoir au bord de la Nivelle pour voir les mouettes se disputer les sillages des bateaux au retour des pêcheurs. Il en avait rencontré aussi dans les plus élevés des lacs de montagne, planant au-delà des oiseaux de proie. Il en avait vu livrer un combat sans merci contre un brochet, mêlées de plumes et d'écailles, d'éclats de becs et de claquements de dents dans une anse calme du gave à Saint-Palais. Quand il réalisa que le cri d'une mouette peinait à se frayer un chemin dans sa conscience altérée. Comme un appel entendu derrière un éboulis. C'était à cela à présent qu'étaient réduits les ultimes instants de sa vigilance, ses pensées étaient des pierres, qui les unes après les autres s'entassaient et l'entraînaient vers le fond. L'effort que lui demanda l'entrebâillement de ses paupières gonflées fut tel qu'il absorba le reste de son énergie musculaire. Il perdit en flottaison, l'eau s'engouffra par ses narines, dévala sa gorge en cascade et fit irruption dans ses poumons. Imanol battit frénétiquement des mains, ses jambes produisirent quelques battements automatiques, il émergea. Il eut encore ce réflexe de cracher et de tousser, et réussit à ouvrir les yeux en aspirant goulûment l'air surchauffé qui le pénétra en sifflant.

Une mouette marchait sur l'eau vingt mètres devant lui.

D'abord, il crut qu'il était mort et que son cerveau extatique mêlait quelques miracles accomplis par le Christ au contexte particulier de son passage dans l'autre vie. Mais, à chaque accès de toux qui délivrait ses poumons, sa douleur aux pieds remontait si vivement jusqu'à l'aine qu'il saisit n'avoir rien encore abandonné de son fardeau terrestre.

Ses yeux s'accommodaient et il aperçut la masse foncée d'une épave de tronc sur laquelle l'oiseau faisait les cent pas.

Imanol se mit à remuer faiblement les doigts des mains, puis il commanda à ses genoux de fléchir et à ses cuisses de battre avec précaution. Il savait qu'il n'aurait pas, une prochaine fois, les ressources pour empêcher l'eau de prendre définitivement possession de son corps. Il s'appliqua à serrer hermétiquement ses lèvres, il releva son menton du plus qu'il put et força ses côtes à s'écarter pour laisser entrer plus d'air. Il retrouva la station horizontale.

Seul comptait à présent l'objectif de rallier ce morceau d'arbre qu'un cyclone avait arraché à la terre ferme pour son salut.

La mouette se tourna dans l'axe du tronc et présenta son bec de profil en inclinant la tête vers le bas. À présent elle dardait son œil rond sur les laborieux efforts d'approche d'Imanol.

Le cerveau peu sophistiqué du volatile élabora une image analogue à celle de prédateurs familiers. Les alligators serpentaient paresseusement dans les marécages et gagnaient leurs proies si subrepticement qu'une mince rayure à la surface du tapis moussu constituait souvent le dernier souvenir des oiseaux happés vers la profondeur. Il arrivait que certains grands reptiles s'aventurassent jusqu'aux eaux salées mais rarement en pleine mer. Un principe de prudence lui dicta néanmoins de déployer ses ailes et d'assister d'en haut à l'appontage de l'étrange arrivant.

L'homme hissa son corps maigre sur le tronc résineux et s'étala de tout son long. Seul un discret et régulier mouvement de respiration l'animait et le distinguait du bois.

Cela dura ainsi de nombreux tours de mouette.

Depuis son vol l'oiseau observa les gestes lents qui venaient de reprendre en bas. Il vit distinctement l'homme glisser sa main dans une de ses poches, en sortir ce qu'il identifia comme une grappe de raisin et un objet métallique dont il ignorait qu'il servait essentiellement à l'homme à supprimer ses congénères. Entre mouettes on se cherchait souvent querelle, mais on n'avait jamais songé à fabriquer quelque objet pour y mettre terme. Les nids étaient déjà assez difficiles à fabriquer.

L'homme défit sa chemise et commença à nettoyer méticuleusement son arme.

On dit les mouettes rieuses. Celle-ci exprima-t-elle alors son ironie ? Elle cria. S'agissait-il de signaler à Imanol que le premier de ses semblables se trouvait si loin qu'il n'était pas nécessaire de maintenir son arme en état de fonctionner ? ou simplement d'exprimer son mécontentement à propos de l'occupation de son perchoir ?

Imanol leva les yeux au ciel. Il jugea qu'il y avait assez de place pour deux sur ce radeau providentiel. Il reposa son arme et examina la grappe à laquelle ne restaient plus attachés que trois grains intacts. Il essora son béret et le replaça sur son front.

Au zénith, le soleil émettait, létal. Imanol considéra qu'il avait échappé à la noyade pour périr déshydraté. Les derniers grains lui offriraient au mieux quelques heures de répit jusqu'à la nuit, mais, s'il survivait à cette journée de bombardement, il ne passerait pas celle du lendemain et finirait boucané au dernier degré.

Mourir de soif et de sécheresse au beau milieu de tant d'eau, la belle affaire.

Encore une fois l'acharnement du sort lui parut injuste et démesuré. Certes, c'était ainsi qu'il devait paraître à chaque individu au seuil de sa mort, mais Dieu aussi pouvait rendre des comptes. Imanol avait appris dans ses pâturages escarpés qu'aux plus grands ours bruns, lorsqu'ils décimaient les troupeaux, on réclamait leur dû.

La mouette le vit alors lever son poing au ciel, pile dans sa direction, et se mettre à hurler d'une voix de dément :

— Tu as une dette vis-à-vis de moi !

Effrayée, elle poussa un cri perçant.

— Tu m'entends, coquin de sort ? Ça te fait rire, hein ?... mais tu n'as pas le droit de faire souffrir ainsi une créature du monde !

La mouette, totalement paniquée, prit un peu de hauteur et enchaîna cri sur cri.

Sur son tronc Imanol défaillait. Les hurlements de la mouette vrillaient ses tympans desséchés. Il perdit la raison.

— Tu me devras une vie, si jamais tu parviens à prendre la mienne !

Et il s'évanouit après cette imprécation qui avait force de serment.

Le bruit des coups secs du bec de la mouette déclenchèrent l'ouverture de la paupière droite d'Imanol.

Il n'était pas encore mort.

Un repos de deux heures avait éloigné la déraison et le trouble de son esprit.

L'oiseau, voyant que l'homme paraissait calmé, avait décidé de prendre une pause à son tour et, jugeant le danger écarté, s'était posé à ses pieds.

Et, surtout, il y avait ces fruits qui suscitaient un vif intérêt.

Le premier grain de raisin lui avait paru peu juteux mais très sucré. Le deuxième recelait davantage de sucs. Mais le troisième lui échappait, il roulait sur le bois. La mouette ne parvenait pas à le becqueter.

Imanol s'en aperçut et gaspilla ce qui lui restait de liquide en larmes de rage qui gravèrent une tresse dans le sel de chacune de ses joues blanchies. Il hurla, voulut attraper l'animal, lui tordre le cou, mais il était pataud et l'oiseau prit son envol en emportant le dernier grain.

Imanol hurla un chapelet d'insultes à son encontre, puis il se tut brusquement. Muet, incrédule.

La température avait décru et les brumes de chaleur se dispersaient, révélant à l'ouest, dans la direction de la fuite de la mouette, une masse sombre et imprécise, qui ne pouvait laisser aucun doute sur sa nature.

Une terre.

Les propos du capitaine américain lui revinrent en mémoire : « L'île de Cuba… »

Et il répéta, comme il l'avait fait dans la cabine : « Cuba… » Puis : « Cuba… Cuba… », psalmodiant le nom de l'île.

À Cuba on parlait l'espagnol. Il allait être plus en mesure de se débrouiller qu'en Amérique. Imanol espéra qu'enfin le sort tourne en sa faveur. Il s'allongea à plat ventre sur le tronc et se mit à pagayer de toutes ses pauvres et ultimes forces.

Son visage effleurait la surface de l'eau, il sentit qu'il avançait et se reprit à croire. L'île était loin, impossible de dire à combien, mais, s'il arrivait à se rapprocher, il aurait peut-être la chance d'être aperçu par un bateau ou pris dans un courant côtier comme ceux qui jetaient sur la grève de Biarritz des cadavres de phoques, dont certains, disait-on, provenaient de récifs éloignés de plusieurs centaines de kilomètres.

Il échafaudait mille solutions pour attirer l'attention. Il redevenait un homme, quand il vit une forme sombre onduler quelques mètres en dessous du tronc.

D'abord Imanol ne fut pas sûr. Puis une deuxième ombre fila dans la profondeur. Rapide, longue et souple.

Chargée de menace.

Son cœur fit une embardée dans sa poitrine, il se rassit brusquement à califourchon et se retourna.

Trois ailerons de requin déchiraient la surface bleu turquoise autour de l'arbre mort.

Claire Braz posa son pied nu sur les dalles de la courette à l'arrière du mas. Le contact chaud de la pierre calcaire abrasée par les ans lui sembla quasi organique. C'était une authentique ferme provençale, construite sur un terrain escarpé. La piscine avait été creusée sur une terrasse inférieure. L'ensemble avait été restauré avec goût. Elle n'avait pas détesté rester seule ici pendant quarante-huit heures.

Faire le point.

Elle s'était enveloppée dans un paréo jaune citron et portait un plein saladier d'haricots à écosser. Elle plongea la main entre les gousses nacrées, renflées de nœuds généreux, qui paraissaient teintes d'un lavis rubis.

— Vous verrez, lui avait dit Monge, en lui tendant la pochette, dès leur arrivée dans la maison. Ce sont des cocos sauvages… Ici on les appelle des « pierres de Chine », à cause des nervures fuchsia sur les grains… c'est très singulier, très spécifique à la région… Ils sont incroyablement en avance cette année… votre mari et votre fille vont en raffoler…

Elle longea le rebord de la piscine. La chaleur était intense et l'air consistant. Elle ferma les yeux et balaya le vide devant elle d'un moulinet du bras, étonnée de ne pas rencontrer plus de résistance. Le seul endroit où portait l'ombre des oliviers était le plongeoir, elle résolut de s'y asseoir, amusée à l'idée d'éplucher, les fesses en suspension.

Tout le week-end elle avait remis le moment d'écosser. La pochette en papier avait traîné sur la grande table du salon.

— Pas besoin de les faire tremper, vous les mettez dans l'eau froide avec une carotte, un oignon… du thym, y en a partout autour de la maison… et puis vous portez à ébullition, petit bouillon, une trentaine de minutes…

— Bien, merci… c'est très gentil à vous.

— Oh, de rien, avait répondu le gynécologue à la retraite. Et sinon, vous n'avez pas eu de problème… pour réunir la petite somme ?

Claire avait fait « non » et était partie récupérer l'enveloppe au fond de son sac. Quatre mille deux cents euros en liquide. Soixante-dix pour cent du montant de la location pour deux semaines. Les premiers trente pour cent avaient été réglés par chèque, lors de la réservation. Ils procédaient tous de la même manière, empochant la majeure partie en espèces. Quelles que soient la région, la taille de la location ou la période, on s'accordait sur un prix, avec une partie plus ou moins conséquente d'arrhes à titre d'acompte. Puis venait forcément le coup de fil embarrassé, parfois donné par la femme du propriétaire, dans le mois qui suivait l'encaissement du premier chèque. En l'occurrence, Monge avait rappelé lui-même.

— À propos du solde... madame Braz... Si ça ne vous dérange pas... je préférerais un versement en liquide à votre arrivée... vous comprenez ?

Après avoir fait mine de s'intéresser à votre profession, histoire de s'assurer que celle-ci n'était en aucun cas en rapport avec l'administration fiscale.

Claire avait tendu l'enveloppe au propriétaire qui avait tranquillement recompté les billets.

— Vous allez voir, vous allez être bien ici, avait-il repris. Elle a quel âge votre fille ?

— Onze ans...

— Ils arrivent quand ?

— Après-demain. Mon mari travaille jusqu'à lundi... il récupère notre fille chez sa meilleure amie, et ils descendent...

Il avait hoché la tête comme s'il avait trouvé ce délai correct, comme s'il avait eu un avis sur cette venue en deux étapes, comme, en définitive, l'aurait fait un expert en mode d'arrivée de vacanciers.

— Vous verrez, il y a un vivarium au village... une ferme spécialisée dans les reptiles... les enfants adorent ça... je vous ai laissé également sur la table basse du salon une liste avec des curiosités de la région... et les numéros de téléphone...

— À propos, était intervenue Claire, je n'ai pas vu où était le téléphone...

— On l'enlève quand on loue... maintenant tout le monde a un portable et ça passe très bien ici, surtout près de la piscine... Vous avez un portable ?

— Oui, oui.

— Ça passe sans problème ici...

Un temps, puis il avait demandé :

— Vous m'avez dit que vous étiez antiquaire...

— Oui.

— Vous verrez j'ai un ou deux meubles d'époque dans les chambres...

— Je suis spécialisée dans les lampes, la période Art déco... j'ai une boutique à Paris...

Claire se tut. Elle avait aperçu dans un recoin du salon un étui à violoncelle, blanc. Elle s'en approcha à pas lents.

— C'était à ma femme..., marmonna Monge, mais il est vide...

— Elle en joue toujours ?

— Non... vous savez... je suis veuf...

— Oh ! pardon...

— Non, pas de problème... ça fait quelques années... j'ai vendu l'instrument, mais j'ai gardé l'étui... en souvenir... Vous connaissez le violoncelle ?

Claire sourit, elle hocha la tête.

— J'en ai fait quelques années... quand j'étais adolescente... j'avais un étui blanc comme celui-ci... j'aimais cet instrument...

— Ma femme disait qu'elle aimait la sensation d'avoir quelque chose d'aussi gros et qui vibrait entre les jambes... j'en étais presque jaloux... ça m'a aidé à le vendre à vrai dire...

Claire le fixa sans savoir sur quel ton répondre. Elle ne parvenait pas à se déterminer sur son hôte, était-il particulièrement vulgaire ou terriblement malheureux ? Elle décida de ne pas s'encombrer avec la question et conclut, dans un souffle :

— C'est un instrument extrêmement sensuel, certes...

— Et puis-je me permettre de vous demander pourquoi vous êtes allée voir dans les annonces du *Quotidien du médecin* ? reprit Monge. Votre mari peut-être...

— Non, avait répondu Claire, en allumant une cigarette. Mon mari travaille dans les filtres.

— Les filtres... comme les filtres à café ?

— Pourquoi pas ?... Toutes sortes de filtres... On n'imagine pas tout ce qu'on doit filtrer aujourd'hui...

— Non, on n'a pas idée, avait répété Monge, en pointant la cigarette de Claire. Faites bien attention. Ici, les feux partent en quelques secondes... je vous mets vraiment en garde... D'ailleurs les barbecues ne sont pas recommandés cette année, la saison est tellement sèche... Ils parlent même de les interdire...

Claire, docile, avait écrasé sa cigarette.

— Non, vous pouvez fumer à l'intérieur, sans problème... c'est juste dehors... avec le vent... et puis ils ont posté des vigiles sur toutes les collines... S'ils aperçoivent le moindre trait de fumée dans le ciel, vous vous retrouvez avec la brigade des pompiers au portail et un hélicoptère qui vous pompe l'eau de la piscine... Ça m'est arrivé l'an dernier avec des Hollandais...

— Très bien... j'en profiterai pour offrir également des vacances à mes poumons...

Claire s'était sentie lasse. Elle avait eu envie que le propriétaire s'en aille afin d'investir le lieu. Monge avait entretenu la conversation à feu roulant depuis qu'il l'avait récupérée en gare d'Avignon.

— Une de mes meilleures amies est cardiologue, c'est elle qui m'a fait découvrir *Le Quotidien du médecin*, répondit-elle, en commençant à déballer un chemisier, espérant que cela inciterait le propriétaire à vider les lieux. Les toubibs préfèrent rester entre eux, belles maisons, prestations haut de gamme, sécurité renforcée... Les meilleures maisons de vacances... ils ne mettent pas leurs annonces ailleurs... mais il faut s'y prendre à temps...

Monge avait acquiescé et soufflé, comme s'il confiait un secret millénaire :

— L'an dernier, mes Hollandais, vous savez... ils étaient pédiatres.

Monge lui avait serré la main et s'en était allé, définitivement rassuré sur la bonne tenue sociale et morale de sa locataire. Le bruit de sa voiture avait décliné dans la campagne.

Claire avait terminé de déballer son sac. Fred allait apporter le gros des bagages avec la voiture. Puis elle s'était rendue à la fenêtre principale d'où l'on pouvait apercevoir le maquis, anéanti de soleil. Le chant des cigales se déployait depuis les herbes rases et les fourrés jaunis. Une frénésie invisible scandait la chaleur, la rendait pulsatile, plus palpable encore. De loin en loin des rocs blancs semblaient avoir été crachés par le ciel à la face craquelée du sol. Ils jalonnaient un espace immobile, quoique, à longtemps le fixer, animé par l'ombre lente des oliviers tourmentés. Il n'allait frémir véritablement qu'à la venue du soir, la levée du vent, le retour de la fraîcheur.

Une terre en attente.

Comme pouvait l'être sa propre vie.

Claire s'était demandé quelle faiblesse l'avait ainsi sournoisement envahie, pour ne plus être pilote à bord de son existence.

Maintenant, Claire oscillait doucement, assise à califourchon sur la planche recouverte d'un revêtement antidérapant. Son pouce glissait entre les deux lèvres d'une gousse, délogeant six fèves bigarrées qui tintèrent en heurtant le fond de la casserole en fer-blanc. Elle examina leur robe blanc et rose qui rappelait le travail d'un céramiste méticuleux, tantôt piquée de minuscules éclats carmins, tantôt finement arborée de dendrites pourpres.

Elle prenait garde qu'aucune graine ne tombât dans le grand bain.

Elle imagina la tête du proprio s'il venait à découvrir les lingots blanc et rose se gorgeant par centaines à la surface de sa piscine. Il y avait une large épuisette sur le bord, destinée à ramasser les feuilles et les cadavres de guêpes. Rien de plus simple que de l'utiliser ensuite pour la collecte. On se méfierait d'un léger goût de javel au moment de la cuisson.

Canicula était le nom ancien de l'étoile Sirius, qui se levait et se couchait avec le soleil du 22 juillet au 22 août. C'était la pleine époque, le premier lundi du huitième mois de l'année. Claire regarda le ciel, et malgré ses lunettes noires fut éblouie. S'il faisait aussi chaud sur l'autoroute qu'autour de cette piscine, elle les plaignait. Heureusement, il n'y avait plus d'embouteillages, ils le lui avaient dit. La seule chose qu'elle redoutait désormais pour eux était la présence sans faille du soleil au zénith.

Elle avait été rassurée de les entendre tout à l'heure au téléphone, mais aussi de vérifier au ton de leurs voix que ce voyage tenait toutes ses promesses.

« — J'ai hâte que vous arriviez…

« — À quelle heure on arrive, papa ?

« — Ça dépend, avec un arrêt saucisses-frites ou sans ? »

Les deux personnes qu'elle aimait le plus au monde se trouvaient réunies à cet instant dans une voiture, quelque part sur l'autoroute du Sud et méritaient de partager ce moment. À ce carrefour précis de sa propre vie, Claire avait voulu s'assurer de cela.

Comme on range une maison avant de la quitter.

Depuis son adolescence, Claire enchantait les hommes et ne s'était pas souvent privée de leur compagnie. Il ne lui avait d'ailleurs pas échappé qu'elle plaisait au propriétaire du mas. Cela n'était pas seulement dû à son physique séduisant mais plutôt à une disponibilité exhalée par sa personne, une manière d'opportunisme amoureux que les hommes détectaient aussitôt. Sur le point d'être majeure, elle s'était lancée dans le sexe comme d'autres s'adonnaient à l'escrime ou s'inscrivaient dans un club d'athlétisme, pratiquant avec conscience et assiduité.

— Plus encore que mes seins ou mes fesses, ce sont mes hormones qui les attirent... s'était-elle défendue au collège auprès de ses amies jalouses. Ce qui coule dans mes veines transpire de ma peau, les conduit dans mes bras avec plus de précision que le phare à l'entrée du port. Je n'y peux rien, je sécrète le désir.

Il n'y avait jamais eu de gêne pour Claire à goûter à des enlacements vigoureux, à étreindre le corps des hommes avec passion puis à les quitter, le cœur léger, au petit matin. Elle n'investissait ses relations d'aucune emphase sentimentale et veillait à ce que celles-ci restassent élémentaires. Aux amants qu'elle revoyait et qui se plaignaient qu'elle adoptât un comportement masculin, elle rétorquait qu'elle ne les aimait pas d'amour et que cela n'avait rien à voir avec le genre. Claire aimait faire l'amour et était douée pour cela. Cela ne l'empêchait nullement de respecter les hommes et contrairement à certaines de ses amies, elle n'entretenait aucun mépris pour qui la pénétrait.

Cela s'était déroulé aussi naturellement avec Fred à la différence capitale que l'amour avait éclos de leur première étreinte.

Un hasard prodigieux avait favorisé leur rencontre à Cuba, puis sa liberté coutumière avait fait le reste.

Lors de cette première nuit dans une chambre d'hôtel de La Havane où le sort les avait guidés, elle n'avait pas fermé l'œil après qu'ils eurent mutuellement assouvi leur soif de l'autre. Comblée de la force avec laquelle il l'avait possédée, mais aussi de la délicatesse avec laquelle il l'avait conduite à la jouissance. Il avait semblé à Claire reconnaître un signal qu'elle guettait depuis longtemps. Elle avait veillé le sommeil paisible de Fred jusqu'au matin. C'était comme si chacune des expirations régulières de son nouvel amant avait dispersé dans la nuit cubaine la trace de l'un de ses devanciers, comme s'il avait soufflé les poussières inutiles hors de la vie de Claire. L'aube l'avait découverte neuve, et pour la première fois sans hâte d'établir une distance avec celui dont le corps palpitait à son côté. Elle s'était demandé si cela était dû à une nature singulière de l'homme dont elle avait le ventre encore tiède, ou si sa propre nature lui réclamait désormais de s'engager. Claire se connaissait assez pour ne pas s'épuiser à la recherche d'une réponse univoque, acceptant pour la première fois l'idée qu'une rencontre dessine une silhouette à son avenir. Au bras d'un homme encore inconnu la veille, elle avait eu la conviction de pouvoir enjamber le présent, de parvenir à remiser son obsession de vivre au jour le jour, de se forger un destin et de s'y lier par la même occasion. Dans les dix années suivantes, aucune de ces intuitions n'avait été démentie. Leur amour avait évolué sans que s'ébréchât ce noyau de tendresse et de confiance. Les caresses d'autres hommes avaient frôlé la peau de Claire et glissé sans dommage. Le sexe lui ayant toujours été simple à pratiquer en terre inconnue, elle se contentait désormais d'étancher ses excédents de séduction, à certains moments qu'elle estimait trop cruellement désertés par son mari.

Les séparations consécutives aux voyages de Fred agissaient comme un aiguillon sur leur relation, et rien ne troublait Claire comme l'abandon auquel elle parvenait à son retour. Les mains de Fred, la bouche ou le sexe de Fred provoquaient son vertige, la mettaient profondément à nu, en danger, exaltaient son amour et faisaient a contrario apparaître ses amants comme de tristes maris cocus.

Claire n'était pas soucieuse à l'idée que Fred lui soit à son tour infidèle et n'avait pas la naïveté d'imaginer qu'il se privât du contact avec les femmes cinq jours sur sept. Il était d'un tempérament nomade, jamais là ni las, aimait-elle à penser. Animé de mouvements permanents et d'une curiosité qui pouvaient le lancer sur les traces de n'importe quelle chimère touristique, gastronomique ou culturelle. Alors pourquoi pas féminine ?

Elle souhaitait juste ne pas le savoir. Elle aurait détesté qu'il rentre un vendredi, penaud, souhaitant lui avouer sa faute. L'énoncé même de l'infraction aurait entaché leur relation, laissant supposer qu'il y avait des règles à respecter, ce qui contrevenait à l'idée qu'elle se faisait de leur union. Leur stabilité trouvait sa source dans leur liberté.

En ce qui concernait Alicia, l'amour n'avait pas surgi aussi spontanément. Le sentiment avait rôdé plusieurs semaines autour de Claire, le temps de réaliser que cet être minuscule et réclamant était différent d'elle. Se défaire de sa propre chair avait été une première et nécessaire étape, car ensuite il lui avait été plus facile de commencer à aimer quelqu'un d'autre plutôt qu'elle-même.

Claire connaissait mieux les hommes que les bébés, et il n'était pas étonnant que l'accoutumance à cette nouvelle expérience soit plus longue. Néanmoins, elle avait eu honte de le penser et ne s'en était ouverte à personne. Simplement, au début, elle avait regardé sa fille, l'avait nourrie, changée, en ayant le sentiment d'agir plus par devoir que par amour.

Fred avait joué un rôle de défricheur, lui indiquant la voie, concrètement et sans détour et, comme à son habitude, particulièrement motivé par l'analyse de la subtile mécanique des choses. En observant son mari procéder aux soins du cordon avec une délicatesse infinie tout en devisant sur le prodigieux mécanisme de la respiration placentaire, qu'il appelait le filtre sublime, tapoter doucement le dos d'Alicia à l'affût attendri d'un rot salvateur, goûter pensivement au lait maternisé, commenter jour après jour l'évolution de la couleur des yeux du bébé et constater avec fierté que sa chevelure allait rester rousse, Claire avait senti peu à peu un sentiment d'appartenance à l'espèce la gagner. À mesure elle s'était découverte un passé commun avec sa fille, dont les racines étaient enfouies au plus profond de l'histoire des humains.

Lorsque Claire avait osé en parler, plusieurs de ses amies lui avaient confié qu'elles aussi n'avaient pas aimé leur enfant d'emblée. Cela était également inhérent à l'espèce. Il arrivait que certaines mères n'aiment jamais leur progéniture.

Il avait suffi à Claire de prendre conscience de ce risque, qu'il ait été aussi radicalement formulé, pour se mettre aussitôt à ressentir envers Alicia un amour infini qui n'avait jamais failli depuis.

Les « pierres de Chine » ne sonnaient plus en tombant dans la casserole. Le récipient était presque plein.

Le téléphone portable de Claire se mit à sonner. Cette fois elle savait que ce n'était ni Fred ni Alicia. Son cœur se mit à battre plus fort.

Elle chercha l'appareil du regard et se leva brusquement. Le plongeoir oscilla et la casserole bascula. Claire se pencha en arrière, la rattrapa au dernier moment et courut le long du bord de la piscine jusqu'à son mobile qui gisait en plein soleil, oublié par l'ombre. Elle le saisit, il était brûlant, elle eut peur un instant qu'il ne fonctionnât plus. Sur l'écran le numéro s'affichait masqué, mais elle n'avait aucun doute sur l'origine de l'appel.

Elle appuya sur la touche centrale et porta le combiné à son oreille. Le boîtier argenté lui cuisait la joue et l'oreille mais cela importait peu.

— Allô, oui ?... fit-elle en tentant de garder la voix la plus neutre, dans l'hypothèse où cela n'aurait pas été lui.

— Claire... tu m'as manqué, fit une voix d'homme dans laquelle perçait l'empressement.

— Oui, Pierre... toi aussi tu m'as manqué.

Les seuls requins observés par Imanol auparavant avaient été cisaillés lors de leurs convulsions d'agonie dans les rets des pêcheurs, les mailles des filets parfois si profondément mêlées à leur chair qu'il avait fallu les découper à la lame. Cela lui avait suffi pour jauger leur gueule fine et sournoise, les yeux fixes et leurs rangées de dents acérées d'où s'exhalait une odeur de charogne.

Ceux-ci étaient plus longs et nageaient en cercle d'une dizaine de mètres de diamètre, à une vitesse bien supérieure à ce qu'il aurait pu imaginer. De temps en temps ils s'accordaient un écart ou dérangeaient leur régularité concentrique pour une plongée rapide qui les amenait sous le tronc. Instinctivement, Imanol remontait ses pieds hors de l'eau et enserrait ses genoux entre ses bras.

La ronde mortelle se resserrait à mesure que le temps passait. Il avait dû les attirer en pagayant si vivement. Les pêcheurs à bord des thoniers lui avaient raconté que les frétillements d'agonie des poissons ne manquaient jamais d'appâter les requins en maraude dans les parages. Ils disaient même :

— Ils ont l'ouïe plus fine que les loups… et sont encore plus prompts qu'eux à prélever leur tribut…

Ce qui résonnait de manière sinistre aux oreilles d'un berger.

Imanol vit un aileron briser le cercle régulier et obliquer droit sur lui. Même s'il savait que l'eau agissait comme une loupe, la forme grise qui fusait dans l'eau bleu turquoise lui parut véritablement gigantesque. C'était une torpille armée de crocs, propulsée par de puissants mouvements de la nageoire caudale qui battait de part et d'autre du sillage. Il entendit le glissement de l'eau sur le cuir de la bête au moment où elle dévissa sa gueule pour le gaffer. Alors il étendit les deux pieds de toutes ses forces, en poussant un cri de terreur. Ses talons frappèrent le museau du requin et le détournèrent. La monstrueuse mâchoire claqua dans le vide. Le tronc fit un tour sur lui-même, et Imanol, désarçonné, bascula, se retrouvant dans l'eau jusqu'au torse.

Il cria, battit désespérément des pieds sans oser regarder autour de lui et, suffoquant, se hissa à nouveau sur le tronc

Le requin qui venait de l'attaquer avait repris sa place dans la ronde infernale sans que le choc paraisse l'avoir découragé le moins du monde. Un simple contretemps, une pichenette en regard de sa masse musculaire et, pour Imanol, le réveil des douleurs fulgurantes dans ses pieds. Le diamètre du cercle s'était encore rétréci et le jeune Basque commençait à pouvoir discerner les stries sombres de leurs branchies, ainsi qu'une profonde entaille blanche et fibreuse sur le dos du plus gros, quelques accrocs sur les ailerons des deux autres. Les vies de ces carnassiers regorgeaient de combats mortels et de blessures cicatrisées. Il sut qu'il n'allait pas repousser la prochaine attaque. Le squale le plus affamé ou le plus téméraire allait se décider et il allait emporter le morceau.

Alors Imanol s'allongea sur le tronc à plat ventre, il plongea son bras gauche dans l'eau et commença à le remuer énergiquement.

— Allez, venez ! Venez maintenant ! Enfants de putains de la mer ! Prenez-moi, j'en ai assez ! C'est maintenant !

Imanol criait en brassant l'eau autour du tronc, en la faisant exploser de mille bulles. Ses épaules le torturaient, mais il accéléra encore son mouvement, en guettant le signal de la curée. Sous l'impulsion, le tronc pivotait sur lui-même dans le sens inverse de rotation des requins, des vaguelettes se formaient autour du bois, les ailerons s'agitaient, comme s'ils étaient prêts à rompre la formation, excités par les ondes transmises.

— Mais allez-y, sortez vos gueules pourries ! les provoquait Imanol. Attaquez... Des loups seraient moins froussards que vous... *Lobos... Lobos ! Lobos !*

Il ne vit pas le départ du requin, mais soudain l'eau parut se soulever sous le tronc, la surface nacrée de la panse de l'animal râpa le bois, et sa gueule apparut, rouge et fétide, armée de dizaines de crochets d'ivoire, dégueulant des litres d'eau salée.

La main droite d'Imanol jaillit de sa poche et pointa vers le gouffre immonde. Il tira par réflexe. Le colt émit une détonation si bruyante, si proche de son visage, que la suite lui parut muette, irréelle, baignée d'un sifflement suraigu aux échos métalliques. Le requin referma lentement sa gueule monstrueuse et effectua un virage à angle droit, longeant tout le tronc, avant d'obliquer et de repartir vers le large.

Un sillage rouge se formait sur son passage, qui croisa le cercle de ses deux congénères, les attirant inéluctablement.

L'animal blessé semblait à présent pris de frénésie, battant la surface de sa queue, virant à droite, à gauche, répandant une large trace de sang dans la mer.

Les deux autres ailerons fondirent sur lui, le percutant simultanément sur chaque flanc, et la mer ne fut plus qu'un bouillonnement d'écume, de sang et de ventres blancs.

Le rodéo mortel s'éloigna peu à peu de l'arbre sur lequel Imanol se recroquevilla en serrant son arme contre lui. Il se remémora la prophétie de la voyante. Pour la première fois une balle venait de lui sauver la vie, il en restait deux dans le barillet.

Il espéra que le festin était suffisant pour les deux grands squales survivants et qu'ils n'allaient pas retrouver sa trace de sitôt.

Le regard fixé sur la bosse sombre formée par l'île de Cuba à l'horizon, il commença à pagayer lentement avec ses mains, en prenant garde de faire le moins de remous possibles.

Son discret sillage s'effaçait à l'est à mesure que le soleil déclinait, comme le dernier lien avec sa vie d'antan.

Six mois plus tard, Imanol remontait à grandes enjambées la digue du Malecón, qui protégeait La Havane des assauts fantasques de l'océan.

Il portait un pantalon blanc dans la ceinture duquel brillait le canon de son colt 45. Une ample chemise de coton flottait sur ses épaules. Un foulard rouge noué autour du cou et son béret pour le protéger des dards du soleil lui donnaient fière allure de Basque. Il tourna son regard noir en direction de la baie d'où soufflait un fort alizé. Le tumultueux détroit de Floride s'étendait en face de lui, deux cents kilomètres de vagues et de creux qui le séparaient de son objectif initial. Il boitait légèrement, seul stigmate de son aventure récente. Deux talons fêlés qui se recalcifiaient lentement, au rythme de la vie générale dans l'île.

Il passa la forteresse de La Punta qui dominait la rade depuis l'époque où les pirates des Caraïbes rançonnaient la ville. Il tourna sur la droite calle Obispo et remonta la rue en pente, saluant deux prostituées à la peau noire qui lui adressaient de grands moulinets des bras.

— Imanol, crièrent les filles, viens avec nous ! Le *ron* est grand et il faut vider la cruche... on s'amusera !

Imanol n'était pas près d'oublier sa première soûlerie, trois jours après avoir échoué sur une plage au nord de l'île. Il avait fêté ses premiers pas en compagnie de la famille de pêcheurs qui l'avaient recueilli, fiévreux, délirant, mais vivant. Chez eux aussi le rhum était grand, ce qui signifiait qu'écorce de cannelle et clous de girofle y avaient suffisamment mariné. On pouvait s'enflammer le gosier avec le breuvage qui titrait bien plus que n'importe quelle liqueur d'Izarra.

— Je n'ai pas le temps, j'ai un rendez-vous !

— Encore une fille, Imanol, méfie-toi ! Les chancres poussent aussi dans la cervelle des imbéciles ! Tu n'es pas à l'abri...

Il rit et agita sa main en disparaissant calle Mercaderes, où les marchands en exercice n'avaient plus que des œufs de tortue ou leur propre fille à vendre.

— Ce n'est pas une fille, c'est le poker ! Moi aussi je dois gagner ma vie !

Il s'enfonça dans un secteur de la ville où les rues étaient si étroites qu'elles ne portaient plus de nom. Cent mètres à gauche se situait le terrain qu'il avait acquis avec ses premiers gains. Quarante dollars pour un rectangle d'un hectare au sommet d'une butte, non loin de l'ancien quartier colonial espagnol. Il ne pouvait s'empêcher de ressentir cela comme une revanche prise sur Salvador Ortiz qui, à ce prix, ne lui aurait pas cédé une de ses porcheries. Imanol essaya de chasser Lucía de ses pensées, mais la haine qu'il entretenait vis-à-vis d'Ortiz lui rappelait souvent le visage de sa bien-aimée.

Ici, sur la hauteur, sur sa terre, il allait ériger un fronton. Le premier fronton de Cuba.

Il avait tracé les plans, arrêté les dimensions du mur et la longueur du terrain, prévu les emplacements des gradins de pierre. Il avait été ramasser les ocres dans les collines argileuses à l'est de la ville. Mêlés à la chaux, les pigments imiteraient les teintes de terre rose des frontons de son pays. Chez lui, pas un hameau, un village, une ville, de Bilbao au désert des Bardenas, de Biarritz à Pau, qui ne possédât son mur de rebond. Les frontons étaient pareils à des bornes identitaires, fichés sur les dévers escarpés, encastrés entre l'église et la mairie, bordés de maisons, ou bâtis sur de spacieuses agoras qu'ombrageait la voûte feuillue des platanes.

Il avait débauché une dizaine de paysans robustes des plantations de canne à sucre et les travaux de terrassement allaient débuter aussitôt que les rouleaux de pierre servant à aplanir le sol allaient être livrés.

Imanol dépassa l'ancien quartier colonial et emprunta un dédale de ruelles bordées de maisons basses où trois petits garçons jouaient dans la boue formée par l'averse du début de la soirée. Dès l'aube du lendemain, le soleil allait reprendre possession de son territoire et le sol allait craqueler à nouveau dans cet endroit où les enfants vivaient nus et couverts de poussière, mis en compétition avec les chiens errants.

Il était le seul Blanc mais tous, Noirs et mulâtres, et quelques Chinois, le saluèrent et échangèrent une plaisanterie avec lui. Son projet de construire un mur dans le seul but d'y faire rebondir une pelote cousue de cuir les avait séduits assurément.

Dans cet entrelacs de baraques en torchis qu'il fallait reconstruire après chaque saison des pluies, une fille l'attendait. Elle lui sourit et l'embrassa à pleine bouche, puis lui glissa une poignée de dollars dans la main. Pour Dolorès, donner de l'argent à Imanol était un privilège. Outre le plaisir qu'il lui procurait en tant qu'amant, le petit Basque lui assurait une protection sans faille. Contre les natifs, dont elle avait en permanence à redouter le manque de considération. Et contre les outres à graisse venues d'Amérique, qui se comportaient à Cuba comme s'ils cherchaient à se venger des abolitionnistes. Imanol semblait n'être effrayé par personne et parvenait à régler de nombreux conflits au moyen de simples discussions. Dès son arrivée il avait développé une arme efficace dans ces quartiers analphabètes en proposant pour chaque partie un temps de parole. Si bien que même les moins cultivés, les plus éloignés de la notion de dialogue, avaient fini par se sentir considérés, élevés au rang d'interlocuteurs, et s'étaient honorés de ne plus résoudre systématiquement leurs escarmouches dans des bains de sang. Dolorès ne doutait pas qu'Imanol exerçât la fonction de juge ou d'homme de paix, dans le pays d'où il venait, et dont il parlait si souvent.

Il recompta les billets de banque, la remercia brièvement et pénétra dans le carbet où trois hommes avaient entamé une partie de poker.

Il s'assit à leur table, commanda un verre de rhum et les salua. Miguel, un chef de pêche au port, poussa le paquet de cartes en sa direction.

— Alors, encore en train de rêver à ton mur ? On désespérait de te voir arriver.

— Pourquoi, tu es si pressé de perdre ? rétorqua Imanol.

— Mais oui, dis-nous ! Il en est où ce mur qui ne sert à rien ? demanda le deuxième homme, un avocat des pauvres, dont les honoraires étaient réglés en bonbonnes de rhum.

— Les pierres seront livrées dans trois semaines.

— Au moins ça fera un endroit où les chiens pourront aller pisser, maugréa le troisième.

— Allez, donne…

Imanol adressa les cartons à ses adversaires de vifs mouvements du poignet. Il releva ses cartes. Il avait trois as en main. Il retint un sourire.

— Les hommes distribuent les cartes, mais c'est le destin qui les mélange, souffla-t-il, en avançant une pile de jetons au milieu de la table.

Fred se tut.

Un brelan d'as, au moins ça. Il avait fallu qu'Imanol gagne souvent pour prospérer aussi vite. Fred avait beau réfléchir il ne voyait pas comment son grand-père avait pu s'y prendre autrement. Son ascension à La Havane avait été fulgurante.

Il demanda à Alicia de lui passer la bouteille d'eau.

Il but au goulot.

Sa gorge était sèche d'avoir autant parlé.

Le mauvais temps s'était abattu sur l'autoroute comme une herse, le vent soufflait en bourrasques. La pluie heurtait le pare-brise par paquets que les essuie-glaces parvenaient à peine à chasser. Le bombardement de l'eau sur le toit et le capot avait fait irruption dans l'habitacle lorsqu'ils avaient percuté le front des intempéries, contraignant Fred à forcer sa voix pour continuer son récit.

Il éprouva le besoin de décontracter les muscles de son cou et effectua plusieurs mouvements de rotation de la tête. Il plia son avant-bras droit, puis le gauche, lâchant chaque fois un instant une des deux mains du volant.

Il s'était projeté avec force dans la relation de son passé familial et n'était pas certain que les contractures qu'il ressentait ne fussent dues qu'à la tension de la conduite.

À mesure qu'ils avançaient vers le sud, Fred forgeait une histoire à partir des indices du passé qu'il avait pu recueillir et l'écoute d'Alicia la parait immédiatement de réel. Comme on romance le moindre fait dès qu'on le relate, mais comme il acquiert une part de vérité aussitôt qu'il est entendu ! La grande histoire elle-même, celle des généraux et des batailles, celle des frontières et des exodes, était une invention des hommes, dite par les survivants, colportée de génération en génération et sujette à controverse, comme l'était la mémoire des humains. À moins qu'il n'y ait pas une mais autant d'histoires que de bouches pour les raconter et d'oreilles pour les écouter.

Fred pensa à ce que lui avait appris la physique quantique. Cette nouvelle manière d'envisager l'organisation du monde ébranlait la pensée scientifique depuis un siècle. Elle proposait, d'après un modèle expérimental dont personne ne contestait la validité et des équations indubitablement exactes, une manière révolutionnaire d'élucider le fonctionnement de notre univers. Elle rejoignait, par ses abstractions folles, la plus éblouissante des poésies. Elle était métaphysique en même temps que physique et demandait pour être comprise que l'homme fasse autant appel à l'imaginaire qu'au calcul. Elle réclamait qu'on remette en cause les assises les plus fondamentales du fonctionnement de la nature, la notion de distance, l'écoulement du temps, la causalité et le déterminisme. Elle démontrait que les constituants les plus infimes de l'univers étaient en mesure de communiquer entre eux en ignorant l'étendue qui les séparaient. Elle pouvait permettre d'affirmer que l'espace lui-même était devenu un mode de notre sensibilité et postulait, par exemple, qu'un événement n'existait que parce qu'il était observé, ou qu'un poisson n'était pas localisé dans une mare tant qu'un pêcheur ne l'y avait ferré. Elle donnait en somme, à tout événement ou individu, la probabilité d'être ou de ne pas être. À la vérité, l'opportunité de ne pas demeurer univoque. Aux histoires que les papas racontaient à leurs petites filles la possibilité d'avoir plusieurs fins.

Dans ses interprétations les plus audacieuses, elle pouvait mener à penser que notre univers n'était qu'un univers parmi une infinité d'autres existant côte à côte.

Une rafale de vent gifla le flanc droit de la voiture et la déporta sur la gauche du bitume inondé. Fred avait rarement vu un grain d'une telle violence se lever en si peu de temps. Il leva le pied de la pédale d'accélérateur. Lyon était à plus de deux cents kilomètres et le ciel avait totalement disparu.

Ils dépassèrent la 404 blanche dont l'allure s'était considérablement réduite.

Fred se dit que la Volvo filait comme une flèche d'argent, droit entre deux murailles liquides, enchâssée dans un des univers possibles où ils pouvaient franchir sans encombre le barrage noir qui les séparait désormais de Claire. Mais il ne put s'empêcher de penser à la probabilité qu'ils fussent dans le même temps les protagonistes d'un autre des scénarios du monde. Roulant dans un univers en tous points semblables, à la différence près que, dans celui-ci, un accident gravissime allait advenir. À moins encore qu'ils ne fussent les acteurs d'une version dans laquelle le père et la fille n'auraient eu aucune envie de se parler.

Inquiet, il tourna la tête en direction d'Alicia.

Sa fille lui adressa un large sourire, les yeux brillant du désir qu'il reprenne son récit sans plus tarder.

Après deux années et demie de résidence à La Havane, Imanol avait achevé la construction de son fronton. Il avait fait graver au sommet de la corniche courbe, visible du plus grand nombre : *Euskal herrirat*, ce qui veut dire « vers le Pays basque », en langue euskarienne.

Il avait été également favorisé par la fortune. À leur demande, il avait structuré l'organisation de ses maîtresses. La nuit, celles-ci louaient leurs charmes à des Américains nantis qu'il plumait le lendemain au poker. Sous l'impulsion du général Menocal, président fantoche à la solde du gouvernement des États-Unis, plusieurs projets de casinos sur le front de mer attiraient les investisseurs, et le petit Basque fricotait avec les moins regardants d'entre eux.

Depuis l'inauguration du fronton, l'habileté des tresseurs d'osier indigènes avait produit de puissants chisteras, et chaque fin d'après-midi, lorsque l'ombre franchissait la ligne des anciens remparts, Imanol foulait le parvis, dans une touffeur qui semblait ne jamais vouloir s'amenuiser.

On le voyait, tournant le dos à la pelote qui fusait dans l'air ardent à plus de cent kilomètres à l'heure, prendre son élan en quelques foulées et bondir pour intercepter la trajectoire. Le chistera prolongeait son bras en direction du ciel. La balle percutait la gouttière courbe et s'enveloppait dans l'osier. Il accompagnait l'impact, ramassait l'ensemble de son corps, de ses épaules à ses chevilles, pour absorber l'énergie contenue dans la sphère blanche et l'évanouir dans le sol. Quelques fractions de seconde semblaient se dissiper dans une position où la chaîne du temps elle-même était amortie. Mais déjà il se détendait, la terre lui retournait sa puissance, il se déployait vers le ciel, délivrant la force emmagasinée, la restituait par la rotation de son torse, le balancier de ses épaules et l'ample mouvement de faux du chistera, dont le bec recrachait le projectile dur en direction du fronton.

La pelote claquait avec un bruit sec sur le mur rose, comprimant à des centaines d'atmosphères l'air contenu dans ses cordes, et rebondissait en accélérant encore.

Cela recommençait. Parfois des heures durant et la chemise d'Imanol était trempée de sueur, mais jamais il ne l'ôtait.

Il ne lui avait pas fallu longtemps pour rassembler des adeptes. Des « pays », arrivés par flots, le plus souvent en transit, inévitablement attirés par le continent, de la Floride au Venezuela, mais surtout les habitants du quartier. Ceux-ci s'étaient massés les premiers sur les gradins de pierre, pour observer le geste dont l'origine était perdue dans les âges, à l'instar de celle de ce petit homme aux yeux vifs, à la volonté indomptable.

Les plus assidus avaient apporté des cigares et des bières, puis certains s'étaient avancés pour examiner la prothèse de cuir et d'osier. Imanol avait commencé par leur enseigner comment nouer le gant sur leur paume.

Il avait maintenant formé huit équipes de deux joueurs qui allaient d'ici à quelques mois s'affronter dans un championnat dont il espérait qu'il fût doté par l'un des deux casinos à venir. Sur le continent américain ce sport faisait l'enjeu de paris colossaux depuis près d'un demi-siècle, et certains pelotaris avaient fait fortune.

Bien souvent, Imanol se demandait quel tour aurait pris son destin s'il n'avait pas fait le choix d'embarquer à Bayonne. S'il avait par exemple signé avec le commandant recruteur sur le port. Il se souvenait précisément que l'officier engageait pour le compte du 30ᵉ corps d'armée, chargé d'assurer la défense de la région fortifiée de Verdun.

Depuis le mois de février de l'année 1916, Imanol avait appris à connaître les noms de la rivière Meuse, du bois des Caures et du fort de Douaumont. Il savait que le ciel déversait des centaines de milliers d'obus sur les environs de Verdun et que les gorges voraces de la guerre y engloutissaient sans répit ceux qui avaient son âge. Des capitaines de marine rapportaient les journaux d'Europe et leur cortège de nouvelles, tantôt exaltées, tantôt pitoyables. Les matelots de deux croiseurs américains ancrés en baie de La Havane pourvoyaient, quant à eux, aux informations en provenance de ce versant de l'Atlantique.

Il avait entendu qu'il y avait eu tant de bombardements dans la région de Verdun que tous les arbres avaient disparu. Les troncs massifs des frênes avaient été réduits à l'état de pieux malingres et fumants, des massifs entiers rendus en alignements de fétus calcinés, déchiquetés sans trêve par le souffle des explosions. Les forêts étaient devenues des champs grêlés, où l'acier tordu le disputait aux os broyés, dans la boue et le sang des cratères. Quelques kilomètres carrés où la vie était ensevelie, matraquée, soumise à l'attraction fatale de la volonté de possession des hommes.

Presque chaque nuit le sommeil d'Imanol était hanté par des visions dans lesquelles il combattait là-bas, revêtu de l'uniforme des poilus.

Dans son pire cauchemar, Imanol était le témoin impuissant de l'ensevelissement de ses frères d'armes vivants, dans une tranchée comblée par un impact d'obus. Il tentait de les sauver. Il enjambait les gravats, courait, chutait, rampait. Il se relevait, perdait son casque et s'agenouillait là où, l'instant d'avant, s'encourageaient encore ses compagnons, fusils dressés, baïonnettes fixées aux canons, attendant l'ordre de jaillir du trou, la peur au ventre, pour tenter de regagner vingt mètres de terre dévastée confisqués la veille par les fantassins allemands. Il grattait la terre en hurlant pour les dégager. Il s'arrachait les ongles au milieu du sifflement des obus qui ne cessaient de heurter le sol alentour. Il creusait mais ne parvenait qu'à exhumer la pointe d'une baïonnette, comme un fil ultime qui le liait à ceux qui venaient de périr, debout, en dessous de lui. Puis les camarades de son régiment se jetaient sur lui, le tractaient par les aisselles. Ils l'entraînaient à l'abri tandis qu'il hurlait et se débattait, gravement commotionné, lui sauvant ainsi la vie. Et c'était toujours à cet instant qu'il se réveillait, haletant, trempé.

Dans une variante de son rêve, il n'était plus témoin, mais occupait la partie ensevelie de la tranchée. Après l'explosion assourdissante, la boue pénétrait sa bouche, ses narines, comprimait ses poumons, l'étouffait et lui voilait le jour à jamais.

Quand il se réveillait, il se précipitait pour vomir et la bile avait un goût de terre.

Aucun journal n'avait relaté l'épisode des tranchées et pourtant il s'imposait à lui, nuit après nuit, par une abondance de détails. Cela lui fit penser au cinématographe dont on commençait à parler un peu partout. Des spectateurs, face à l'incroyable authenticité du spectacle, s'étaient, paraissait-il, enfuis, de peur que la locomotive les écrasât. Mais ce qu'il ressentait lors de ses réveils était plus effrayant encore, car, à la différence du procédé des frères Lumière, le son accompagnait les images. Les bruits lui paraissaient si réels, le fracas mat des détonations, le sifflement des obus dans l'air en surchauffe, les cris atroces des soldats mutilés, la pluie d'abat de la terre projetées par les explosions.

Imanol passait ainsi de longues heures face à la mer bleu turquoise, qui le préservait de l'Est lointain et du fracas des batailles, à réfléchir à l'allure qu'aurait pu prendre une autre forme de sa vie. Aux effets d'un tournant du destin. Se demandant parfois s'il n'était pas l'ombre détachée de lui-même, exilée aux Caraïbes tandis que le reste de sa substance s'éparpillait à la guerre.

Il baissa les yeux. La mer avait mouillé l'étoffe de son pantalon. Il s'arracha difficilement de l'empreinte qu'il avait creusée dans le sable, heureusement incompatible avec la condition d'ectoplasme, et se hâta en direction des faubourgs de La Havane.

Il avait rendez-vous ce soir-là avec Patrick O'Reilly. Cet émigrant de Dublin avait convaincu un groupe de banquiers de Seattle de le choisir pour gérer l'achèvement des travaux et la mise en exploitation de l'un des deux futurs casinos, le Habana Tropical Palace. Il avait débarqué sur l'île en 1880, du temps du gouvernorat espagnol et avait fait fortune en rachetant, après avoir soudoyé quelques fonctionnaires du roi, d'immenses territoires dans les provinces orientales, sur lesquels il avait intensifié et organisé la culture du café. En quelques années il était devenu le plus hispanique des Irlandais et se faisait appeler don Patrick, mais à la création du parti révolutionnaire cubain, et dès de la première guerre d'indépendance, il avait senti le vent tourner. Il s'était affairé à tisser des liens avec les rebelles, faisant parvenir plusieurs lettres à José Marti, qui ne l'engageaient au fond pas plus que cela. Lors de l'entrée en guerre formelle des États-Unis contre l'Espagne, il avait tourné définitivement casaque et redécouvert sa culture anglo-saxonne, abritant à plusieurs reprises des ressortissants américains en danger. À la défaite des Espagnols, il avait été reconnu comme une figure de la lutte émancipatrice et avait obtenu, dans le cadre du nouveau protectorat américain, de ne rien perdre de ses privilèges antérieurs, tout en s'attirant les grâces de la nouvelle administration. « Il y a fort peu de différences entre un catholique irlandais et un catholique espagnol », proclamait-il avant 1898. « La moitié des Américains ont du sang irlandais, expliquait-il après. »

Imanol se présenta à la tombée de la nuit devant la villa en ruine où Patrick O'Reilly l'avait convié. Inspirée de l'hacienda des exploitations rurales, mais tournée à la manière d'un palais baroque, l'ancienne demeure de la fille du gouverneur de l'île, s'élevait dans le Vedado, le quartier résidentiel. Elle était restée inoccupée depuis le rapatriement hâtif de la propriétaire. Ses murs et ses toits avaient souffert de n'avoir abrité que des fantômes pendant vingt années. La rumeur prétendait que Patrick O'Reilly s'était porté acquéreur sitôt la nouvelle de sa mise en vente. Il avait connu le palais pour s'y être rendu à l'occasion d'un bal d'anniversaire au temps de sa splendeur. Des miroirs encadrés de boiseries ouvragées à la feuille d'or ceinturaient le patio et reflétaient à l'infini les étincelles liquides jaillies de la fontaine centrale. Les chambres et le grand salon à l'étage s'ornaient de fers forgés dignes des plus beaux palais andalous. Chaque latte des plafonds à caisson avait été importée de Séville et les colonnes sculptées de Tolède. Les tuiles du toit étaient cuites à Madrid, et tous les ans, après la saison des pluies, un navire de charge en rapportait une pleine jauge en remplacement de celles qui étaient fendues.

Un cheval bai était retenu par son licol devant la monumentale porte de bois ornementée de bronze. Imanol lui flatta la croupe pour qu'il lui libère l'accès. Ce n'était pas un de ces canassons à l'encolure accablée, au poitrail abîmé par les harnais sommaires, aux yeux purulents. Celui-ci arborait un masque de tulle qui le protégeait des assauts des mouches tropicales, il portait haut, et ses fers étaient récents. Patrick O'Reilly soignait mieux ses chevaux que ses hommes, mais, comme il payait grassement, les bipèdes continuaient de se presser à l'embauche.

Le patio était hérissé de pilotis supportant des échafaudages de bambous lancés à l'assaut des murs lépreux. Partout les fissures étaient creusées et les enduits mis à nu. Les badigeons fanés subsistaient en de rares endroits, écaillés. Les huisseries des fenêtres avaient été décapées à la flamme. Une odeur de brûlé se mêlait à celle du bois humide. Au sol, les dalles de céramique avaient été déposées et laissaient affleurer la terre. Dans la galerie, les cadres des miroirs gisaient, démembrés et ternis, en attente de rénovation. Les éclats des feuilles de mercure oxydées crissaient et se brisaient sous le pas, reflétant au hasard d'un angle propice la voûte étoilée du ciel ou le visage intrigué d'Imanol. Il se demanda pourquoi Patrick O'Reilly avait insisté pour le rencontrer au milieu d'un tel dépeçage.

Une lumière brillait au premier étage où Imanol se rendit en empruntant le massif escalier de chêne. Pas une marche ne craqua, malgré les eaux de pluie qui avaient dû ruisseler en cascades depuis les trous du toit, et les chaleurs sans fin qui leur avaient succédé. Ce bois était sec et dense comme du métal. Il avait trempé pendant plusieurs décennies afin qu'aucune bulle d'air n'y persiste, puis avait été mis à sécher pendant d'aussi longues années. Des hommes avaient abattu des arbres dans les forêts de Castille pour que leurs fils façonnent ces marches. Le bois de cet escalier aurait pu naviguer sur mille océans et serait la dernière pièce de la bâtisse à rester debout. Sa main parcourut la rampe décorée de ferronneries dont certaines arabesques étaient mâchées par la rouille.

Une porte s'ouvrit à l'étage, découpant dans la lumière du grand salon une silhouette gigantesque coiffée d'un panama blanc.

— M. O'Reilly vous attend... vous êtes en retard, dit le géant, dans un espagnol nasillard que seuls les Américains étaient capables de prononcer.

L'homme toisa Imanol qui soutint son regard sans ciller. Il connaissait ce type de pachyderme, formé depuis son plus jeune âge à obéir aux puissants, ayant investi dans son développement personnel le maximum en muscles et le minimum en cervelle. Les riches Yankees insulaires semblaient s'en être faits une spécialité, comme leurs épouses avaient des caniches ou des iguanes de compagnie ils ne se séparaient plus de leur homme de main.

— Entrez monsieur Iparrateguy... Bill, c'est OK, fit une voix faible et asséchée par le tabac, dans le dos du colosse.

Bill s'écarta et ce fut comme si la porte du salon s'ouvrait pour de bon. Imanol découvrit que la pièce n'avait rien perdu de son faste. Les couleurs et les ors étaient intacts. Les plafonds plaqués d'acajou teintaient d'un rouge sombre les feux d'un lustre aux mille pendeloques de cristal.

Au centre, un vieil homme maigre, à la peau cireuse, assis à une table de jeu couverte de velours vert. Un paquet de cartes et des jetons étaient disposés de part et d'autre d'un cendrier où fumait un long cigare prolongé de trois centimètres de cendres blanches.

— Connaissez-vous les *moribibis*, monsieur Iparrateguy ?

— Les petites fougères qui se referment sur elles-mêmes ? On en trouve un peu partout dans les forêts, répondit Imanol, en avançant lentement en direction du vieillard.

Pat O'Reilly devait avoir quatre-vingts ans et son regard avait une force de pénétration d'où sourdait plus de violence que de toute la masse de son garde du corps. Il portait une chemise en soie grège et ses mains brunies, maculées de taches blanches et roses, commencèrent à battre les cartes.

— Elles déploient leurs feuilles aux rayons du soleil, épanouies, vivantes… mais si un insecte les effleure, un oiseau ou la main de l'homme… tout contact qu'elles analysent comme dangereux… elles se recroquevillent aussitôt, simulant d'être fanées… mortes… en espérant décourager le prédateur… Lorsqu'elles estiment que le danger est écarté, elles ressuscitent…

Il se tut un instant, laissant son regard dériver sur les marqueteries raffinées qui ornaient les panneaux, à mi-hauteur des murs, puis il claqua des doigts.

Une silhouette sortit de l'ombre, depuis la profondeur de la pièce.

— Désirez-vous boire un verre ?

— S'il vous plaît…, répondit Imanol dans un souffle.

La jeune femme qui s'avançait, une bouteille de rhum à la main, était métisse, une Cubaine sans aucun doute, mais ses traits étaient les plus fins qu'Imanol avait pu connaître. Ses yeux noirs le fixaient sans ciller, ses lèvres fines et serrées paraissaient réprimer une colère permanente. Ses cheveux noirs épais ondulaient en cascade sur ses épaules. Elle portait une robe de lin blanc aussi léger qu'une gaze qui laissait tout deviner de la forme de ses seins et de leurs pointes fines, ainsi que de la bosse que formait son sexe crépu au milieu de ses hanches rondes. Elle marchait pieds nus, telle une apparition d'une sensualité irréfrénable.

— Ruth s'appelait Oya… c'était une sorte de déesse des lacs, locale, quand je l'ai achetée à ses parents… des adeptes de la *Santería*, le vaudou cubain… elle révérait la forêt, la foudre et la rivière et entrait en transe pour un oui ou pour un non… Je sais ce que vous pensez, mais détrompez-vous, je lui ai rendu un fier service... sa famille a été décimée peu après par une fièvre hémorragique...

Ruth déboucha la bouteille et remplit un verre de liquide brun, mat. Elle ne devait pas avoir vingt ans et sa peau avait la couleur du rhum. Pat O'Reilly la retint par le bras avec tendresse, caressant son poignet d'une finesse de cristal, puis il remonta le long du bras jusqu'à l'attache déliée de l'épaule égarée dans le fin tissu.

— J'aime la nervosité... la race... la finesse...

Imanol ne put s'empêcher de penser à l'étalon splendide qui piaffait devant le porche de la villa. Patrick O'Reilly lui était infiniment antipathique, mais l'homme excitait sa curiosité.

— Il y a deux cents ans, les esclaves sont arrivés ici, provenant pour la plupart du Dahomey... Ruth a été engendrée par une lignée d'affranchis et d'Ibères épris de sauvagerie... le produit de la liberté et de l'amour, reprit le vieil homme en relâchant son emprise sur la jeune femme. Elle peint admirablement bien, savez-vous ? Des aquarelles... de toute beauté...

Imanol nota qu'un sourire fugace avait éclairé le visage de la jeune femme dont il lui sembla que l'ambre des joues s'empourprât.

— Mais asseyez-vous, je vous en prie...

Bill referma la porte du salon et vint se poster debout derrière son patron, tandis qu'Imanol prenait place à la table de jeu et portait à ses lèvres le verre que Ruth lui tendait.

— Revenons à nos fougères qui n'en sont pas, voulez-vous... *Mimosa púdica* en fait... Nos *moribibis* sont répandues dans toute l'Amérique latine... unique espèce végétale au monde à avoir développé un tel système de défense... leurs cellules sont sensibles aux variations de pression… elles expulsent l'eau qu'elles contiennent au moindre choc, se flétrissant… mimant la mort comme si elles étaient vivantes. C'est le destin de cette maison. Tout paraît avoir été détruit, mais si on prend la peine d'y rester quelques heures on s'aperçoit que l'âme y perdure, que la ruine n'est que l'aspect qu'elle désire afficher. Je suis venu ici et j'ai trouvé cette pièce telle que vous la voyez aujourd'hui… admirablement conservée malgré vingt ans d'abandon… le cœur d'une maison dont le reste ne demande qu'à se déployer à nouveau au soleil. La rénovation a commencé la semaine dernière et doit être finie avant la prochaine saison des pluies. Je ne tarderai pas à mourir, et je veux terminer mon temps entre ces murs dépourvus d'hostilité… je crois qu'ils me feront durer plus longtemps.

— Et cela vous coûte cher…

— Ma fortune est grande mais pas illimitée… les navires qui ramènent les matières premières suivent déjà les courants marins. Leur affrètement est effroyablement coûteux en ces temps où les cuirassés allemands hantent l'Atlantique… j'ai fait tripler chaque convoi…

Ruth alla s'asseoir en arrière sur une chaise basculante en osier, à la lisière de la lumière dispensée par le lustre, si bien qu'elle paraissait naître de l'ombre ou s'évanouir de la lumière au rythme lancinant de la voix usée du vieil homme.

— J'ai besoin que les crétins corrompus qui gouvernent l'île accordent la licence d'exploitation à mon casino avant celui de mes concurrents. Je m'y suis engagé auprès du consortium de Seattle. Les deux projets en cours aboutiront inexorablement, suivis d'autres… cette île est appelée à devenir la Riviera de mes concitoyens. Mieux qu'à Monte-Carlo, ici l'indolence et la langueur exerceront une attraction sans fin... mais celui qui ouvrira le premier fidélisera les clients les plus fortunés. On espère à tout moment que l'Amérique entre en guerre aux côtés de l'Europe et personne ne peut prédire combien de temps durera ce conflit. L'avenir de votre côté du monde est incertain et le groupe dont je dépends me récompensera largement si nous obtenons cette licence au plus tôt.

— Nous ?

— C'est là que vous intervenez. Car il se trouve malheureusement que votre projet de championnat de pelote éveille un intérêt vif chez nos concurrents. Ceux-ci sont basés en Floride où, comme vous le savez, nombre de vos concitoyens émigrent depuis des lustres.

Imanol lampa la dernière gorgée de rhum en pensant à ce qui serait advenu s'il était parvenu, lui, à Miami. Y aurait-il eu un jour d'autres Iparrateguy, ses enfants peut-être, sur le sol de Floride ? La perspective d'être père et de pouvoir léguer le conquit subitement. Lui, l'orphelin posé dans un coin de la vie. Une violente bouffée de désir l'envahit au moment où Ruth l'effleurait pour remplir à nouveau son verre. Il réprima l'ardeur de sa main qui voulait saisir cette femme, la conduire à sa bouche avide d'embrasser. Une imperceptible chaleur citronnée se dissipa lorsqu'elle se retira pour regagner sa place. Imanol s'efforça de sourire à Patrick O'Reilly, envers qui il éprouvait maintenant une féroce jalousie.

— Je sais que le groupe de Houston compte prendre contact avec vous. Ils vont accepter de financer votre championnat, et vont même vous offrir la possibilité d'une rencontre internationale en amenant leur propre équipe de Basques pour affronter vos Cubains. Oh ! pas pour l'amour du sport, non... Évidemment le match sera truqué et les vôtres l'emporteront. Les Cubains vont battre les Américains. Le sport est le plus puissant des arguments politiques, les nations se font la guerre sans morts et le peuple y assiste sans crainte. C'est à se demander pourquoi Hindenburg et Pétain n'ont pas plutôt entrepris une course de chevaux ou une compétition d'athlétisme ?

Imanol hocha la tête, il attendait la suite.

— Vos joueurs de pelote vont devenir les ambassadeurs de la jeune administration locale, ils vont redorer le blason de cette révolution de pacotille… vous pensez ! être passé d'un régime colonial espagnol à un régime parlementaire sous protectorat américain, la bonne affaire pour le peuple… et les journaux en feront large écho… Voilà pourquoi le gouvernement cubain saura infiniment gré à mes concurrents de leur avoir offert cette aubaine et ceux-ci me coifferont sur le poteau pour l'obtention de la première licence…

— Je ne veux pas d'un match truqué. Pourquoi mon équipe ne pourrait-elle gagner à la régulière ?

— Parce que l'immigration basque en Floride a un siècle d'avance sur vous… parce que là-bas leurs joueurs sont millionnaires, surentraînés et nourris à leur faim… vos gueux maigrelets n'ont aucune chance.. vous le savez très bien.

Imanol baissa la tête, O'Reilly avait raison. Ses jeunes joueurs dispersaient la majeure partie de leur robustesse lors des travaux dans les champs de canne à sucre. Quand ils avaient la chance de manger un bol de haricots, ils s'entraînaient avec courage, mais leur vigueur ne pourrait concurrencer des pelotaris élevés au rang de professionnels par l'implacable efficacité du système américain. Son championnat allait être truqué, qu'il le veuille ou non, et cela lui déplaisait souverainement.

— Qu'attendez-vous de moi ?

Patrick O'Reilly déplia un document sur la table, qui comportait plusieurs pages soigneusement manuscrites à l'encre violette et la reproduction d'une carte de l'île de Cuba où l'on distinguait nettement, à l'est de la silhouette allongée, un territoire ovale, hachuré à grands traits.

— Ceci est un acte de propriété sur une de mes terres d'Oriente. Six mille hectares de hauts plateaux, cultivables. Le café y pousse comme le liseron sur le bas-côté des chemins de votre pays. Les cacaotiers y sont nombreux et regorgent de cabosses ventrues. Ces terres vous rendront immensément riches dès la fin de la guerre et le rétablissement normal du commerce.

— Vous m'avez dit qu'on ne savait pas combien de temps cela allait durer.

— Oui, mais vous êtes jeune, vous pouvez attendre... peut-être cette guerre sera-t-elle la dernière guerre des hommes ? Vous le saurez, pas moi.

Il fit glisser l'acte officiel en direction d'Imanol qui le parcourut rapidement. Les pères curés lui avaient appris à lire, mais il n'avait pas souvent l'occasion d'exercer son savoir. Il identifia son nom au milieu du charabia juridique ainsi que le nom de plusieurs localités et régions de l'est de l'île. Le document était signé de la main de Patrick O'Reilly qui reprit la parole avec autorité :

— Il vous suffira de refuser de laisser le groupe de Houston financer votre championnat... vous abattrez également votre fronton pour éviter qu'ils ne le reprennent à leur compte... je vous fournirai les ouvriers nécessaires... dans la foulée vous disperserez votre équipe d'amateurs... et vous obtiendrez ce document qui fera de vous un homme nouveau.

— Pourquoi détruire mon fronton ? Pourquoi je ne pourrai pas rouler pour vous, plutôt que pour eux ? Affronter votre propre équipe d'Américains et les battre !

O'Reilly tapa violemment du poing sur la table et haussa le ton, les veines de son cou se gonflèrent sous la peau parcheminée et le sang afflua à son visage. Des taches de rousseur ressurgirent sur son front et les ailes de son nez, rappelant qu'il avait pu être un Irlandais flamboyant avant que la vieillesse n'oxyde ses traits.

— À cause de vos damnés compatriotes qui ont essaimé dans toute la Floride, partout où il fait chaud, mais qui ne sont pas remontés dans le Nord ! Il n'y a pas de Basque à Seattle ! Les personnes qui m'emploient n'ont même pas d'équipe de pelote à opposer aux vôtres ! Vous ne voulez tout de même pas qu'ils présentent une équipe de hockeyeurs contre des Cubains ! Si vous n'acceptez pas ma proposition, les gars du Sud vont nous damer le pion alors que nous étions à deux doigts de l'emporter !

Puis il se calma et resta sans voix quelques secondes, le temps de laisser l'air moite coulisser à nouveau dans ses poumons. Ni Bill ni Ruth n'avaient bougé, probablement coutumiers de ces colères à l'emporte-pièce. À moins qu'ils n'eussent tous deux secrètement espéré que l'apoplexie emportât le vieux avant son heure.

— Au fond, je ne vous demande qu'une chose, reprit O'Reilly, dans un filet de voix, et en peinant à respirer, c'est qu'un Basque limite les dégâts que ne vont pas manquer de causer d'autres Basques…

Il commença à distribuer les cartes et poussa un tas de jetons en direction d'Imanol.

— Votre réputation au poker vous a précédé, monsieur Iparrateguy... une petite partie vous fournira le temps de la réflexion...

Imanol releva les cinq cartes, un full aux as par les rois, servi. Patrick O'Reilly regarda les siennes et poussa deux jetons.

— Dix dollars...

Imanol jeta les cartes sur la table en faisant signe qu'il ne suivait pas, même pour deux fois cinq dollars. Il comprit en voyant le sourire sur le visage de son adversaire qu'il avait justement raisonné.

— Tout est pipé avec vous, monsieur O'Reilly... vous me faites croire à un jeu exceptionnel, mais c'est pour mieux me piéger.

Imanol tendit le bras et attrapa le jeu d'O'Reilly. Bill fit mine de bondir, mais son maître l'arrêta d'un geste, tandis qu'Imanol découvrait les cartes, une par une et les faisait claquer contre le tapis vert. Quatre dame à la suite, et un valet. De quoi envoyer son full par le fond, à l'arrêt des enchères.

— Vous êtes un dangereux manipulateur, reprit Imanol, et j'imagine que votre acte de propriété est aussi truqué que cette donne. À moins qu'il n'y ait là-bas que des pierres et du soleil...

— L'acte de propriété a été rédigé devant notaire et la terre est exactement telle que je vous l'ai décrite, répliqua sèchement le vieil homme. Mon intention était de prendre un léger ascendant psychologique sur vous... pas plus, monsieur Iparrateguy... une simple aide à la décision... je n'ai aucune raison de ne pas respecter notre accord. Aucun intérêt non plus.

— Je ne détruirai pas mon fronton, il n'y a pas d'accord entre nous, conclut Imanol en se levant. Puis il ajouta : il m'est complètement égal que l'un ou l'autre de ces deux casinos ouvre en premier.

Bill fit deux pas sur sa droite et se retrouva à égale distance d'Imanol et de la porte, si bien que ce dernier ne pouvait plus quitter les lieux sans passer dans le périmètre du colosse.

Imanol émit un regard inquiet en direction de Ruth dont il vit qu'elle avait nerveusement empaumé ses genoux.

— Je vous demande une dernière fois de reconsidérer votre position, car si vous ne le faites pas, je devrai faire abattre ce fronton moi-même, menaça Patrick O'Reilly.

— Il faudra m'abattre en premier.

— Qu'à cela ne tienne, lâcha le vieil homme en soupirant.

Bill enfouit sa main dans les profondeurs monumentales de sa veste et la ressortit, armée d'une machette qui ressemblait à un jouet entre ses doigts boudinés. Imanol reconnut la lame des tailleurs de canne à sucre. Aiguisée et maniée avec adresse, elle allait détacher sa tête de son corps sans réclamer plus d'effort que pour découper une cuisse de poulet. Tout dépendait si le fil heurtait les cervicales, auquel cas il allait devoir s'y reprendre à deux fois.

— Vous comprenez qu'après cette conversation je ne peux plus vous laisser quitter cette maison.

Au lieu de fuir, Imanol feignit de se propulser en direction du vieil Irlandais, ce qui déclencha l'irréversible ébranlement du garde du corps. Imanol inversa son geste et se jeta en arrière, échappant de justesse à la frappe de la machette qui vint fendre la table de jeu comme une brindille. Imanol se propulsait en direction de la porte quand le glapissement de l'Irlandais l'arrêta.

— Lance !

Il fit demi-tour et dégaina son colt. Bill avait empoigné sa machette par la lame et son bras s'abaissait déjà. Imanol tira sans prendre le temps d'ajuster. La détonation précéda le sifflement de la machette à quelques centimètres de ses oreilles et l'acier vint se ficher dans la porte, à l'endroit qu'il aurait dû occuper s'il avait poursuivi.

Bill oscillait devant lui, un flot de sang mêlé à des bulles d'air jaillissait à grands bouillons d'un trou en avant de sa gorge. Il hissa laborieusement ses deux mains vers la blessure pour tenter d'endiguer l'hémorragie profuse, mais n'acheva pas son geste. Il s'abattit dans un gargouillis, découvrant derrière lui le visage d'O'Reilly saisi dans son cri ultime. Les yeux révulsés de l'Irlandais étaient mis en berne au fond de leurs orbites, sa bouche, prise dans la nasse des muscles tétanisés de sa face, offrait une béance muette bordée de chicots jaunis d'où pendait une langue crevassée. Son front était percé d'un orifice noir qui laissait ruisseler un filet de sang.

Après avoir tranché l'artère cérébrale droite et perforé la trachée de Bill, l'ogive de métal avait vu sa course déviée vers le bas et la gauche par un plateau vertébral, avant de venir se ficher au centre du lobe frontal de Patrick O'Reilly où elle avait provoqué le court-circuit fatal.

Imanol tremblait des pieds à la tête et tentait de reprendre le contrôle de ses nerfs quand il s'aperçut que la jeune métisse avait glissé de son siège et gisait prosternée sur le parquet, traversée de secousses brèves et chaotiques. Une flaque de sang épais s'arrondissait autour d'elle, épongée à mesure par le tissu de lin, comblant les interstices du plancher en bois clair. Imanol s'élança pour la secourir, maudissant la vivacité de sa balle dont il louait l'instant d'avant l'efficacité. Son pied droit dérapa dans la mare d'humeurs qui s'écoulait hors du corps du cerbère abattu. Il chuta lourdement sur les reins. Emporté par son élan, il glissa sur le dos jusqu'à la jeune femme dont il percuta le flanc des deux talons. Le choc réveilla la douleur qu'il croyait définitivement évanouie et lui tira un gémissement qui se mêla au hurlement suraigu de Ruth. La jeune femme se redressa vivement sur les genoux, se tenant les côtes du côté gauche, ne présentant apparemment aucune blessure. Elle haletait, gorge tendue, sans parvenir à dompter son souffle. Elle lui adressa un regard halluciné qui se transforma progressivement comme elle parvenait à réguler sa respiration, se précisa, empreint d'un soulagement sincère lorsqu'elle découvrit à son tour que le liquide visqueux dans lequel Imanol baignait n'était pas le sien. Il se redressa sur les coudes et se retourna. Deux mètres en arrière, la carcasse de Bill continuait de se vider comme une grotte sans fond en émettant des clapotis caverneux.

Ruth lui tendit la main et l'aida à se relever. Sa douleur au talon le déchira. Il se dressa sur la plante des pieds, l'enlaçant par l'épaule tandis qu'elle le soutenait par la taille.

Le silence le plus complet régnait à présent dans la maison. Une odeur fétide s'exhalait dans l'air saturé d'eau.

Ruth contempla les masses immobiles des deux cadavres qui semblaient aussi disparates dans le trépas qu'elles l'avaient été quelques minutes auparavant, l'une grasse et suante, l'autre sèche et pétrifiée. D'aussi loin que remontaient les souvenirs de la jeune femme, son ancien maître ne lui était pas apparu différemment, infiltré par la mort. Son torse sans palpitations qui la couvrait lors de nuits démesurément noires. Ses veines froides glissées entre ses cuisses. Sa bouche parcheminée qui lui dérobait parfois un frisson. Ruth se serra contre le petit Basque venu la libérer. Elle avait accepté que ses yeux mobiles et scrutateurs la fouillent dès lors qu'ils s'étaient posés sur son corps. Ils étaient de si vivantes promesses.

— Viens. On prend son cheval, ordonna-t-elle.

Imanol ramassa l'acte de propriété des terres orientales parmi les débris de la table. Il saisit délicatement une esquille ensanglantée et signa en bas de page d'un trait vermillon.

Il plia le document et le glissa dans sa chemise, puis il entraîna doucement la jeune femme à sa suite.

Parvenus au palier, Ruth lui fit signe de l'attendre et elle disparut dans une pièce attenante. Elle ressortit presque aussitôt avec une boîte rectangulaire d'une quarantaine de centimètres de long, en acajou, qu'elle serrait contre elle comme le plus précieux des biens.

Ils dévalèrent deux à deux les marches du grand escalier, coururent au travers du patio et déboulèrent dans la rue où le cheval bai les accueillit d'un hennissement apeuré. Ruth lui flatta l'encolure et lui murmura quelques phrases d'espagnol mâtiné de la langue des Caraïbes, dans lesquelles il était question de liberté et de recommencement. Elle plia une étoffe de laine grise dont elle protégea le dos de l'animal tandis qu'Imanol installait la selle et la sanglait. Ruth continua de rassurer le cheval jusqu'à ce qu'Imanol eût pris appui sur les étriers, se fût hissé sur l'animal, et lui tendît sa main dont elle s'empara pour la première fois. Il la tracta et elle s'assit derrière lui, glissant précautionneusement le coffret d'acajou dans la sacoche latérale. Elle se serra contre son cavalier. Il éperonna. Le cheval démarra au galop à la faveur de la nuit complice.

À chaque foulée de la cavalcade, la poignée de son colt appuyait sur l'estomac d'Imanol, lui rappelant qu'une seule balle le séparait désormais du prochain carrefour du destin. Il maudit la voyante et sa prophétie, car, à l'en croire, chacune des trois balles tirées par son colt le rapprochait du retour au pays. La première fois, lors du sauvetage de la menace des requins, il n'avait eu qu'à s'en féliciter, mais cette fois il en était autrement. Il pouvait ressentir le doux et chaleureux appui des seins d'Oya contre son dos, l'étreinte des mains de la jeune passagère autour de sa taille, et rien ne lui donnait moins envie de quitter cette île.

Claire referma son portable et se tint immobile un instant. Elle éprouva le besoin de laisser son corps dissiper l'anxiété provoquée par sa conversation avec Pierre. Elle se défit de son paréo, reposa le mobile sur la margelle et plongea dans la piscine que le soleil avait chauffée toute la journée.

Elle ressentit le bienveillant contact de l'eau. Une main amicale l'enrobait et l'accompagnait à distance de la surface. Elle expulsa méthodiquement l'air par la bouche.

L'élan du plongeon déclina, Claire ouvrit à moitié les paupières. Les mosaïques de carrelage s'élevaient doucement à sa rencontre, flous bleu pâle et blancs, flottant derrière le rideau de ses cils. L'eau, rafraîchissante en profondeur, tranchée par les rais obliques du soleil, chatoyait des miroitements de la surface.

Elle effleura la pente du grand bain de la paume de ses mains. Les ballasts de ses poumons entièrement vidés, elle se posa à plat ventre sur le fond du grand bassin. Son front vint au contact. Elle écarta lentement ses bras et referma les yeux. Livrée au silence.

Une libellule vert émeraude effectua un virage à angle droit au-dessus du bassin pour observer un instant l'immense insecte de chair crucifié au fond de l'eau.

Claire savait que l'oxygène dissous dans son sang allait lui permettre de tenir trois minutes. Elle s'entraînait à l'apnée depuis qu'elle était enfant, dans sa baignoire d'abord, puis dans l'eau des rivières et dans la mer. Elle y accédait à un degré de détente inégalé, qui pouvait la mener à une forme de clairvoyance juste avant ce qu'elle appelait l'instant de renonciation. Ce moment où l'instinct de survie l'emportait et lui imposait de sortir la tête hors de l'eau pour inspirer profondément. Cela avait commencé comme une récréation, mais il lui arrivait de repousser la limite de la suffocation si loin que le jeu prenait la tournure d'un défi dangereux.

Une bulle d'air se forma au rebord de sa narine, roula vers la pointe du nez et se désamarra. Elle remonta vers la surface, minuscule accroche de lumière, tournant sur elle-même et se déformant. Elle vint éclore dans un reflet et se dissipa dans l'atmosphère élastique illimitée.

La libellule interrompit son vol stationnaire et repartit en bourdonnant.

Quelques semaines après le retour de Cuba, Claire avait fait un test de grossesse qui s'était révélé positif. Fred et elle n'avaient jamais eu le temps ou la volonté d'évoquer cette hypothèse mais n'avaient pris aucune précaution pour éviter qu'une telle chose survienne. Ce qui supposait, vu leur expérience et leur capacité intellectuelle, qu'ils avaient délibérément opté d'avoir un enfant, en laissant le hasard décider du moment. Ce dernier avait choisi d'opérer avec soudaineté puisque neuf mois après leur rencontre, Alicia était née un samedi à 21 heures 12 et pesait 2,950 kilos.

Dès sa venue au monde, Alicia avait entraîné ses parents à marche forcée dans son évolution. Le premier pas, le premier mot et la remise du lit à barreaux dans la cave avaient été autant de jalons de leur vie propre. Leur mariage, par exemple, était précisément daté du moment où Alicia avait commencé à inventer des noms à toutes ses poupées mais également à tous les objets ou personnes nouvelles qu'elle rencontrait. Ainsi madame le maire avait-elle été baptisée Tricotine à cause de son écharpe bleu-blanc-rouge, et, chez eux, on expliquait :

— C'est la Tricotine, qui nous a mariés…

Lorsque Alicia était entrée à la maternelle, Claire s'était aperçue qu'elle était tombée à nouveau enceinte. Fred avait senti les premières vibrations de l'enfant au-travers de la peau du ventre de sa femme dès le quatrième mois. Ils avaient passé ainsi chaque soir plusieurs minutes à observer ses ondulations précoces et à s'interroger sur le sexe de l'enfant à naître. Ils avaient décidé cette fois de ne pas savoir et avaient informé Alicia de la venue d'une petite sœur ou d'un petit frère, ce qu'elle avait aussitôt répercuté à l'ensemble de sa classe. Mais, un soir du sixième mois, ils avaient guetté en vain l'apparition familière des frissons sur l'abdomen épanoui. Ils avaient tout d'abord mis cela sur le compte d'un endormissement profond de leur futur bébé. Le lendemain matin, la même absence de signal les avait alertés. Claire s'était précipitée pour passer une échographie qui avait mis en évidence que le cœur du bébé avait cessé de battre. Ils n'avaient jamais su pourquoi. Les médecins avaient provoqué l'accouchement par les voies naturelles d'un enfant mort, qui ressemblait à une minuscule figurine de cire, de sexe masculin.

Le lendemain, par une fin d'après-midi d'hiver, Claire et Fred avaient quitté la clinique, main dans la main. Un vent glacial les avait saisis sur le chemin du retour, alors qu'ils traversaient les jardins du Luxembourg. Ils n'avaient pas échangé un mot jusqu'à ce qu'ils se fussent retrouvés face au grand bassin circulaire dont l'eau était gelée. Un cerceau d'enfant paraissait avoir été agrippé par la glace et surgissait à demi dressé à deux mètres du bord, témoin de la soudaineté avec laquelle le froid s'était répandu sur la ville.

Aux beaux jours les enfants affluaient autour du bassin et y propulsaient des modèles réduits de voiliers. Six mois plus tôt, Alicia y avait passé de longues heures à courir après les canards, à jouer, à s'y tremper, à mêler ses rires à ceux d'autres petits que l'été avait déposés sur ces rives. Les saisons livraient chaque année leur lot d'enfance et de joie en ce sanctuaire. Autrefois, Fred lui-même y avait poussé un bateau similaire à celui de sa fille. Des amoureux, souvent, y flânaient et prononçaient des serments. Nombre de naissances avaient pu être inspirées par le spectacle immuable de l'insouciance et de l'allégresse autour de ce bassin.

Fred s'était retenu de ne pas pleurer.

— Je ne veux plus jamais connaître cela, avait-il dit, rompant le silence glacé.

Claire avait approuvé d'un hochement de tête.

— Je vais me faire poser un stérilet… J'en ai déjà parlé au toubib…

Elle s'était serrée contre lui, il avait entouré ses épaules et avait enfoui son nez dans son cou, sous l'étoffe de l'écharpe, à la jonction du col relevé du manteau. Il avait senti un parfum, sucré et familier s'échapper comme d'une cheminée de chair. Il avait déposé un baiser sur un carré de peau nue qu'il savait blessée en dedans.

— On va l'expliquer à Alicia…

Ils avaient choisi d'inhumer le petit corps dans le cimetière Montparnasse et lui avaient donné le prénom d'Iñaki.

Une année plus tard, Alicia s'était inscrite aux cours de danse. Fred venait d'être nommé directeur national et ses fonctions l'éloignaient de plus en plus fréquemment. Il avait manqué le spectacle de fin d'année des petits rats et n'avait pu consoler Alicia dont les pleurs les avaient déchirés deux jours entiers, leur enseignant qu'aucune douleur ne pouvait être contenue dans une si petite fille.

À cinq ans, Alicia les avait aidés à aménager le magasin d'antiquités que Claire avait acheté le long du canal Saint-Martin. Dès le premier dimanche, les clients avaient afflué, familles et solitaires en balade dans ce quartier désormais promis aux piétons. Lorsqu'elle avait su lire et écrire, Alicia avait rédigé les étiquettes, mais sa passion consistait à se tenir derrière le comptoir et à rendre la monnaie aux clients de sa mère.

L'année de ses six ans, ils avaient loué une maison à Almería. Fred avait acheté la Volvo et ils l'avaient rodée à l'occasion d'un interminable trajet au travers des paysages désertiques du sud de l'Espagne. Alicia avait appris à nager cet été-là dans les bras de son père, tandis que Claire avait une aventure avec le serveur d'un restaurant qui l'avait draguée sur la plage.

Leur déménagement dans l'appartement de l'avenue Trudaine et l'acclimatation à la nouvelle école primaire avait absorbé les deux années suivantes. L'après-midi du 11 septembre 2001, Claire était en train d'acheter un aspirateur avec Alicia lorsqu'elle avait vu l'image des deux tours en feu apparaître, multipliée à l'infini sur les écrans de télévision du grand magasin. Le marché des antiquités avait accusé un net recul, puis avait repris avec l'économie mondiale et les guerres en cours.

À neuf ans Alicia avait proposé à sa mère de créer un site Internet pour sa boutique et de le tenir à jour contre une augmentation de quinze euros par mois de son argent de poche.

Quelques mois plus tard, et consécutivement à sa visite dudit site, un militaire en grand uniforme d'apparat avait poussé la porte du magasin d'antiquités. En ouvrant cette porte il avait provoqué un minime déplacement d'air qui n'avait cessé depuis de prendre de l'importance et menaçait à présent d'emporter la vie de Claire.

Pierre de Brécourt portait un uniforme bleu nuit sur les manches duquel une volée de galons n'avaient laissé aucun doute à Claire – même si elle ne connaissait rien à la chose militaire – que son grade était élevé.

Il avait les cheveux gris coupés ras, des yeux clairs perçants qui se détachaient sur son visage énergique et accusait une cinquantaine d'années.

Il avait refermé la porte avec application, comme s'il avait pénétré dans une demeure privée et non dans une boutique. Claire avait aperçu la berline bleu nuit qui stationnait devant son pas de porte, feux de détresse allumés. Un chauffeur en képi attendait au volant.

Elle s'était approchée de lui en souriant, intriguée plus qu'impressionnée par la stature martiale de son interlocuteur et avait identifié, aux côtés d'autres décorations qui lui barraient la poitrine, la rosace rouge de la Légion d'honneur. Il avait intercepté son regard et avait écarté les bras pour s'excuser.

— Ne prenez pas garde à cette tenue solennelle, avait-il dit avec un discret accent méridional. Mon régiment a défilé ce matin et nous repartons directement pour notre caserne.

Claire s'était amusée de la coïncidence. Fred avait été appelé lundi matin à Carcassonne en tant que consultant civil auprès des militaires du 3e régiment de parachutistes. Ceux-ci hésitaient entre deux modèles de stations portatives d'épuration de l'eau pour leurs opérations de campagne. Les déboires des unités américaines, paralysées par les tempêtes de sable du désert irakien, les avaient incités à maintenir leur matériel à niveau.

À la suite d'Albi, Fred devait se rendre à Marseille à la requête d'un laboratoire pharmaceutique. Il avait choisi de profiter du 14 Juillet pour effectuer le trajet et Claire, toute motivation pour chômer la journée évanouie, avait ouvert.

L'homme avait observé les différentes pièces exposées au sein du fatras savamment agencé. Puis son regard avait considéré Claire à nouveau, la parcourant des pieds à la tête, ostensiblement mais sans vulgarité, lui donnant brièvement l'impression qu'elle méritait l'attention d'une rareté. Elle en avait été troublée et flattée. L'homme n'était pas parachutiste. Des prunelles fines logées au fond de ses yeux clairs adoucissaient un regard qui semblait peu compatible avec l'idée que Claire se faisait de ces guerriers. On ne peut mettre autant d'application à perfectionner son art de tuer sans voiler à jamais la bienveillance du regard. Lui en était empli. Elle avait pensé aussi tendresse.

Pour cette raison elle avait exclu également qu'il puisse être commando de marine ou pilote de chasseur bombardier ni officier commandant des chars.

Elle s'était aperçue qu'elle désirait plus connaître l'arme qu'il servait, au fond, que la raison qui l'avait poussé à entrer dans sa boutique.

— Le défilé… celui du 14 Juillet ? avait-elle repris, pour essayer de le faire parler.

— C'est bien la date d'aujourd'hui, n'est-ce pas ? Ma brigade de gendarmerie est spécialisée dans les secours d'urgence. En temps de paix nous intervenons lors de tremblements de terre, d'inondations… Cette année l'armée de terre nous a mis à l'honneur.

— Gendarme.

Elle lui avait décoché un large sourire, puis avait secoué la tête.

— Je suis désolée, je n'ai pas regardé la télé…

Intérieurement Claire s'était traitée de gourde. Sa réponse démontrait qu'elle n'envisageait pas ce défilé autrement que comme un spectacle de télévision, ni plus ni moins intéressant qu'un match de rugby ou une émission de variétés. Un événement qu'elle avait toujours laissé se dérouler à distance. Familier à force des ans, d'une eau équivalente aux mariages princiers ou à la retransmission dominicale de la messe, paré de désuétude, impossible à inscrire dans le contemporain. D'aussi loin qu'elle s'en souvienne elle ne s'était jamais rendue sur l'avenue des Champs-Élysées un

14 Juillet. La perspective d'être concassée par une foule de patriotes ne la tentait pas.

— Vous avez manqué quelque chose..., avait-il dit, avec un sourire ironique. Les chiens ont rompu la cadence lors de notre passage devant la tribune présidentielle. Il était impossible de les tenir au pas... ils ont emmêlé leurs laisses... la brigade cynophile a été la risée du défilé... on aurait dit un numéro de clowns... quand on pense que ces animaux gardent un calme exemplaire dans les conditions les plus épouvantables... Ils sont habitués à exhumer des cadavres, à renifler de la drogue, ils savent même sauter en parachute.

— Peut-être qu'à leurs yeux une coulée de boue ou une secousse sismique représentent moins de danger...

— Qu'un aréopage d'officiels ?

Claire avait souri en inclinant la tête sur le côté, découvrant une partie de son cou blanc.

— Oui.

— C'est plus leur flair qui compte que leurs yeux.

— Alors c'est l'odeur du pouvoir qui les a incommodés, avait conclu Claire en toussotant, mal à son aise.

L'homme n'avait pas cessé de fixer sur elle son regard doux et enveloppant. À la fois, Claire s'était sentie gênée et avait souhaité s'en défaire, à la fois, il la tenait captive et elle ne pouvait s'en détacher.

— Que puis je-faire pour vous ?

Elle n'avait pu s'empêcher de trouver la formulation ambiguë. Déjà, le charme de cet officier de gendarmerie agissait à la manière d'une lame de fond, l'attirant inéluctablement vers le large et ses secrets, tandis qu'en surface tout restait uniformément calme et lisse.

— J'ai découvert votre site sur le Net. Je m'intéresse à la référence 125 de votre catalogue ! Si la pièce est en bon état, votre prix sera le mien.

Claire n'avait pas mis longtemps à répondre, malgré la quantité phénoménale d'informations qui avaient emprunté ses connexions neuronales et les multiples contradictions qui avaient résulté de son analyse. Elle avait parfaitement identifié la référence auquel l'homme faisait allusion. Il s'agissait du lampadaire à balanciers conçu par Eileen Gray en 1928. Un assemblage complexe dc tiges d'acier graciles, articulées sur rotules, équilibrées par des contrepoids montés en déport. Cette rarissime lampe sur pied d'apparence arachnéenne, rappelait immanquablement un mobile de Calder. Il ne restait pratiquement aucun exemplaire intact de ce chef-d'œuvre de l'Art déco qui constituait une des plus belles pièces jamais dénichées par Claire. Lasse d'avoir à en justifier le prix à des néophytes qui hurlaient comme des bêtes blessées au nombre de zéros, elle avait fini par l'entreposer dans son arrière-boutique, tant pour la protéger que pour la réserver aux authentiques connaisseurs. La vente avait failli se réaliser une fois, mais au dernier moment l'acheteur avait reculé, préférant acquérir pour le même prix un 4 × 4.

— Le mécanisme est absolument conservé, avait rétorqué Claire, c'est une pièce unique. Eileen Gray a surtout dessiné des meubles en laque.

— Il en existe une autre, dans la collection François Pinault... elle a été exposée à la fondation Cartier en 2002... j'avais pu l'y admirer.

— C'est juste..., avait soufflé Claire, ébahie.

Claire s'était rendue à cette présentation de la collection du chef d'entreprise milliardaire. Elle avait pu constater que son propre exemplaire du lampadaire de Gray était aussi parfaitement conservé que le modèle exposé. En arpentant les travées et le jardin de la fondation Cartier, Claire avait été subjuguée par la qualité et la valeur des pièces dont la diversité en faisait probablement la première collection d'art contemporain au monde. Elle s'était néanmoins répétée qu'à la collection elle préférait la transmission. Pour elle, le plaisir devait circuler, à la manière d'une relation amoureuse qui s'installait entre l'objet, son vendeur et son acheteur.

À cette idée, elle avait imaginé qu'elle avait pu croiser l'officier lors du vernissage et s'était retenue de lui demander quel jour il s'y était rendu.

— Je suis passionné par les objets industriels, avait-il repris… et particulièrement les luminaires. Je ne pensais pas trouver une telle pièce dans le privé. Pourrais-je la voir ?

Claire avait fait le tour du comptoir et était passée sans s'arrêter devant la porte du réduit où elle stockait la lampe. Elle l'avait déplacée le matin même pour entreposer une hélice d'avion. Des clients de plus en plus nombreux en recherchaient, ainsi que des propulseurs de bateaux. Les tripales pesaient plusieurs centaines de kilos et se vendaient comme des petits pains, à des prix que Claire considérait elle-même prohibitifs. C'était à la mode. Claire en chinait dès qu'elle pouvait, vampire s'abreuvant de la nostalgie de ses clients pour les voyages du passé.

Elle n'avait qu'à pousser cette porte pour satisfaire la demande de cet homme, mais elle n'en avait rien fait, s'était penchée et s'était saisie d'un bloc-notes et d'un stylo.

— Malheureusement je l'ai prêtée à la galerie Carlwood pour une exposition… ils font une rétrospective Gray à Londres. Je dois la récupérer vers la fin du mois… je vous préviendrai aussitôt.

Claire avait senti pour la première fois le regard bleu de l'homme perdre sa douce intensité. Il avait tourné la tête vers l'extérieur, en direction du chauffeur qui l'attendait. Quand il l'avait regardée à nouveau, la déception qui traversait son visage s'était résolue en un triste sourire. Elle s'était sentie coupable d'un tel simulacre. L'officier méritait plus que tout autre d'avoir accès au bijou d'Eileen Gray.

— Je n'ai que peu l'occasion de venir à Paris... et certainement pas d'ici à cet hiver..., avait-il expliqué en consultant sa montre, comme si le temps lui avait été compté. J'aurais dû vous téléphoner avant de passer.

— Laissez-moi vos coordonnées et je viendrai vous la montrer moi-même..., avait-elle ajouté, de sa voix la plus suave.

— Vous feriez ça ?

— Avec plaisir...

— C'est une caserne dans les Terres-Froides, entre Lyon et Grenoble.

— Je voyage lorsque les pièces en valent la peine.

Elle l'avait fixé avec effronterie, prenant le risque qu'il saisisse le message caché.

— Je peux vraiment vous l'acheter vous savez.

— Je l'avais compris. Vous ne serez pas déçu.

— Vous m'appellerez ?

— Oui.

— Je serai là tout l'été, mon unité donne un coup de main aux gendarmes chargés de la sécurité routière pendant la période des vacances.

L'homme lui avait tendu sa carte. Pierre de Brécourt était colonel de la gendarmerie basée à La Côte-Saint-André. Suivait son numéro de téléphone.

Il l'avait remerciée et s'était hâté de quitter la boutique. Dès qu'il eut regagné son véhicule et que celui-ci se fut fondu le long de la ligne grise du canal, Claire avait ouvert la porte de la remise. Les fins montants du

Gray s'étaient dévoilés dans la clarté du jour pénétrant, révélant peu à peu l'abat-jour, comme une patiente araignée au centre de sa toile tendue. Claire l'avait contemplée longuement en regrettant d'avoir inventé que cette exposition se prolongeait jusqu'à la fin du mois.

Quatre semaines plus tard, elle avait appelé Pierre de Brécourt et pris rendez-vous avec lui. Elle avait roulé jusqu'à La Côte-Saint-André, la lampe d'Eileen Gray précieusement empaquetée dans le coffre. Elle y était parvenue à la tombée du jour. Le soleil colorait de fauve les cimes enneigées des Alpes. Claire avait vu dans ces capuches luminescentes rabattues sur le corps sombre de la montagne de bienveillantes gardiennes postées au bord de son chemin.

La petite ville, étalée à flanc de coteau, dominait la plaine de la Bièvre. Sur la place principale, en face de la halle, Pierre lui avait réservé une chambre à l'hôtel de la Symphonie Fantastique, mais Claire s'était rendue directement à la caserne.

Dans la nuit sans lune des Terres-Froides, une lumière était restée longtemps visible au dernier étage du baraquement des officiers. Le silence du grand appartement de fonction était troublé par les murmures du plaisir et le souffle des amants. Leurs deux corps nus formaient une tache claire sur le lit. L'œuvre d'Eileen Gray palpitait d'une lumière pâle, fragile, presque irréelle.

Une année s'était écoulée et Claire n'avait jamais osé avouer à Pierre que la lampe était dans son arrière-boutique lors de son premier passage. Elle avait tout commandé, suggéré, provoqué, et il lui était arrivé de penser qu'elle s'était prise à son propre piège.

Pierre était éminemment cultivé et, outre son métier, ne s'intéressait qu'à l'art. Il possédait plusieurs tableaux de maîtres et des meubles précieux, ainsi que des milliers de livres dont pas un n'avait échappé à sa lecture. Son appartement regorgeait de trésors et de bibliothèques, faisant figure de grotte mystérieuse, en contraste absolu avec la caserne grise et fonctionnelle. De même que son caractère sensible et doux, qu'elle définissait comme sa profonde nature féminine, jurait avec les uniformes qu'il revêtait, ou l'arme qu'il sanglait parfois à sa ceinture. Il émanait de lui une rigueur morale et une autorité, alliées à un fort sens du devoir, qui se distinguaient de l'autre face de sa personnalité. Dans le domaine artistique cela lui conférait un sens critique d'une rare acuité mais d'un tranchant sans appel. Dans le domaine amoureux, cela pouvait le conduire à une exigence immense et au refus de tout compromis. Pour la première fois Claire entretenait, avec un autre homme que Fred, une relation enrichissante, mais dont elle craignait qu'elle l'asservisse.

En quelques trimestres Pierre s'était imposé dans sa vie et, connaissant l'existence de Fred depuis le début, lui demandait maintenant d'effectuer un choix.

C'était la raison de son appel téléphonique.

— Claire… tu m'as manqué.

— Oui, Pierre… toi aussi.

Puis elle s'était tue, elle attendait qu'il reprenne la parole, craignant que la conversation tourne à la manière de toutes celles des jours précédents.

— Alors tu dois cesser d'hésiter, avait-il repris.

— Je n'y arrive pas…

— Tu aimes toujours ton mari ?

— Bien sûr que je l'aime…

— Alors je vais venir sur votre lieu de vacances. Dès qu'il sera arrivé de Paris, je vous rejoindrai, je viendrai et je lui parlerai. Il doit savoir que moi aussi je t'aime.

Claire, impuissante, n'avait pas répondu. Elle savait que Pierre allait agir comme il l'avait annoncé. Elle le connaissait trop pour croire qu'il bluffait. Il allait surgir un matin, depuis ses Terres-Froides, au milieu de leurs vacances. Sa voiture allait se garer devant le mas et il allait en descendre et se diriger droit sur Fred, saluant au passage Alicia d'un hochement de tête. Il allait serrer la main de Fred et lui dire en même temps : « Je suis le colonel Pierre de Brécourt, je suis l'amant de votre femme depuis près d'un an, et je l'aime. Si elle ne partageait pas mon sentiment je ne me serais pas permis de venir troubler vos vacances. J'ai estimé que la situation méritait qu'on l'aborde frontalement. »

Les sentiments que Claire ressentait à l'égard de Pierre l'empêchaient de lui interdire de faire éclater la vérité, l'autorisaient même à rechercher au travers de ce coup de force une forme de soulagement, de trêve avec sa conscience. Mais l'amour viscéral qu'elle éprouvait pour Fred la rendait incapable d'envisager que leur relation fût détruite sous ses yeux en trois phrases définitives et, en aucun cas, ne lui permettait d'accepter qu'un tiers s'arroge le droit de mettre à bas les dix années qui venaient de s'écouler.

— Je te donnerai une réponse définitive demain, en attendant ne prends aucune décision, avait-elle conclu, en refermant le mobile.

Puis elle avait plongé dans la piscine, lestée de cette immense indécision, cherchant dans le manque d'oxygène à extraire du tréfonds d'elle-même la vraie et unique réponse, au risque d'être entraînée par l'asphyxie au-delà d'une frontière qu'elle n'avait encore jamais franchie.

Bientôt, ses pensées allaient se dissiper dans son cerveau, s'évanouir sans qu'elle fût parvenue à les ordonner, avec la dernière molécule d'oxygène dissoute dans son sang. L'oppression, dont elle sentait la progression irrésistible sur sa poitrine, menaçait de l'emporter. Elle connaissait l'archaïque réflexe qui allait l'amener à ouvrir la bouche, à inspirer par les narines et provoquer sa noyade. Il lui restait quelques fractions de secondes, le temps de se redresser et de pousser sur ses jambes.

Après, son corps n'allait plus lui obéir, et trois mètres d'eau, aussi infranchissables qu'un mur, risquaient de la séparer du salut.

Soudain, le voile apposé par la suffocation sur sa conscience fut déchiré par la vision d'un point lumineux qui grandissait et se précisait. Un disque chromé surgit du néant, tournant à pleine vitesse sur son moyeu.

Elle se redressa à genoux, prostrée, sous trois mètres d'eau, dans le même temps qu'un froid engourdissant l'envahissait.

Sa perception suivante fut un bruit. Une multitude de baguettes invisibles frappaient un sol comme une peau infinie et tendue. Puis le grondement s'amplifiait, déferlait depuis l'horizon, assourdissant. Il dévorait tous les sons sur son passage. Pas un accord de la nature ne réchappait à cette bouche noire du ciel en colère. Le disque réapparut, cerné d'épais caoutchouc, déformé par l'angle d'attaque avec le sol luisant, écrasé par la vitesse sur l'asphalte submergé. Les sculptures de la gomme évacuaient des cataractes qui rinçaient le bas de caisse des boues et des poussières. Ce fut une deuxième image, plus nette et de plus longue durée, bientôt gouachée à grands traits bruns et granuleux. Se dessina alors le manteau organique de la forêt, l'humus détrempé. Des branches craquaient. Un galop sourd résonna dans un sous-bois qui ruisselait comme une cave. Le halètement angoissé de la harde enfla avec le tumulte de la pluie. Leurs sabots déchirèrent la jonchée de feuilles pourrissantes.

À présent cela allait plus vite et d'autres disques entraient dans la danse. Un train large de spirales rouillées sur de hauts essieux, qui tournoyaient sans fin, hypnotiques. S'y superposa l'œil rond et fasciné de l'un des cerfs, submergé par l'ombre géante du camion. Une sirène puissante déchira le vacarme grandissant du déluge, sans parvenir à masquer le gémissement de l'acier tordu. L'immense masse sombre se déporta et se rapprocha à mêler les carcasses. C'est alors que Claire vit le deuxième véhicule, dans lequel tanguait une souris blanche en peluche, qu'elle reconnut. La cuisse du conducteur se tétanisa au-dessus de sa jambe tendue. Ses phalanges blêmes crochetèrent le volant dur comme du diamant. La jante plia avec l'éclatement du pneu. La voiture gîta brusquement dans une volée d'étincelles. Le béton explosa et la tôle se rompit. Une voix s'éleva sans visage. Et cria. Plusieurs fois. Une voix d'enfant dans l'absence brusque d'autres sons.

— Non ! Je ne veux pas être là !

Une voix que Claire identifia irrévocablement comme celle d'Alicia.

Alors, dans la menace du silence rétabli, Claire ramassa ses forces ultimes. Elle poussa sur ses cuisses, sentant la chaleur la gagner à mesure que la surface se rapprochait.

Elle jaillit au soleil, bouche béante à la vie, mêlant son propre cri à l'écho de celui d'Alicia, l'air lui sifflant dans la gorge, fracassant sa poitrine, n'ayant pour seule certitude que celle, incommensurable, de ne jamais vouloir perdre sa fille et son mari.

Elle jeta ses bras comme des ancres sur la margelle de la piscine, et resta ainsi quelques minutes à reprendre son souffle, à organiser le retour à la normale de son cœur et de son esprit. Elle secoua doucement la tête pour s'ébrouer de l'âcreté résiduelle de ces images mentales. Après tout rien n'était plus normal que de s'inquiéter pour eux. L'angoisse sourde qu'elle éprouvait de les perdre se cramponnait sur l'amour qu'elle leur vouait à la manière d'un commensal diffus et vivace. Une espèce redoutable de champignon vénéneux qui pouvait ternir n'importe quel moment de bonheur sans crier gare. Rien n'était plus normal, non plus, que de s'inquiéter à l'occasion d'un trajet en voiture. Pas seulement pour les siens, mais aussi à cause des autres, de la masse aveugle de ceux, lancés sur les routes, projectiles déjà tirés, dont certains allaient atteindre une cible en vertu de l'implacable statistique. Mais en l'occurrence son impression était différente, la prégnance inhabituelle de ces sensations la troublait. Les sons notamment y avaient atteint une précision peu commune. Le métal qui grince et se rompt sèchement, le grondement torrentiel de la pluie, l'explosion assourdissante du caoutchouc et le cri distinct, la prière intense qui appartenait sans aucun doute à sa fille.

— Non ! Je ne veux pas être là !

Claire n'avait pas souvenir que son sommeil eût jamais été peuplé de scènes oniriques aussi distinctement sonorisées. Une idée s'imposa à elle : comme lors d'un enregistrement d'excellente qualité, comme s'il lui avait été donné l'occasion d'assister à un événement qui s'était déjà donné.

En octobre 1918, la guerre terminait sa quatrième année de récolte des morts sur l'Europe. Depuis des mois, elle avait bondi en fauve malfaisant au-dessus de l'Atlantique, et l'Amérique avait rejoint le conflit dont on se prenait à espérer qu'il s'abrégeât enfin. Mais Imanol s'en souciait peu. Il chevauchait sur la haute colline l'étalon bai de Patrick O'Reilly, devenu son compagnon de route quotidien.

L'homme et sa monture cessèrent le galop au pied d'un ficus culminant à trente mètres de hauteur. Ils franchirent l'entrelacs de racines aériennes dont certaines, larges comme le bras, s'enfouissaient en soulevant des mottes de terre, tels les rivets d'un puissant système d'amarrage. Le tronc principal, ainsi, paraissait retenu de s'élever dans le ciel. Imanol contempla la forêt tropicale, déchirée de ravines et de gorges, qui s'étendait en contrebas jusque dans la vallée. Il émanait une énergie prodigieuse de ces milliers de fusées végétales, empêchées par le maillage des racines adventices de prendre leur essor. Le sol lui-même bruissait de vie invisible, frissonnait de ce décollage interdit, et Imanol, sensible aux courants telluriques, exposé en plein carrefour avec le ciel, ressentit que la destination originelle de cette jungle avait été de féconder le cosmos.

Plus impénétrable et résonnante de destins que les châtaigneraies des combes basques, son aspect ravivait néanmoins le souvenir des paysages de son pays.

Les collines sur lesquelles il galopait depuis des heures bordaient au nord un territoire de la superficie de la province de Navarre, dont il était à présent le seul maître. Plus à l'est, les cimes des arbres s'élevaient en espaliers jusqu'aux hauts plateaux où poussaient les caféiers. Les alignements rectilignes des arbustes, percés de loin en loin par le stipe élancé d'un palmier, s'appuyaient aux contreforts de la sierra del Cristal, comme à l'extrémité occidentale des Pyrénées, les prairies escarpées où paissaient les moutons se déployaient sous la tutelle de la Rhune. Ici, l'exubérance naturelle différait par sa touffeur et son gigantisme, cependant, au détour d'un sentier, Imanol retrouvait la sensation d'un chemin de contrebande. Ou bien il traversait une cascade dont l'eau vive chantait comme les sources de la vallée d'Ossau. Ou bien encore de larges rivières charriaient dans leurs méandres des eaux jaunes, comparables aux crues de la Bidassoa lors des débâcles d'avril. Ici, la neige laissait à la violence des ouragans et à leurs tombereaux liquides le soin de bannir les hommes des terres pour de nombreuses semaines. Ici, de nouveaux printemps fleurissaient en quelques heures, mais leur luxuriance fabriquait la même ombre protectrice, procurait le même sentiment d'abri.

Le trot du second cheval tira Imanol de sa rêverie. Oya apparut, souriante, avançant lentement dans la forêt, juchée sur un étalon gris, plus fin et moins nerveux que celui monté par Imanol. Elle avait bridé l'allure de son destrier et ne l'avait pas mené au galop, car elle commençait à ressentir des contractions de plus en plus fréquentes. Elle se dit qu'il s'agissait de leur dernière balade à cheval, si elle voulait éviter que son enfant naquît en pleine nature. Depuis huit mois, Oya avait repris son nom et portait l'enfant qu'elle avait conçu avec Imanol. Ils vivaient sur les terres concédées par l'acte signé de la main de Patrick O'Reilly, dont la signature avait été authentifiée par un notaire de Guantánamo. À plus de mille kilomètres de La Havane et à deux journées de cheval de Santiago de Cuba, ils ne craignaient pas qu'un policier vienne un jour les interroger sur les mystérieux crimes de la capitale.

Imanol regarda sa femme et, comme chaque fois maintenant, ses yeux se portèrent sur le ventre, qui avait tellement grossi ces derniers jours qu'il paraissait un appendice extérieur au corps somptueux et resté gracile d'Oya. Une outre dorée, pleine et harmonieusement ronde, posée sur ses hanches. Jamais il n'avait tant désiré faire l'amour avec elle, et à toute occasion Oya en avait eu envie aussi. À cet instant il éprouva le désir exalté de posséder le corps exceptionnel de sa femme, mais, suivant les conseils de la vieille Féfa, ils avaient pris la décision de se tenir abstinents lors du dernier mois.

À la sortie de l'hiver, le fils d'Armonio, le régisseur de la plantation était né un mois et demi trop tôt. L'accouchement s'était déclenché quelques heures après que ses parents eurent fait l'amour. La vieille Féfa – que certains tenaient pour une sorcière et que d'autres qualifiaient d'auguste – avait émis un jugement sans appel sur le cas. Depuis la case, envahie par les statues des saints, les amulettes et les poupées de chiffon, qu'elle habitait seule au milieu de la jungle, elle avait déclaré que la semence de l'homme contenait un suc qui avait pour vertu de provoquer la naissance. Elle recommandait d'ailleurs ce stratagème pour les couples dont la grossesse dépassait de trop le terme. Mais en ces lieux reculés personne n'était jamais vraiment certain des dates ni des âges. Féfa était donnée pour cent treize ans et comme elle avançait quasi pliée en deux par l'arthrose, personne ne s'autorisait à en douter. Si bien que les naissances paraissant extrêmement prématurées, ou démesurément tardives, n'étaient pas rares. Ce qui n'ôtait rien au danger réel d'une expulsion fœtale anticipée au cœur d'une jungle où les fièvres se propageaient sous couvert des moiteurs et des chaleurs. Le médecin le plus proche devait chevaucher plus de quarante-huit heures avant de parvenir au domaine et il fallait que les enfants nés ici fussent plus robustes qu'en ville où dans les champs. Même s'il était chétif, le fils du régisseur se portait bien à présent, et ses parents avaient décidé de le nommer Gran-Deseo – ce qui signifiait Grand-Désir – en hommage au trop-plein d'amour de ses parents, responsable de sa venue précipitée au monde.

Oya et Imanol avaient trouvé prudent d'écouter la vieille Féfa et de se retenir quelque temps.

Oya parvint au niveau d'Imanol. Ils restèrent quelques instants immobiles, puis Oya défit la sangle de la sacoche et sortit le coffret d'acajou, le trésor qu'elle avait emporté le jour de leur fuite. Elle s'empara également d'une feuille large de bananier, séchée et enroulée à la manière d'un parchemin, qu'elle déplia. Elle ouvrit le coffret, découvrant plus d'une centaine de pépites d'aquarelle, méticuleusement rangées les unes contre les autres, et s'empara de la palette de faïence blanche et des pinceaux logés dans le couvercle.

Imanol caressa de la main un parterre d'arbustes au feuillage vert vif. Ils replièrent leurs feuilles sur elles-mêmes et courbèrent leurs tiges à mesure que la paume les frôlait, si bien que l'ensemble du bouquet fut semblable à une tête d'escargot se retirant à l'intérieur de sa coquille.

Maintenant, Oya peignait le paysage somptueux, qui se déployait sous leurs yeux, jusqu'au pied de la montagne qu'ici on appelait l'enclume, à cause de sa forme aplatie. Elle lavait la feuille séchée de bananier de l'ensemble des verts contenus dans la boîte de peinture.

Ils ne dirent mot jusqu'au soir, leurs chevaux rapprochés, flanc à flanc, Imanol observant à tous moments la saisie du paysage par la peintre, se disant qu'il lui était donné d'effectuer un invraisemblable voyage dans le temps. La main de sa femme lui montrait la naissance de cette forêt, l'érection du formidable plateau rocheux et le défilement des cieux. Son ventre abritait leur enfant. La vie était si forte en eux.

Seize mois plus tard, au pied d'une échelle de coupée, un négociant yankee, son haut-de-forme à la main, bouscula violemment Oya avant de s'échapper dans les traverses de corde sans formuler la moindre excuse. Imanol fut pris d'une furieuse envie de le rattraper par les pans de son habit et de lui faire regretter son geste. Il supportait moins que jamais l'attitude méprisante des Blancs sur cette île et éprouvait souvent de la honte devant sa propre pâleur, si bien qu'il s'exposait systématiquement au burin du soleil pour l'assombrir. Il était l'un d'eux maintenant.

Depuis l'année précédente, la prohibition sur la production et la vente des boissons enivrantes était entrée en vigueur aux États-Unis, et Cuba était devenu la cave de l'Amérique. En quelques mois, on avait vu les mafiosi y organiser des livraisons clandestines en direction de la Floride depuis les établissements de jeu, qu'ils semblaient désormais posséder en toute légalité. Dans leurs bars, ouverts vingt-quatre heures sur vingt-quatre, où le personnel n'était pratiquement pas payé, le verre de whisky se vendait quelques cents et il ne manquait jamais de riches bourgeois prêts à s'offrir la traversée contre la promesse d'une ivresse facile.

Oya retint Imanol qui apostrophait le malotru. Elle haussa les épaules et serra fort son homme entre ses bras. Elle ne voulait pas gaspiller une seconde des minutes qui les séparaient de l'embarquement. Elle respirait l'odeur chaude d'Imanol et s'en imprégnait jusqu'à la moindre parcelle.

À quelques mètres sur le quai, Armonio, le régisseur de la propriété, et sa femme se tenaient pudiquement en retrait. Armonio portait fièrement son fils entre ses bras. Gran-Deseo avait maintenant deux ans et ouvrait des yeux émerveillés sur l'agitation fourmillante du port de La Havane, tendant ses mains grassouillettes en direction des grues de chargement, immenses et bruyantes dans le ciel. Le petit garçon avait rattrapé une constitution normale, et même un peu plus, sous l'impulsion d'une alimentation riche et abondante. L'épouse du régisseur, de son côté, berçait un plus jeune enfant dans ses bras, aussi rose et fluet que Gran-Deseo était noir et potelé.

Carlo, le fils d'Imanol et d'Oya avait vécu ses dix-huit premiers mois dans la jungle. Il était né le 18 novembre 1918 à 11 heures du matin, une semaine exactement après la signature de l'armistice. Ses parents y avaient vu le présage d'une existence à venir longue et paisible.

La vieille Féfa l'avait béni, du fond de sa case dans la forêt, décrétant qu'il gueulait fort comme un Africain, malgré une carnation aussi désespérément pâle que celle d'un Européen.

— Il connaîtra l'exil des premiers, les ancêtres de sa mère, ôtés à leur pays par les marchands d'esclaves.

Mais il aura toujours la force d'aller plus loin, comme ceux de la race de son père. Il sera une poussière d'ange portée par le vent que rien n'arrêtera jamais... une vie longue, possible... Paisible ? Je n'en jurerai pas devant le Seigneur.

Le régisseur et sa femme avaient tenu à accompagner Imanol et Oya jusqu'à La Havane, au prétexte que Gran-Deseo et Carlo, élevés ensemble, ne pouvaient être si brutalement séparés. Les deux familles avaient embarqué sur un navire caboteur à Santiago de Cuba. En fait, Armonio et sa femme souhaitaient rester près d'Imanol lorsque celui-ci allait voir l'ultime fumée du paquebot se dissiper dans le lointain, après que les doigts noirs des cheminées eurent glissé sous l'horizon.

La décision avait été prise en quelques semaines. La guerre était finie, il était temps de préparer les conditions du retour au Pays basque. Imanol n'oubliait pas le serment qu'il s'était fait, naufragé contraint de la mer des Sargasses, de rentrer un jour s'il en réchappait. Oya emportait dans ses malles des fèves de cacao et des échantillons de café pour les faire goûter aux négociants de Bayonne. Elle allait établir avec eux les conditions d'échanges commerciaux durables, puis elle allait rechercher une maison à Ascain, ou à Sarre. Elle emmenait Carlo avec elle, car Imanol désirait que son fils s'imprégnât dès son plus jeune âge des couleurs et des senteurs du merveilleux terroir. Imanol restait à Cuba le temps d'organiser définitivement la passation de pouvoir à son régisseur, puis lorsque ce dernier allait être en mesure de gérer seul la propriété, Imanol à son tour allait embarquer pour rejoindre sa famille établie en France. Il avait estimé qu'une à deux années allaient s'écouler sans qu'il ne revoie Oya et le petit Carlo.

Par la suite, ils avaient envisagé de revenir à Cuba, quelques semaines tous les ans, au moment des récoltes, pour contrôler la gestion des terres. Imanol songeait à ces futurs voyages, mais le voyage qui monopolisait sa pensée était celui qu'Oya et Carlo s'apprêtaient à entamer.

Ils devaient embarquer à bord de l'*Esperanza* jusqu'à New York, puis, là, ils allaient monter à bord du transatlantique *Olympic*, fleuron de la White Star Line et le plus luxueux paquebot navigant de cette compagnie depuis la disparition du *Titanic*. Imanol avait pris tous les renseignements nécessaires. L'*Olympic* avait été repris de fond en comble à la suite du désastre du *Titanic*. Les parois isolant les compartiments étanches avaient été agrandies, la coque avait été doublée d'une deuxième épaisseur et le nombre de canots avait été multiplié par trois. Les plus gros icebergs allaient lui faire l'effet d'une griffure de chat. Oya et Carlo allaient traverser sans danger, dans le plus grand des conforts. Il leur avait réservé des places en seconde classe, qui équivalaient sur ce navire aux première classe de la plupart des paquebots du monde. Ils allaient rencontrer du beau monde lors des dîners dans la salle à manger qui pouvait accueillir quatre cents couverts sous le cristal des lustres. Imanol avait parcouru la moindre ligne du dépliant publicitaire. L'*Olympic* pouvait emmener trois mille cinq cents personnes, et si le majestueux paquebot avait été dressé à la verticale dans les rues de Manhattan, il aurait dépassé en hauteur la plupart des gratte-ciel.

Imanol se rappela l'inconfort moite et assourdissant de son cargo bananier du voyage aller. Il était parti avec une grappe de raisin, il allait revenir avec des quintaux de fèves de cacao, des centaines de sacs de café sur lesquels était imprimé son nom. Il ressentit l'immense fierté d'avoir une affaire florissante, une famille magnifique, et la vie encore presque entière à découvrir.

Il embrassa Oya, pressa contre son corps ses formes qu'elle avait enveloppées de sa plus riche robe de lin.

Un pleur lui fit détourner la tête. Le petit Carlo s'était réveillé et agitait frénétiquement les bras en direction de sa mère. La femme du régisseur le posa doucement à terre et l'enfant affamé parcourut d'une démarche branlante les quelques mètres qui le séparaient de ses parents. Imanol, attendri, recula et lui céda sa place au cœur des bras d'Oya.

Celle-ci vint s'asseoir sur un ballot de coton et dégrafa son corsage, laissant dépasser un sein brun et gonflé, à l'aréole large, que l'enfant s'empressa d'engloutir. Il avait été décidé qu'elle allait commencer à sevrer Carlo dès leur arrivée en France, mais que lors de la traversée, sa poitrine allait continuer de pourvoir au ravitaillement du petit.

Imanol se rapprocha du régisseur. Il lui passa le bras autour de l'épaule.

— Tu as le bordereau pour l'embarquement des marchandises ? demanda-t-il d'une voix fragile.

Il essaya de contenir l'émotion qui agissait sur lui à la manière d'une fonte, l'ancrait au sol et le paralysait irrémédiablement.

— Je l'ai remis à Oya avec l'ensemble des papiers. Elle le garde dans son sac de jute.

— Très bien.

Entre eux, ils parlaient français, et quelques mots de basque qu'Imanol lui avait enseignés. Armonio, le régisseur, était né sur la propriété et son père avant lui, ainsi que le père de son père. Depuis leur affranchissement, les hommes de sa lignée exerçaient les fonctions de régisseur et avaient connu presque autant de propriétaires qu'il y avait de baies en grappes au sommet d'un dattier. Patrick O'Reilly lui-même, ayant pris la suite d'une succession de bailleurs de toutes origines, qui pour la plupart n'avaient jamais mis les pieds au fond de cette jungle, préférant y déléguer des hommes de main.

Lorsque Imanol et Oya s'étaient présentés avec le nouveau titre de propriété, Armonio avait été davantage surpris par leur jeunesse et leur curiosité que par un nouveau changement de direction. Sensiblement du même âge que leurs patrons, le régisseur et sa femme avaient noué avec eux une véritable complicité. L'arrivée quasi simultanée d'enfants dans les deux foyers avait complété le lien. Lorsque Armonio voulait moquer Imanol, il l'appelait « maître », ou pis encore « don Salvador », ce qui déclenchait chez le petit Basque de brusques accès de rage. Son histoire et l'origine de son arrivée sur l'île avaient fait le tour des Haïtiens et des Cubains qui travaillaient sur la propriété et se transformaient en légende à mesure qu'on s'éloignait du cœur du domaine. Certains disaient que le Basque avait tué les trois requins d'une seule balle tirée dans l'alignement de leurs corps, d'autres qu'il avait survécu d'un seul grain de raisin en six mois de traversée, tous savaient que la splendide mulâtresse qui partageait son lit – et dont la présence avait grandement contribué à faire accepter Imanol au sein de la communauté – avait été délivrée du joug d'un colosse américain qui avait vécu cent cinquante-quatre ans, mesurait plus de deux mètres vingt et crachait des flammes de rhum.

Imanol posa sa main sur celle d'Armonio. Il sentit le contact de la peau calleuse de son ami.

— Regarde comme elle est belle, elle me donne envie de la peindre, fit-il en contemplant le spectacle d'Oya, à demi tournée vers la mer, qui donnait la tétée à son fils.

— Seulement tu ne sais pas peindre, répliqua Armonio.

Imanol hocha la tête. Il avait insisté pour qu'Oya lui abandonne son coffret d'acajou.

— Emporte les aquarelles avec toi, mais laisse-moi la boîte, avait-il demandé. Je ne connais pas d'autre objet qui t'appartienne et te rappelle mieux à mon souvenir, c'est la seule trace de notre rencontre.

Oya avait transféré les pépites de couleur dans une corbeille en osier et avait remis le coffret, vide, à son mari. Avant, elle avait écrit la date de leur séparation sur le fond : 12 janvier 1920.

— Moi, par contre, avait dit Oya, j'emporte la peinture de la propriété, celle que j'avais peinte en haut des collines, au pied du grand ficus, peu avant la naissance de Carlo. Tu t'en souviens ?

— Oui. Je m'étais tenu à côté de toi sur le cheval, tout le temps que tu peignais.

— Quand tu me manqueras trop, je regarderai cette peinture, je verrai notre terre et je saurai que tu n'es pas loin, juché sur ton cheval, à quelques centimètres à peine à droite du bord de la feuille de bananier.

Une puissante sirène ébranla l'air chaud de La Havane. L'*Esperanza* sonnait le départ proche et les derniers passagers se hâtèrent d'embarquer. Oya tendit Carlo à son père et reboutonna le corsage de sa robe. Imanol serra son fils et lui murmura à l'oreille que toute sa vie il l'accompagnerait. Le petit garçon passa ses petites mains autour du cou de son père et posa sa joue contre la sienne. Imanol rouvrit ses yeux, embués, pour sourire à Oya, qui lui prit la main.

Ainsi ils allèrent tous trois, gravissant l'échelle de coupée, la femme tenant la main de l'homme qui serrait son enfant, jusqu'au pont du navire où stationnait le steward.

Imanol remit Carlo à sa mère puis, après les avoir embrassés une ultime fois, redescendit l'échelle d'une traite, sans se retourner.

Arrivé sur le quai, il rejoignit Armonio, sa femme et Gran-Deseo, puis il esquissa avec eux de larges moulinets des deux bras, simulant un apparent enthousiasme, s'efforçant de contenir ses larmes.

Il leva les yeux vers Oya, séparée de lui par une trentaine de mètres, qui lui semblaient désormais plus infranchissables qu'un gouffre. Il luttait contre le terrible pressentiment de voir sa femme et son fils pour la dernière fois, contre la funeste impression que les deux êtres qu'il aimait le plus au monde embarquaient pour un voyage sans retour. L'extrême intensité du bonheur éprouvé auprès d'Oya et de Carlo avait creusé sa vie, comme le diamant entaille le verre. Et, dans le lit ainsi formé, Imanol redoutait que le fleuve du malheur précipitât ses eaux boueuses. Le maintien de la vie supposait une lutte perpétuelle contre la mort. Il n'était que de se promener dans la jungle cubaine ou les forêts basques pour le constater. Le jour et la nuit se pourchassaient sans merci depuis la première cosmogonie. Le monde entier se tenait en fragile équilibre sur une arête vive à l'intersection de la construction et de la destruction. L'amour et la séparation avançaient comme deux amants, la main dans la main.

— Armonio, demanda-t-il, t'arrive-t-il d'avoir peur de perdre ta femme et Gran-Deseo ?

— À chaque instant, répondit le régisseur. Et ceux qui n'ont pas de telles pensées ont le cœur sec. Mais rassure-toi, ce bateau est solide, puis lorsqu'ils seront arrivés à New York, ils monteront à bord d'un navire encore plus solide... ce n'est pas la saison des tempêtes... tu les retrouveras en France, comme prévu d'ici à quelques mois.

En haut de l'échelle de coupée, Oya se tenait droite, les cheveux abandonnés au bercement du vent. Carlo s'était endormi contre son sein. Elle regarda les hommes d'équipage refermer le portillon du parapet. Elle resta immobile à la même place, pendant toute la manœuvre de départ. Elle avait le temps de gagner sa cabine au moment de la haute mer, dès lors qu'elle n'allait plus avoir d'images d'Imanol à déposer dans son cœur.

Ainsi elle figura, madone à flanc du navire, lorsque l'étrave rouge entama les eaux lisses de la rade. Indissociable pour ceux qui la voyaient depuis la terre du mot espoir, peint en espagnol sur la coque de métal. Mais les pensées qui assaillirent Oya à mesure que la silhouette d'Imanol se confondait avec les reliefs des quais étaient d'une autre nature. Une terrible prémonition de la mort l'avertit d'avenirs néfastes, mais aucun son ne put échapper de sa gorge. Et quand bien même un cri d'alerte serait né, jamais sa voix n'aurait porté assez loin pour qu'il fût entendu.

Après il y eut les premières houles, l'immensité maritime alentour et, loin déjà, la forme grise de l'île de Cuba, telle qu'Imanol avait pu la découvrir sept ans plus tôt, du même endroit. Juché sur son tronc.

L'éternité de la mer lui parut sans appel.

La poupe renflée de l'*Esperanza* était encore discernable du quai, posée sur l'eau bleutée du large, telle une mire au centre des deux sémaphores postés à l'extrémité des digues.

— Vous voulez que je vous emmène voir le fronton que j'ai fait bâtir quand j'habitais cette ville ? demanda Imanol.

— Je suis fatiguée, avait répondu la femme d'Armonio, mais allez-y tous les deux, je vais vous attendre ici, avec Gran-Deseo. Vous serez revenus avant le soir ?

— Oui, nous serons de retour dans un heure.

Puis Imanol se tourna en direction d'Armonio :

— Je peux y aller seul, si tu préfères, j'ai juste envie de revoir cet endroit.

— Non, je t'accompagne.

Armonio suivit Imanol au travers des rues de La Havane jusque dans les hauteurs où avait été élevé le fronton. Le régisseur venait pour la première fois dans la capitale et n'éprouva aucun regret, en parcourant les ruelles miséreuses, de vivre au milieu des arbres fous et dans une luxuriance de liberté.

Imanol se souvint qu'à son arrivée à Cuba l'âme de ce quartier l'avait conquis et qu'il avait voulu y être digéré, tant il avait ressenti le besoin d'être accueilli, secouru de son exil. Les parties de poker lui revinrent en mémoire en passant devant les habitations effondrées où il avait remporté ses premiers pesos. Lesquels avaient aussitôt été investis sur des filles dont le noir sublime et luisant opérait, sous l'effet des caresses et des pénétrations hâtives des gringos, de fructueuses conversions vers le dollar. Il reconnut Dolorès, une des prostituées qui avaient travaillé pour lui, accroupie contre un mur, les yeux perdus, orchidée charbonneuse et fanée. En peu de temps la cocaïne avait fait son apparition dans les ruelles. Imanol détourna les yeux et hâta le pas.

Les premiers cris de joie, accompagnant les rebonds sonores des pelotes, leur parvinrent bientôt. Cette partie du quartier avait meilleure allure et de nouvelles maisons avaient été construites. Imanol avait espéré que son fronton fût vivant et les claquements secs résonnèrent à son oreille à la manière des battements vifs d'un cœur alerte. Des voix s'interpellaient en espagnol et en créole, on comptait les points, il y avait du public, comme en témoignaient les applaudissements.

Les deux hommes débouchèrent sur l'esplanade qui avait été aménagée. Les jeunes bananiers avaient poussé et commençaient à procurer de l'ombre aux spectateurs. Une baraque en torchis avait été construite en bordure du terrain et on pouvait lire le mot « vestiaires » sur une ardoise, suspendue à côté de l'ouverture pratiquée en façade. Le fronton, le terrain délimité à la chaux vive et les gradins de pierre, eux, étaient restés tels qu'il les avait abandonnés la nuit de sa fuite avec Oya.

Un jeune Cubain jouait de la guitare, assis au pied d'un palmier. Une dizaine de femmes et d'hommes de tous âges agitaient de vieux éventails défoncés. Sur le terrain, quatre hommes s'affrontaient, chistera en main, dans une compétition acharnée. Ils allaient torse nu, un pagne noué autour des reins, et soulevaient la poussière du sol damé.

Près de quatre ans après, Imanol ne reconnut aucun de ceux qui avaient formé ses premiers rangs de pelotaris, mais ils avaient hérité de ses leçons. Leur manière de jouer était typique de la sienne, méthodique à la relance, épuisant l'adversaire par de très longs rebonds. Les parties s'allongeaient des heures durant et seuls les plus forts résistaient. Il lui sembla que deux des chisteras dataient de la construction du fronton et que deux autres paraissaient moins patinés et avaient dû être tissés depuis.

Il s'assit, gagné par la curieuse impression, alors que son fils et sa femme s'éloignaient sur l'océan, qu'il retrouvait une famille agrandie à son insu et dont il n'avait pas à rougir.

Ils restèrent ainsi à observer les joueurs jusqu'à la fin de la partie. Personne ne reconnut Imanol, qui resta en retrait tout le temps. Armonio découvrit les règles du jeu et ne se lassa pas de voir ces jeunes corps affamés, se livrer avec tant d'intensité. Il était fasciné par la construction de ce mur rose, couronné d'une corniche courbe qui semblait caressée par le ciel. Imanol lui avait dit qu'il avait fait graver sous sa devise une grappe de raisin et un colt.

Le principe même de ce mur inerte, dressé là, pour absorber la vigueur des coups et la colère des joueurs, forçait son impression. Armonio, comme la plupart des siens, n'avait pas épousé la religion telle que l'avaient importée les Espagnols. Il adhérait à une croyance mixte, où se mêlaient superstition, adoration des faits de la nature et reconnaissance d'une autorité divine proche du commandement catholique. Il lui sembla que le sport auquel il assistait tenait d'un rite sacré et que le renvoi précis et puissant de la pelote s'apparentait au mouvement éternel du destin des hommes, n'ayant de raison au fond de s'interrompre que par épuisement de leur volonté et abandon de leurs forces. Pour l'esprit simple mais acéré d'Armonio, aussi peu embarrassé des contraintes de la civilisation, il émanait de ce spectacle une énergie tendue vers Dieu et l'ensemble du parvis et du mur, qu'avait bâti Imanol, évoquait une antichambre céleste. Le petit Basque lui avait répété ce qu'il avait appris des pères curés, l'existence des alignements de menhirs des Celtes, des pyramides des Égyptiens et de celles, plus proches, des Incas. Armonio y vit un principe commun avec le fronton qui aurait déplu à ces hommes d'Église. Il s'en ouvrit à Imanol qui sourit de sa naïveté tout en se rappelant les populaires matchs dominicaux de son pays, auxquels ferveur et communion ne manquaient jamais.

Aux tropiques, la nuit tombait en quelques minutes, et les deux hommes furent surpris par l'obscurité, tandis que les spectateurs s'égaillaient hors des gradins, laissant la place subitement vide et silencieuse.

Ils se hâtèrent de descendre en direction du port où les attendaient Gran-Deseo et la femme d'Armonio.

— On va passer par le marais, on sera plus vite arrivés, commanda Imanol.

— Tu n'as pas peur des alligators ?

— Les moustiques sont bien plus dangereux ici.

Le chemin qui menait au port et qu'ils avaient emprunté à l'aller contournait l'estuaire de la rivière. Il permettait d'éviter cette portion de La Havane où l'affrontement entre la ville et la nature n'avait pas de fin. La lisière inondée par l'eau salée lors des grandes marées ou par les eaux douces à la saison des pluies ne cessait d'onduler au fil des mois. Chaque fois que l'homme pensait avoir conquis un terrain définitif, le marais se soulevait, les eaux saumâtres emportaient baraquements en bois et outils d'assèchement. La mangrove reculait, certes, année après année, mais elle laissait place à de planes étendues d'eau croupissante et de sables gris, irisées seulement des flaques de pétrole en provenance du port.

Cette fois Imanol et Armonio traversaient les marécages sur un remblai dont on ne pouvait savoir s'il allait persister après la prochaine pluie. Ils n'étaient plus qu'à trois cents mètres des ouvrages portuaires et marchaient tête basse, les mains enfouies dans les poches, pour offrir le moins de prise aux nuées furieuses de maringouins qui bourdonnaient dans l'air noir.

Le sentier boueux s'élargit et déboucha sur une plage en bordure d'un bosquet de palétuviers, lorsqu'ils entendirent distinctement le craquement d'une branche, suivi de la mise à l'eau d'un corps massif.

— Caïman..., souffla Armonio.

Les deux hommes s'immobilisèrent, les sens en aguets, scrutant l'eau, éloignée à cet endroit de plusieurs mètres. Le ciel chargé de nuages d'orage ne dispensait pratiquement aucune lumière, et ils s'accroupirent pour tenter d'apercevoir au ras de l'eau stagnante des sillages menaçants.

— Je ne crois pas, fit Imanol, mais il se rassura, en flattant la crosse de son colt.

— Ça venait de là...

Armonio tendit le bras devant lui, au moment où un nuage découvrit en partie la lune, révélant la présence de trois silhouettes qui leur barraient le chemin. Imanol se redressa lentement, face aux ombres immobiles et muettes. Un bruit de succion retentit dans leur dos. Deux autres hommes sortirent des boues du marécage sur leur revers.

— Bandidos..., murmura Armonio.

Imanol acquiesça. Depuis le départ des Espagnols, les bandes de brigands avaient essaimé dans toute l'île, mais il n'aurait jamais imaginé en croiser une si près des faubourgs. Il dégaina lentement son arme et la tint à bout de bras, plaquée contre sa cuisse. Il espérait que son geste passât inaperçu et préférait ne pas envenimer la situation.

— Que désirez-vous, messieurs ? demanda-t-il.

— Oh... des gringos..., ricana une voix, quelques mètres devant lui.

— Quand un fauve a repéré sa proie, le temps ne joue jamais en faveur de la proie, siffla Armonio, en français. Il faut attaquer les premiers.

Armonio se baissa et ramassa une branche mouillée, puis il fonça devant lui et atteignit le plus proche de ses adversaires, avant que ce dernier ait pu réagir.

Imanol entendit le fracas sourd de la branche contre le crâne du bandit, qui s'affaissa comme un manteau chute d'un cintre. Il n'en restait plus que deux en travers de la route. Le petit Basque arma le chien de son colt et, profitant de l'effet de surprise, chargea à son tour. Le marais résonna des cris des hommes, excités par le combat. Les nuages s'écartèrent davantage, ouvrant un iris dans le ciel au-dessus d'eux. Une clarté diffuse se répandit soudainement sur cette partie du marécage. Imanol fut saisi d'effroi en voyant deux bandits de plus jaillir de la cache du bosquet et lever leur machette aiguisée sur Armonio. Le premier coup atteignit le régisseur au bras droit, alors qu'il se retournait, tentant de se protéger, et le trancha au niveau du coude. Le second coup le frappa au genou et la lame se ficha dans la jambe comme dans une bûche. Armonio tomba à la renverse, désarticulé, et gigotant convulsivement, hurlant à la lune le nom de son fils qu'il n'allait plus jamais revoir.

L'horreur du subit assaut avait figé chacun des adversaires et tous observaient l'agonie d'Armonio. Imanol était suffisamment proche à présent pour distinguer les yeux de ses adversaires, qu'il devina ravagés par l'alcool ou la drogue. Il comprit qu'il n'aurait aucune forme de pitié à attendre d'eux. L'odeur âcre de la mort se répandait et tous les habitants du marais pouvaient la sentir. Plusieurs mises à l'eau se firent entendre et cette fois Imanol ne douta pas que les caïmans s'invitaient à la curée. Il brandit son arme en direction des bandits, pivotant prestement sur lui-même, mettant en joue un groupe, puis l'autre, les faisant reculer chaque fois de quelques pas.

Un homme se pencha sur Armonio et tenta de lui arracher sa bague, mais le corps torturé, dans un sursaut de défense, se rétracta en gémissant. Imanol vit une machette se lever à nouveau et trancher la main convoitée dans un bruit cinglant. Le hurlement d'Armonio sembla cette fois emporter son âme, car après il n'y eut plus d'autre bruit que le giclement périodique de son sang, rapidement affaibli, jusqu'à se confondre avec le clapotis du marais.

Imanol recula lentement vers la berge, au-delà de laquelle s'offrait la seule issue possible. Il lui faudrait nager plus vite qu'eux, s'ils avaient le courage de le suivre dans l'eau infestée par les reptiles. Les bandits, comprenant sa manœuvre, affichèrent un sourire narquois et l'acculèrent au marécage.

Soudain, l'animal rugit. Sa queue puissante battit l'eau croupie à la manière d'un fouet, le propulsant brusquement à la surface, et sa mâchoire surpuissante se referma sur le mollet d'Imanol. La douleur fulgurante plaqua le petit Basque dans l'eau boueuse et, déjà, le monstrueux caïman poussait sur ses pattes pour l'entraîner au fond de l'élément liquide. Imanol, dans un dernier réflexe, releva la tête et vit ses agresseurs qui accouraient, machette brandie, décidés à ne pas laisser l'animal dérober leur butin. Il pressa son arme contre sa tempe lorsqu'un premier coup de machette s'abattit sur sa cuisse. Il ne sut pas quelle douleur l'emportait, de la morsure du saurien ou du tranchant de la lame d'acier.

Sa pensée ultime s'adressa à la voyante de Bayonne. La vieille cascarote s'était jouée de lui. Son sang allait certes revoir le sol du Pays basque, mais en coulant dans les veines de son fils Carlo. Quant à cette troisième balle, s'il était vrai qu'elle allait lui épargner de connaître l'éparpillement abominable et indigne de ses membres, elle le lui faisait payer du prix de sa vie.

Imanol appuya sur la détente et mourut dans le marécage, bordant le port de La Havane cette nuit de janvier 1920.

Au port, la femme d'Armonio attendit le retour des deux hommes, la nuit entière, puis une partie de la matinée suivante. Pressentant qu'il leur était arrivé malheur, elle partit en direction du fronton. Sans le savoir elle refit le même trajet qu'eux et, lorsqu'elle parvint sur la place entourée de gradins, un jeune homme qui jouait de la guitare la renseigna. Il lui confirma qu'il avait vu deux hommes correspondant à son signalement repartir à la nuit tombée, en direction des marécages.

Gran-Deseo ne cessait de pleurer et de réclamer son père. Il avait peu dormi la nuit dernière et était affamé.

La femme d'Armonio convainquit le jeune guitariste de l'accompagner au travers des marais. Le soleil était encore haut dans le ciel et le parcours ne présentait aucun danger.

Ils parcoururent le chemin en une heure, foulant sans s'en apercevoir le sable à l'endroit même où les deux hommes avaient trouvé la mort la veille. Les reptiles et les insectes voraces avaient nettoyé toute trace du drame.

Au crépuscule, la femme d'Armonio et son fils Gran-Deseo mirent à nouveau le pied sur le goudron du port, là même où elle avait guetté leur retour. La femme regarda l'océan devant elle, submergée à mesure que les vagues déferlaient, par un désespoir irréversible.

L'ingénieur de veille vérifia à plusieurs reprises les informations qui s'affichaient sur l'écran de son PC. Par acquit de conscience il saisit les éléments pour les comparer à la banque de données de l'Institut national de météorologie, mais il connaissait la réponse à l'avance. L'intensité de l'orage en cours de formation était exceptionnelle. La pression atmosphérique chutait sans discontinuer depuis quarante minutes, les anémomètres enregistraient des rafales dépassant déjà les cent kilomètres à l'heure, les thermomètres des différentes stations confirmaient l'énorme différence de température qui ne cessait de se creuser entre le sol et l'altitude.

Il poussa violemment sur ses pieds et le fauteuil à roulettes le propulsa en arrière en direction des appareils de télétransmission. Il fallait que ça lui tombe dessus un lundi, comme si les semaines normales n'avaient pas été suffisamment longues comme ça. Pas besoin en plus d'une tempête. Son toubib lui avait dit :

« Une dépression est un passage dans la vie… vous allez franchir celui-ci, forcément… la plupart des gens dans votre cas prennent conscience de leur état dépressif alors qu'ils en ont déjà passé la moitié... si, si... c'est un peu comme ces personnages de dessin animé qui courent au-dessus du vide et s'en aperçoivent alors qu'ils sont au milieu du précipice. Ne regardez pas en bas... regardez devant vous. »

Il soupira et enclencha la procédure d'alerte.

Depuis le déferlement destructeur des torrents de boue dans Vaison-la-Romaine et les inondations du Var lors des étés suivants, le PC météo sud avait bénéficié d'importants moyens additionnels en hommes et en matériel. La prévention était devenue le maître mot, on avait fait appel aux meilleurs logiciels d'alertes. Un programme, développé au niveau européen, baptisé ironiquement SEC, pour Simulation d'évolution des catastrophes, profilait le devenir d'une intempérie, en comparant ses données d'origine à celles de milliers d'autres saisies depuis un demi-siècle.

En l'occurrence le résultat était sans appel, on se dirigeait à très brève échéance vers un orage d'une violence inouïe dont le cœur se déplaçait à une allure vertigineuse en direction des monts du Mâconnais, pile sur le chemin de l'autoroute A6. Une référence lui vint, de sinistre mémoire : les tempêtes de décembre 1999 qui avaient mis à bas une partie du massif forestier, et que personne n'avait vues arriver.

L'ingénieur pianota sur son clavier les codes qui permettaient de relier le centre de veille météo au poste de commandement de la sécurité routière basé à Lyon, ainsi qu'aux pelotons d'autoroute des escadrons de gendarmerie.

Les modems transmirent instantanément les informations chiffrées relatives à la mise en place de la tempête, qu'il assortit d'un commentaire personnel :

orage de type cyclonal, vents de violence analogue à celle d'un ouragan, jamais vu ça en vingt-cinq ans !

Il repensa à ce qu'il avait fait de sa vie depuis un quart de siècle. Deux garçons à la première femme avec qui il avait vécu. Elle les avait emmenés avec elle une nuit d'hiver. Il avait neigé, dix-huit centimètres, des pluies verglaçantes au matin. La maison vide à son retour de garde. Les souvenirs affluaient en bourrasques. Une fille à la deuxième femme importante de sa vie, qu'il avait épousée en pensant la garder. Elle réclamait le divorce depuis le printemps précoce de cette année. Les normales saisonnières avaient été battues en brèche et l'avocat de son épouse s'appelait maître Brume. Il avait souri en ouvrant son courrier. L'avait-elle fait exprès ? Vingt-cinq ans, le nez rivé dans les nuages, à ne pas voir la réalité du monde.

Son téléphone sonna, le forçant à revenir à la situation présente. Trois minutes à peine s'étaient écoulées depuis l'émission des données. Il décrocha. La voix de son interlocuteur était posée, mais vibrait d'une impatience mal contenue :

— Ici le colonel de gendarmerie Pierre de Brécourt… je suis l'officier d'astreinte. Pouvez-vous me confirmer oralement les informations transmises ?

— Je vous le confirme, colonel, malheureusement… j'enregistre à présent dix-huit impacts de foudre par kilomètre… ça peut être multiplié par dix, on va droit vers un déluge d'eau et de feu.

— Sur l'autoroute ?

— Pile au-dessus du trajet dans moins de quinze minutes.

— Cela représente-t-il un danger majeur pour la circulation ?

— On a déjà vu des vents pareils souffler assez fort pour enlever une voiture.

— Je vous remercie. Continuez de suivre l'évolution du phénomène, je prends les mesures d'urgence, et merci de nous tenir au courant toutes les deux minutes.

— Bien, colonel.

Le colonel raccrocha, l'ingénieur fixa son regard sur l'écran fluorescent, au centre duquel l'expansion des contours modélisés du phénomène évoquait un monstrueux gaz vert. Il sentit un frisson le parcourir et, machinalement, se frotta les avant-bras de ses mains. Il habitait à plus de cent kilomètres de l'épicentre du phénomène, mais ne put s'empêcher de se demander s'il avait bien pensé à refermer les fenêtres, ce matin, en quittant son domicile. Au pis la moquette serait trempée à son retour.

Pierre de Brécourt entra en liaison avec les commandants des pelotons d'autoroute. Il leur demanda une évaluation précise du nombre de motards présents sur zone. Il leur concéda dix minutes dans un premier temps, et pas une de plus, pour procéder à l'évacuation d'un nombre maximal de véhicules hors de la voie circulante. Passé ce délai, il allait leur falloir à leur tour se préparer à quitter l'endroit, au risque d'être emportés comme des fétus de paille.

— Aucun héroïsme, surtout ! Quand je donne l'ordre de se retirer, on se retire. Vous n'avez pas idée de ce qui va nous tomber dessus. Vos BMW vont peser moins qu'une trottinette.

Il demanda à tous les hommes de synchroniser leurs montres et de rester en permanence branchés sur la fréquence.

— L'ordre d'évacuation précis sera fonction des données transmises par le PC météo.

Puis il ordonna une réquisition de fermeture de tous les accès à l'autoroute A6 depuis l'entrée 23 de Bierre-lès-Semur, au kilomètre 242, jusqu'à l'entrée 31 de Villefranche au kilomètre 427, ainsi que des accès aux autoroutes A 40 et A 39 par Dijon, et le péage de

Groissiat sur l'A 404. En tout plus de deux cents kilomètres d'autoroute cadenassés.

— Vous me trouvez le préfet et vous l'informez de toute urgence, puis vous prenez contact avec les régulateurs du SAMU sur l'ensemble des départements concernés.

Pierre de Brécourt raccrocha le téléphone fixe et enfila une cape de pluie. Son portable sonna. Il ne pouvait s'empêcher de penser à Claire, mais surtout à son mari et à sa fille qui se trouvaient peut-être à cet instant sur la portion d'autoroute qu'il venait de boucler. Il décrocha. C'était son officier de liaison.

— C'est bon, colonel... j'ai pu joindre les gérants des stations... ils cessent de servir du carburant à partir de maintenant... les valves des cuves sont en cours de fermeture. On éloigne des pompes tout ce qui n'est pas fixé solidement ... et tout le monde se réfugie dans les toilettes si ça commence à trop souffler.

— Merci, il faut que vous vous occupiez des aires de repos maintenant.

— La plus grosse, c'est Venoy-Grosse-Pierre... Faudrait éviter que l'arche devienne celle de Noé, justement... je fais évacuer. On peut vraisemblablement entasser tout le monde dans le bâtiment de l'archéodrome... ils seront mieux à l'abri là-dedans.

— Ils n'auront jamais connu une telle affluence... vous avez été voir à quoi ça ressemble ?

— J'y suis allé avec mes gosses un été... c'est pas le musée de l'Homme, mais on peut y voir deux ou trois reproductions de mammouths et les fossiles qu'ils ont mis au jour pendant le chantier de l'autoroute... y a un paquet de gros coquillages... on a quand même du mal à croire que la mer venait jusque-là...

Pierre de Brécourt s'impatientait, mais il laissa son homme poursuivre, car il savait que le commandement en cellule de crise requérait aussi de la souplesse. Le bavardage était un moyen comme un autre de combattre l'angoisse.

— Sinon, poursuivit l'officier de liaison, on y apprend comment les hommes préhistoriques faisaient du feu et deux ou trois outils... remarquez ça risque de nous être utile, si ça continue... Il paraît que c'est un temps de fin du monde qui nous arrive dessus.

— À plus de cent cinquante kilomètres à l'heure.

— J'ai deux motards sur place pour organiser l'abri. Il y en a un qui est antillais, il connaît par cœur les consignes... éloignement des fenêtres et tout le tintouin... il passe au moins un typhon par an au fond de son jardin, chez lui au pays.

— Merci, rappelez-moi aussitôt que tout est sécurisé.

— Bien, colonel.

Pierre de Brécourt jaillit dans la cour de la caserne. Il leva les yeux au ciel et distingua au loin une barre noire qui, à cette distance, paraissait une simple biffure sur l'horizon. Son appel suivant fut pour la station de radio de l'autoroute. On diffusait dès à présent un message en boucle enjoignant les automobilistes ayant emprunté l'autoroute A6 de s'arrêter immédiatement et de se mettre à l'abri dans l'aire la plus proche. Les panneaux lumineux d'information qui parsemaient les voies relayèrent l'avis de tempête en alternance avec un appel à se rendre à l'écoute de 107.7 FM.

Le moteur de l'hélicoptère parvint en régime de chauffe et les pales se déployèrent en commençant à tourner. Pierre de Brécourt s'engouffra dans l'appareil et serra la main du pilote. Il avait l'intention de se rapprocher de la perturbation autant que la prudence le lui permettait.

Il frissonna en songeant au drame absolu, si la tempête était survenue la veille, alors que les milliers de véhicules des vacanciers empruntaient encore ce trajet. S'imposa à lui la vision démente d'un large fleuve en crue, charriant des cadavres par centaines et des carcasses de voitures comme de grosses souches. Il frémit en imaginant des eaux déchaînées se précipiter entre les collines, en lieu et place du trajet de l'autoroute.

Tandis que l'hélicoptère quittait le sol en se balançant mollement dans l'air de l'après-midi, des images l'assaillirent en rafales comme lors de son arrivée au Bengale, trente ans plus tôt.

Jeune brigadier, il y avait effectué sa première mission avec l'unité de secours de la gendarmerie. Les inondations du Gange avaient soustrait des milliers de kilomètres carrés à la terre ferme. Le survol du delta révélait un damier sans fin de ventres de vaches et d'hommes, flottant telles des outres noires à la surface des eaux boueuses. Quelques rares survivants s'accrochaient çà et là au faîte des arbres épargnés, pareils à des brisants de haute mer, éloignés de plusieurs kilomètres de tout point solide. Avant l'arrivée des secours, ceux-là étaient condamnés à mourir de soif au milieu d'un océan d'eau imbuvable. Pierre de Brécourt s'était alors juré de ne jamais défaillir face à la cruelle ironie de l'existence.

Le salon de coiffure réservé aux passagers de deuxième classe était situé sur le pont A de l'*Olympic*. En fin de matinée il était pratiquement déserté par les dames qui préféraient jouer à la marelle anglaise, ou se promener sur les passerelles avant de déjeuner.

Oya avait demandé au steward de lui prendre un rendez-vous, puis, malgré sa fatigue subite et le sentiment d'être sujette à une nouvelle montée de fièvre, elle s'était empressée de se rendre à l'arrière du navire. En se contemplant dans le miroir de sa cabine, elle s'était trouvé la mine terreuse, les traits tirés et avait pensé qu'un passage entre les mains d'un coiffeur français allait lui rendre meilleure allure. Carlo piaillait de joie derrière sa mère, surexcité par le parcours dans les coursives labyrinthiques. Depuis sa descente de l'*Esperanza* et son transfert dans Manhattan, en direction de l'*Olympic*, Oya avait été à plusieurs reprises sujette à des épisodes d'affaiblissement qu'elle avait mis sur le compte du voyage effectué depuis Cuba.

Elle emprunta l'ascenseur électrique en compagnie de Francis D. Malbundee et Maureen Malbundee, un couple de chanteurs de jazz qui venait de remporter un triomphe à Broadway. Amusés par les singeries du petit Carlo, ils entamèrent la conversation. Ils se rendaient en Europe pour une tournée de plusieurs mois et avaient choisi l'*Olympic* après une précédente déconvenue à l'occasion d'une traversée effectuée à bord du *Lusitania*. Ce dernier paquebot, appartenait à la Cunard, armateur concurrent de la White Star, et, s'il était plus rapide, il offrait un confort bien moindre. La Cunard et la White Star s'étaient lancées dans une escalade technologique insensée, établissant l'une après l'autre des records de traversée de l'Atlantique, jusqu'à ce que survienne le drame du *Titanic*. Depuis, la White Star avait décidé d'axer son effort commercial sur le confort et non plus sur la vitesse. Tout était fait en matière de mobilier, de vaisselle et de linge pour surclasser, à bord, les meilleurs hôtels du continent. Oya leur ayant dit qu'elle se rendait dans le sud-ouest de la France, les Malbundee lui apprirent qu'ils avaient une date prévue à Biarritz, dans la rotonde de l'ancienne résidence de l'impératrice Eugénie. Ils proposèrent à Oya de venir les écouter, tandis que la cabine de l'ascenseur remontait des profondeurs du navire équivalant à un immeuble de huit étages. Oya acquiesça timidement puis accepta également leur invitation de se joindre à eux pour le dîner. On pourrait se retrouver dès dix-neuf heures dans le fumoir.

Les chanteurs descendirent au niveau des bains turcs sur le pont B, et Oya, restée seule avec son fils, ferma les yeux en songeant à Imanol. Son mari devait être de retour à la propriété à présent et cette pensée, accompagnée du souvenir des trois années de bonheur qui venaient de s'écouler, raviva la douleur de leur séparation. Oya se jura de débuter le soir même une longue lettre dans laquelle elle allait lui raconter chaque détail de leur voyage fastueux. Imanol lui avait appris à lire et à écrire et elle s'était promis de maintenir entre eux par le courrier le plus fort des liens. Elle allait commencer, bien sûr, par lui confier, les merveilleuses impressions de son embarquement.

L'*HMS Olympic* avait quitté la presqu'île de Manhattan tôt dans la matinée, croisant la statue de la Liberté à la marée montante, prévoyant de rallier Cherbourg en une semaine. L'orchestre de bord avait auparavant accueilli les deux mille cinq cents passagers en jouant l'hymne de la White Star Line depuis le pont-promenade supérieur. Les passagers de troisième classe avaient embarqué les premicrs et s'étaient répandus en files animées dans les entrailles du navire, animant l'immense structure d'exclamations de gaieté et de cris d'admiration. Lorsque l'officier avait saisi sa carte d'embarquement, Oya s'était retournée contre le parapet et avait été prise de vertige. Le navire était si haut que l'*Esperanza*, sur lequel elle venait d'effectuer le trajet depuis Cuba, lui avait paru un jouet d'enfant et les pontons des docks voisins de frêles assemblages d'allumettes. Les passagers de première classe et leur caravane de malles et de valises étaient montés à leur tour, formant une file de chenilles processionnaires le long des escaliers de coupée situés à l'avant. Bordant l'Hudson, les tours immenses de la ville et leurs flèches de verre et de métal permettaient seules de prendre la mesure de la taille de ce paquebot. Oya s'était dit qu'elle n'allait jamais avoir assez de la traversée pour l'explorer dans sa totalité.

— Bienvenu à bord, madame, avait dit l'officier en lui tendant le vade-mecum qui l'informait de l'ensemble des installations, services, horaires et tarifs à bord du navire. Votre cabine se trouve, à l'aplomb de la dernière cheminée, par l'escalier arrière… au niveau du pont D. Vous êtes juste contre les cabines de première classe… les mouvements du navire sont considérablement atténués à cet endroit… très bonne traversée, madame.

— Merci, avait balbutié Oya, étourdie par la nouveauté, ressentant un besoin impérieux de serrer contre elle son fils, de sentir sa chaleur bienfaisante.

Carlo avait redressé son petit cou et avait rivé son regard sur les quatre colossales cheminées érigées le long des trois cents mètres qui séparaient la poupe de la proue. Il avait senti l'étreinte de sa mère, mais aussi le curieux frisson qui avait parcouru l'ensemble de son corps.

Oya s'était dit pour la première fois qu'elle devait avoir contracté la grippe lors du voyage depuis Cuba. Les cabines à bord de l'*Esperanza* n'étaient pas individuelles et ils avaient partagé la leur avec deux Cubaines, une mère et sa fille, qui n'avaient cessé de tousser tout au long du trajet.

Le coiffeur était un Français de Lyon. Il s'empressa de proposer un siège à Oya qu'il trouva défaillante et livide à son entrée dans la boutique.

— Ça va… je vous remercie… je suis un peu fatiguée… c'est tout…

— Vous ne voulez pas que j'appelle un médecin ? Nous disposons même d'un hôpital de bord, savez-vous ?

D'une manière générale l'armateur préférait qu'on ne fasse pas trop de publicité à l'équipement hospitalier de bord, pourtant imposé par la réglementation du ministère du Commerce. Il n'était pas nécessaire de laisser entendre aux passagers qu'ils pouvaient tomber malades ou se blesser à bord. Quoi qu'il en fût, le coiffeur s'était senti suffisamment inquiet de l'état de sa cliente, et frappé par sa beauté, pour transgresser la consigne.

— Non, ce n'est rien, répondit-elle, je vous assure…

— Bien, madame… Désirez-vous une coupe ou seulement que je vous coiffe ?…

— Je voulais… oui… coiffez-moi s'il vous plaît.

Il dénoua sa somptueuse chevelure brune et mêla ses doigts aux soies épaisses. Placé debout en arrière d'Oya, il plaqua ses mains sur ses tempes et lui fit lentement basculer le crâne contre l'appuie-tête, révélant plus bas le fin dessin de sa gorge et le sillon creusé entre les sommets ronds de sa poitrine.

— Vos cheveux sont magnifiques, madame…

— Merci…

Carlo s'était assis près de la porte d'entrée et observait un vol de mouettes stationnaire au niveau du pont, comme déposé sur le vent, cinquante mètres au-dessus de la surface de l'océan, lorsqu'il entendit la quinte terrible.

Oya s'était cabrée vers l'avant et tenait à la main le mouchoir que lui avait tendu le coiffeur. Elle se tamponna la bouche à plusieurs reprises, épongeant une importante quantité de sang. De nouveaux frissons la saisirent et elle sentit une sueur glacée s'exfiltrer de tous les pores de sa peau.

— J'appelle le médecin, madame.

Le soir même, au fumoir, les Malbundee attendirent en vain l'arrivée d'Oya et de son fils. Renseignements pris, on leur signala que la passagère de la cabine 354 avait été prise d'un léger malaise et qu'elle se reposait. Maureen Malbundee s'inquiéta du petit Carlo qu'elle avait trouvé si dégourdi. On la rassura. L'enfant avait été confié à la garde de deux sœurs de l'ordre de

Sainte-Aurélie qui occupaient la cabine voisine. Les moniales, libérées de leur clôture par dérogation de l'archevêché, souhaitaient ne pas se mélanger aux autres passagers et s'accommodaient fort bien de cette tâche. Le maître d'hôtel conduisit le couple Malbundee dans la salle du restaurant à la carte du pont B et leur présenta M. et Mme Andrew-Kline, propriétaires d'une compagnie de pneumatiques à Detroit, en compagnie de qui ils partagèrent un excellent dîner.

Acidum sulphuricum arontaticum... Potassi nitras... Pilula plumbi con opio... Sublimé... *Camphora...* Les étiquettes en latin, rédigées à l'encre violette, dansaient sur les fioles de verre posées sur l'étagère. Les niveaux des liquides se modifiaient au rythme du lent roulis. Oya tourna la tête avec difficulté, en direction du bruit. Elle eut l'impression que sa langue et ses lèvres avaient épaissi, formant une masse dense et cartonneuse à l'avant de sa face. Ses muscles étaient vrillés d'incessants forages, comme si une armée d'invisibles piquiers les avait choisis pour cible. Elle distingua deux silhouettes verticales à l'entrée de la pièce qui conversaient à voix basse, mais la lumière du jour en provenance de la porte vitrée l'éblouit et la força à fermer les yeux.

— Comment allez-vous ? fit une des voix.

Oya voulut répondre mais aucun son ne put sortir de la gorge desséchée par la fièvre. Elle essaya d'avaler sa salive. L'effort déclencha un accès de toux qui la plia en deux sous le drap blanc.

— Calmez-vous, madame... nous allons vous soigner... je suis le docteur Nichols... capitaine dans le corps de l'armée royale... responsable de l'équipe médicale à bord de l'*Olympic*, plus spécialement chargé des passagers de première classe... et voici mon aide, le docteur Edward Fields, diplômé en médecine et en maladies infectieuses, responsable des passagers de seconde et troisième classe...

— Vous avez beaucoup de fièvre, madame, fit en écho le docteur Fields. Près de quarante et un degrés... Mais nous nous en occupons...

Oya émit un gémissement étouffé pour toute réponse, souhaitant juste entendre un mot rassurant sur l'état de santé de son fils. Car ce qui la préoccupait par-dessus tout, du tréfonds de son esprit consumé par la fièvre, était le bien-être de Carlo. Elle n'avait nul besoin d'être médecin pour deviner que le mal qui la terrassait n'allait se retirer qu'en laissant son corps telle une terre de cendres après l'incendie. Si elle ne survivait pas elle voulait s'assurer que Carlo était indemne et allait être protégé. Un jour Imanol allait traverser l'océan à son tour et reprendre ce fils auquel le destin tentait maintenant de retrancher une mère. Oya pensa à la boîte d'aquarelles qu'elle avait laissée à son mari et sourit. Elle se rappela ce jour où elle avait peint la propriété depuis son cheval, au pied du grand ficus. Carlo, dans son ventre, avait beaucoup bougé. Le vent chaud transportait des senteurs de chèvrefeuille. Rien ne pouvait les séparer, pas même la mort. Elle pensa : alors si je meurs c'est qu'il est arrivé quelque chose à Imanol. À l'idée que Carlo pouvait se retrouver seul, elle perdit connaissance.

Le médecin chef désigna le bras mince d'Oya qui reposait sur le drap blanc. La peau était constellée d'une abondance de minuscules points rouges.

— Pétéchies..., laissa-t-il échapper d'une voix sourde.

Les marques signaient une hémorragie cutanée, comme si le sang avait commencé à sourdre du corps d'Oya, comme si le corps de la jeune femme ne pouvait plus retenir le liquide vital.

— Quarantaine absolue... on ne s'approche plus sans gants ni masque... on fait pareil avec son gamin... elle l'allaite, je crois ?

— Oui, répondit le docteur Fields...

— Même si le virus ne passe pas dans le lait... leur proximité suffit à condamner l'enfant.

Il enfila une paire de gants en plastique et se rapprocha d'Oya, lui soulevant la paupière droite. Il y avait une goutte de sang dans le blanc de son œil. Puis il lui releva les lèvres découvrant d'autres traces hémorragiques sur ses gencives. Enfin, il écarta le drap, révélant son corps nu parsemé des mêmes taches purpuriques.

— Qu'elle est belle...!

— Plus pour très longtemps.

Harold Hendrickson avait obtenu son certificat de navigation en 1887, à l'âge de vingt-cinq ans, puis il était entré à la White Star Line cinq ans plus tard et avait obtenu son premier commandement en 1899. Depuis, il avait commandé dix-sept paquebots avant d'être nommé commodore de la flotte en 1913. Lors de la guerre des Boers il avait obtenu la Médaille des transports en commandant les navires de troupes jusqu'au Cap. Apprécié de ses équipages qui reconnaissaient en lui un bon marin et un navigateur compétent et prudent, Harold Hendrickson était un homme affable, distingué, à la voix calme et douce, qui ne dédaignait pas venir dîner en première classe à la table de l'un ou l'autre de ses passagers. Ces derniers lui vouaient une confiance absolue, à tel point que certains ne voulaient traverser l'Atlantique que sur un paquebot placé sous son commandement. Dans les bureaux de la White Star on l'avait surnommé le pacha des millionnaires. Pour l'heure, il arpentait nerveusement le plancher ciré de sa cabine où s'était organisée une réunion de crise à laquelle assistaient Sidney Barnard, commandant en second, ainsi que les docteurs Nichols et Fields.

Depuis le naufrage du *Titanic* et le comportement critiqué du commandant Smith, qui occupait avant lui les fonctions de commodore de la flotte, la sécurité des passagers hantait chacun des dirigeants de la White Star Line. S'il advenait la moindre catastrophe à bord d'un de leurs navires, c'en était fini de la compagnie et ils n'avaient plus qu'à la solder à leurs rivaux de la Cunard. Le principe de précaution maximale régnait, seul maître à bord avant le commandant lui-même. Par deux reprises déjà, Hendrickson avait dérouté ses navires alors qu'on lui signalait la présence d'icebergs à plus de vingt milles. L'allongement du temps de trajet ne comptait pas tant qu'on assurait à bord le luxe et les services d'un palace.

— Et qu'est-ce donc que cela traduit, cette transpiration de sang ? demanda-t-il, en frottant du revers de la main les trois galons de sa manche, signe de nervosité que connaissait parfaitement son second et qui traduisait, chez le commandant, l'imminence d'une prise de décision importante.

— C'est probablement ce qu'on appelle une fièvre hémorragique, mon commandant…, répondit Nichols. On n'en connaît pas toujours le principe actif… elle survient en zones tropicales… certainement transmise par des animaux infectés.

— C'est contagieux ?

— Redoutable. Cela peut se répandre de manière fulminante… il y a des cas décrits dans la littérature de villages anéantis en quelques jours.

— Voulez-vous me dire qu'avant d'atteindre Cherbourg ce navire pourrait se transformer en cimetière ?

Nichols se tut, la perspective n'était pas nulle, même si à ce stade elle restait peu vraisemblable. Il était difficile de répondre avec certitude à cette question, tant les conséquences pouvaient être graves. Fields vint au secours de son supérieur hiérarchique.

— Commandant, nous ne sommes pas encore certains du diagnostic... et puis nous avons placé la femme à l'isolement dans le...

— Quand le serez-vous ? l'interrompit-il sèchement.

— Si elle décède dans les heures qui viennent, il n'y aura plus de doute... Si elle survit, le diagnostic ne sera pas avéré.

Le commandant en second leva le nez de la liste des passagers dans laquelle il s'était absorbé depuis le début de la conversation.

— Et son enfant ? Un Blanc, m'a-t-on dit.

— Oui. Il est pour l'instant gardé par deux nonnes dans leur cabine, répondit Fields, juste à côté de celle de la femme...

Sidney Barnard replongea dans sa liste, à la recherche des bonnes sœurs. Le commandant essaya de détendre l'atmosphère en plaisantant, car il savait que pour l'examen d'une situation critique à bord, il valait mieux obtenir de ses subordonnés qu'ils fussent détendus.

— Si ce sont des bonnes sœurs, elles n'auront aucun mal à se tenir cloîtrées, c'est une quarantaine comme une autre après tout...

Sidney Barnard possédait une liste très précise de renseignements concernant les passagers de première et deuxième classe, afin de pouvoir anticiper leurs désirs et de leur assurer un service irréprochable.

— Elles appartiennent à une congrégation voisine de l'abbaye du Mont-Saint-Michel, en France, la congrégation de Sainte-Aurélie, précisa-t-il. Elles travaillent à la restauration des enluminures sur les manuscrits du Moyen Âge... et elles étaient venues rencontrer un spécialiste à New York. Apparemment, c'est la première fois de leur vie, qu'elles mettent le nez dehors.

— Bon, reprit Hendrickson. Et qui d'autre a été en contact avec cette femme depuis son arrivée à bord ?

Barnard reprit sa liste sur laquelle il avait coché plusieurs noms au crayon gras.

— M. et Mme Malbundee, voyageant en première classe… le coiffeur des seconde… le steward de coupée, à l'embarquement… c'est tout.

— Et eux-mêmes ?

— Les Malbundee ont sympathisé avec les Andrew-Kline hier soir… et longuement conversé avec le sommelier du restaurant à la carte. Le sommelier lui-même, par la suite, a pu entrer en contact avec un nombre important de passagers… vous imaginez, la cuisine est commune avec la salle à manger des seconde… qui elle-même peut recevoir trois cents couverts…

— Tous ne boivent pas du vin…

— Certes, mais le sommelier aura forcément parlé aux maîtres d'hôtel…, conclut le médecin chef, d'une voix lugubre.

Le commodore Hendrickson hocha la tête. Il ressentait la sourde vibration des moteurs, nichés au cœur du fantastique vaisseau, dix ponts plus bas. Trente mille chevaux-vapeur qui déplaçaient les cinquante-deux mille tonnes d'acier à la vitesse de croisière de vingt-deux nœuds. La plus sublime des machines de transport jamais construite par l'homme, alimentée en énergie par vingt-neuf chaudières et douze soutes à charbon qui contenaient en tout treize mille mètres cubes de combustible. Plus de trois millions de rivets maintenaient la cohésion de la coque, l'ancre colossale pesait quinze tonnes, la propulsion était assurée par une hélice à quatre pales de cinq mètres de diamètre et trois tripales de sept mètres. Et toute cette formidable mécanique pouvait être enrayée par un virus, tapi dans le corps de cette Cubaine, passager clandestin à bord d'elle-même. Une montagne de glace avait eu raison du fleuron de la White Star, et le naufrage du *Titanic* avait failli provoquer l'engloutissement des rêves transatlantiques. Se pouvait-il à présent qu'un microorganisme invisible fût responsable de la déroute de l'*Olympic*, frère jumeau en architecture navale du *Titanic* ? La White Star frappée en premier par Goliath puis abattue par David.

— Quant au coiffeur, poursuivit le commandant en second, il a reçu huit clients après avoir amené la malade à l'hôpital de bord. Il nous en a dressé la liste... puis il s'est rendu à la piscine.

— La piscine ? s'effraya Hendrickson. Ça peut se propager dans l'eau ?

— Je l'ignore, commandant, répondit Nichols, mais il serait prudent d'interdire l'accès à l'établissement de bains.

— On a répertorié vingt-deux baigneurs dans l'après-midi..., marmonna Barnard qui saisissait ce que le dénombrement des victimes potentielles de la contagion révélait d'inquiétant.

Le commandant resta silencieux, priant Dieu que le médecin se trompât sur les origines de cette fièvre. Vingt-deux baigneurs qui eux-mêmes avaient à leur tour pu contaminer plusieurs personnes chacun. En fait il lui apparut qu'en quelques heures la presque totalité du navire, soit les deux mille cinq cents passagers et neuf cents membres du personnel de bord pouvaient avoir été contaminés. Néanmoins, il était envisageable d'espérer que les passagers de troisième classe pouvaient avoir été épargnés, car leurs installations étaient pour la plupart séparées de celles des classes supérieures.

— Que préconisez-vous, docteur ?

— On ferme le salon de coiffure et la piscine... on consigne dans leurs appartements les Malbundee, les Andrew-Kline, le sommelier, le fils de cette femme et les bonnes sœurs... Pour le reste, on adresse des prières à qui de droit.

— Comment se fait-il que l'état de santé de cette femme n'ait pas été détecté à l'embarquement ?

— Commandant, seuls les troisième classe sont soumis à un contrôle médical systématique... qui se limite la plupart du temps à un examen du cuir chevelu, censé détecter la présence de poux... et à leur apprendre comment utiliser les toilettes pour ceux qui n'en n'ont jamais vu...

Le commodore Hendrickson leva les yeux au ciel. Il évitait autant que faire se peut de mettre les pieds en troisième classe durant la traversée.

— Il est probable au demeurant, reprit Nichols, que la patiente n'ait présenté aucun symptôme lors de son arrivée à bord. La survenue fulgurante des signes fait malheureusement partie du syndrome...

— Et pour finir, docteur, comment pensez-vous que réagiront les autorités sanitaires à notre arrivée... si une épidémie aussi grave s'est déclarée à bord ?

— Ils ne prendront jamais le risque de nous laisser débarquer.

— C'est bien ce que je craignais, souffla le commodore.

Harold Hendrickson s'assit dans son fauteuil en songeant qu'il était peut-être en charge d'un mouroir flottant de près de quatre mille âmes, l'hospice le plus luxueux du monde occidental.

Lorsque à leur retour à l'hôpital de bord Nichols et Fields poussèrent la porte, ils furent saisis par la respiration saccadée et bruyante d'Oya. Sa détresse respiratoire était secondaire à l'épanchement dans ses poumons du sang qui continuait de filtrer en dehors de ses vaisseaux. Elle se noyait dans son propre sang. Ses mains et ses pieds étaient froids et moites. Elle entrait en état de choc. Ils tentèrent de lui parler, mais elle ne répondit pas. Nichols voulut lui poser une perfusion, mais il ne parvint pas à trouver une veine tant la pression sanguine avait chuté. Après plusieurs tentatives infructueuses, il renonça. Des perles d'un sang rosé, opalescent, si clair qu'il paraissait un sirop de grenadine infiniment dilué, un sang fracassé, apparurent au niveau des orifices créés par l'aiguille dans l'avant-bras.

Oya avait perdu conscience. Elle n'était plus que douleurs, déchirure de son abdomen, élancements de ses muscles, constriction atroce de la tête. Son esprit s'était réfugié en une zone profonde de son cerveau, encore suffisamment irriguée pour produire une impression de réel. Un monde dans lequel elle galopait parmi les futaies foisonnantes, une vie rêvée en compagnie d'Imanol et de Carlo et qui n'avait d'autre finalité que de se dérouler paisiblement aux côtés d'êtres aimés, sans avoir de terme. Le décor lui-même des montagnes et des forêts profuses, les mouvements furtifs des animaux sauvages, les reflets des eaux de cristal, l'envol mordoré des oiseaux de proie paraissaient avoir été déposés par le pinceau léger d'un aquarelliste. Puis elle eut la vision d'une prairie d'herbes moelleuses, nimbée d'un anneau de lumière. Imanol était étendu en son centre, endormi, forme d'albâtre dans un écrin de vert cru. Elle s'approcha de lui, prise d'une irrépressible envie de dormir. Elle s'allongea et ferma les yeux. Il n'était plus nécessaire de lutter.

Le docteur Nichols ôta les oreillettes de son stéthoscope et le laissa pendre autour de son cou.

— Son cœur ne bat plus…

Fields sentit une boule d'angoisse envahir sa gorge. Il n'y avait plus de doute sur le diagnostic ni sur la foudroyante létalité de l'agent infectieux. Restait, seule, la question de l'étendue de la contagion.

Les ordres du commandant Hendrickson furent sans appel. L'ensemble des affaires, malles, effets et marchandises, les échantillons de café et de cacao, appartenant à la passagère subitement décédée, furent passés par-dessus bord. Le corps exsangue d'Oya fut cousu dans un linceul et évacué discrètement lui aussi par un sabord de charge au pont H. En quelques minutes il ne restait plus trace du passage de la jeune femme sur ce navire, à l'exception d'un petit garçon de dix-huit mois, que berçait à l'instant même où l'on précipitait la dépouille de sa mère dans l'océan, une jeune nonne prénommée Cécile.

Consignés dans leur appartement de première classe, et mis au courant du risque qu'ils encouraient, les Malbundee sombrèrent dans un profond abattement, puis au fil des heures, constatant que la fièvre ne montait pas et qu'ils ne présentaient aucun signe d'hémorragie, laissèrent leur colère chasser la dépression.

— Et dire qu'on lui avait proposé de l'inviter à Biarritz ! tempêta M. Malbundee, en frappant sur le trumeau de la cheminée que surplombait un long miroir à cadre doré.

— Elle a un enfant ! Et son enfant, il peut encore contaminer tout le monde à bord, se lamenta sa femme, depuis son canapé de bois de rose.

— Tu as raison, reprit son mari, il faudrait s'en débarrasser comme on a fait avec la mère.

— C'était curieux pour une métisse aussi... sombre... d'avoir eu un enfant aussi... blanc...

Mme Malbundee opina du chef en grattouillant nerveusement l'accoudoir orné de pattes de lion et de griffons ailés.

Fort heureusement, leur suite disposait d'un pont promenade privé avec plusieurs fauteuils à bascule et chaises longues en osier blond. De nombreuses plantes vertes égayaient la coursive dont le plafond était décoré de fausses poutres en chêne. Ainsi leur quarantaine allait s'effectuer sans les priver totalement de l'air du large et du sentiment d'appartenir à une communauté de privilégiés.

Une demi-heure plus tard, le commandant Hendrickson et le second Barnard frappèrent à la porte de la cabine des sœurs de la congrégation de Sainte-Aurélie.

Sœur Cécile et sœur Marion, habituées à l'austérité et à l'étroitesse de leurs cellules du cloître de Maradec, avaient loué le Seigneur du confort de leur cabine de deuxième classe – qu'elles ne recherchaient pas – ainsi que de la qualité de la literie – dont elles n'étaient pas demandeuses. La générosité de la mère abbesse, initiatrice de ce voyage d'étude outre-Atlantique, faisait depuis leur embarquement l'objet de prières réitérées de la part des moniales.

Leurs deux lits aux montants en laiton se faisaient vis-à-vis de part et d'autre d'une structure en acajou qui faisait office de cabinet de toilette, supportant une vasque en porcelaine et une étagère en verre. Il y avait encore la place devant la porte d'entrée pour une table ronde et deux fauteuils de style Empire, finement ouvragés. Un hublot surplombait le lit placé contre la cloison du côté du pont. Lorsque les sœurs s'agenouillaient sur le matelas, elles pouvaient apercevoir le sommet des chapeaux hauts de forme des promeneurs, ou les compositions florales et les colibris sur les chefs de leurs dames.

Au-delà, elles distinguaient la ligne courbe de l'horizon océanique.

Elles, dont le regard avait l'habitude d'être barré en toutes saisons, et de tout point de la baie autour de laquelle elles résidaient, par le Mont-Saint-Michel et sa formidable abbaye, se trouvaient soulevées par une étrange allégresse devant le spectacle de la libre étendue maritime.

L'enfant de la jeune femme malade de la cabine voisine avait ajouté à leur légèreté. Sa présence et ses niches malicieuses avaient déclenché à plusieurs reprises chez sœur Cécile et sœur Marion des fous rires incoercibles, qu'elles avaient aussitôt alterné avec des prières pour la guérison de la mère.

Le seul problème qu'elles avaient eu à résoudre avait été celui de l'allaitement. Le petit Carlo était pourvu d'un appétit d'ogre. Tout en naturel et en bon sens, il avait tourné sa demande en direction de Cécile, âgée de vingt-cinq ans et non de Marion qui avait vécu plus de deux fois ce temps. La jeune sœur avait rougi jusqu'aux oreilles lorsque l'enfant lui avait réclamé sa poitrine, puis elle avait mandé un steward. Celui qui leur avait confié le petit, au retour du malaise de sa mère chez le coiffeur, s'était chargé d'aller quémander le nécessaire à quelques nourrices des passagers de première classe. À présent elles étaient fournies en biberons de lait, mais Carlo n'acceptait de téter que dans les bras de Cécile.

Malgré plusieurs recommandations de son aînée, qui l'exhorta à ne pas confondre charité chrétienne et attendrissement maternel, la jeune sœur succomba à la tendresse du petit garçon en moins d'une journée. Si bien que, lorsqu'elle entendit les coups frappés à la porte de la cabine, elle fut fort irritée qu'on réveillât en sursaut le petit être endormi entre ses bras.

Hendrickson et Barnard portaient tous deux un masque de tulle sur le visage, ce qui faisait davantage ressortir la frayeur contenue dans leurs regards.

— Mes sœurs, commença le commodore, il va vous falloir prier pour le repos de l'âme de la maman…

Sœur Marion se signa aussitôt et joignit ses mains contre son torse tandis que sœur Cécile se sentit envahie d'une indescriptible tristesse.

— Vous devriez cesser de vous occuper de cet enfant, poursuivit Barnard, il est probablement atteint et risque de vous contaminer.

— Vous ne parlez pas sérieusement, rétorqua Cécile.

— Ce serait raisonnable ma sœur, nous pourrions l'installer à l'infirmerie.

— Et qui le nourrirait ?

— Mais nous y pourvoirions… le temps de s'assurer qu'il n'est pas malade.

— Il refuse qu'une autre que moi l'alimente, se défendit farouchement sœur Cécile.

Sœur Marion écoutait en silence. Elle n'approuvait pas la personnalisation du rapport qui s'était établi entre la jeune sœur et l'enfant, mais ne pouvait non plus se résoudre à abonder dans le sens des officiers d'équipage.

— Commandant, fit-elle avec douceur, pensiez-vous raisonnablement que deux sœurs de la congrégation d'Aurélie allaient accepter d'abandonner un jeune enfant non encore sevré, et qui plus est orphelin ?

— Ma sœur, il s'agit de votre vie et également de celle des autres passagers de ce navire.

— Nous pouvons nous occuper de cet enfant, ici, dans notre cabine, répondit-elle cette fois plus fermement. Nous vous assurons que nous n'aurons plus aucun commerce avec quiconque avant d'arriver en France. Il suffit de nous déposer régulièrement un peu de nourriture pour nous et du lait pour le bébé devant cette porte. Passez ce seuil dès à présent dans le sens du retour, et plus personne, vous en avez mon engagement, ne le franchira en sens inverse.

Cécile resta muette durant cet échange mais adressa une prière en remerciement de l'attitude de Marion. Carlo bougea contre son sein et elle sentit la prodigieuse et bienveillante chaleur de l'enfant au travers de sa chasuble grise.

— Ma sœur, je pense que cela n'est pas raisonnable, la fièvre hémorragique dont est morte la mère est des plus foudroyantes, rien ne nous garantit que nous puissions circonscrire l'épidémie. En tant que commandant de ce navire, il m'a été conféré tout pouvoir pour décider de ce qui est salutaire pour les passagers et pour l'équipage.

— Ah oui ! et qui vous a conféré vos pouvoirs, commandant ? fit sœur Marion.

— Eh bien…, répondit Hendrickson, désarçonné par la sécheresse de la réplique… j'ai été nommé par sir Ismaël Markus… directeur de la White Star Line et…

— Et qui donc commande au-dessus de votre M. Markus ? Qui est l'œil qui vous regarde et vous juge en ce moment même ? Qui est le véritable commodore à bord de toutes nos vies ?

Le commodore se tut, sentant qu'il n'aurait pas gain de cause sur ce terrain. Barnard voulut voler à son secours.

— Il faut que vous compreniez les enjeux, ma sœur... notre compagnie mène une lutte sans merci avec la Cunard, basée à Plymouth. Ils sont nos concurrents directs... nous ne pouvons nous permettre un scandale... cela ruinerait tous les efforts entrepris par la White Star pour se redresser depuis le naufrage du *Titanic*. L'isolement est pour nous également la garantie absolue du secret... voyez-vous ?

— C'est donc cela que vous trouvez salutaire pour la santé des passagers et de l'équipage, reprit sœur Marion. Le secret et le silence...

— Pour l'instant, ma sœur, personne d'autre n'est malade..., alors si grâce à Dieu nous en restons là...

— Dieu choisit ce qu'il fait et même si l'entièreté des passagers tombe malade, ce sera grâce à Lui. Ses desseins sont impénétrables, aboya sœur Cécile.

— Pardon, ma sœur... je voulais dire... si par bonheur, personne d'autre n'a à souffrir de cette maladie, nous raconterons à ceux qui sont pour l'instant en quarantaine que nous avons pêché par excès de prudence et les dédommagerons totalement de leur voyage... personne ne doit savoir que nous avons embarqué une passagère dont la santé menace celle de milliers d'autres. Rien ne doit venir endommager la réputation de la White Star.

— Et vous seriez prêt à risquer la vie de cet enfant pour cela ?

— Sans l'ombre d'un doute. Il ne reste déjà plus rien des affaires de sa mère. On ne connaît pas de père. Personne ne viendra le réclamer.

Sœur Cécile se leva brusquement et commença à déshabiller l'enfant qui ouvrit un œil paresseux. En quelques secondes elle plia ses vêtements et les emballa dans le drap de son lit, puis elle couvrit l'enfant d'une de ses chemises de rechange. Elle tendit enfin le balluchon au commodore.

— Tenez, brûlez ça. Comme ça il n'y a plus rien à bord qui soit venu avec eux. Nous nous occupons de l'enfant. Personne ne saura rien. Nous débarquerons les dernières du bateau et nous emmènerons l'enfant qui n'a plus de famille avec nous.

— Comment s'appelle-t-il ? surenchérit sœur Marion.

— Il est inscrit sous le prénom de Carlo sur la liste des passagers. Carlo Iparrateguy.

— À partir de maintenant il se prénomme Michel, dit sœur Marion, en songeant à l'archange guerrier qui veillait sur le peuple de la baie et des alentours du cloître de Maradec.

Sœur Cécile la regarda, étonnée.

— Personne ne saura même qu'il a existé, nous le baptiserons dès notre arrivée au couvent. Et l'y élèverons. Au moins les premières années. La réputation commerciale de votre compagnie sera préservée.

— S'il n'y a pas d'autres cas, ma sœur... et si vous-mêmes ne tombez pas malades...

— Certes, mais ne vous inquiétez pas trop du sort de deux Bretonnes. Il faudra plus d'un virus tropical pour nous abattre.

Le commodore et Barnard échangèrent un regard. Après tout la solution n'était pas si mauvaise. Le scandale pouvait être encore plus grand si l'enfant survivait et que l'on apprenait que le commandant du navire l'avait arraché de force à deux bonnes sœurs qui ne pensaient qu'à son bien. Il se dit enfin qu'il valait mieux que les prières de deux sœurs s'unissent aux siennes plutôt qu'elles s'opposent.

— Mon second, M. Barnard, s'occupera personnellement de votre ravitaillement jusqu'à Cherbourg.

Sidney Barnard acquiesça militairement. Il se sentit gonflé d'importance à l'idée de leur porter en secret un bol de lait et quelques morceaux de pain, au mépris du danger. Cela allait se savoir en haut lieu et il allait pouvoir en profiter pour briguer un commandement avant l'heure.

Les deux hommes prirent congé et se retirèrent en fermant la porte de la cabine à clef, de l'extérieur. Les deux sœurs s'en moquèrent, elles n'avaient aucune envie de contrevenir à leur engagement. Aussitôt, le petit Carlo se mit à crapahuter dans la cabine en gazouillant, il ouvrit une malle dans laquelle les sœurs avaient emporté trois des précieux manuscrits du Mont-Saint-Michel et tomba en arrêt devant un cartulaire datant du XIe siècle, dont il commença à tourner les pages.

Elles bondirent pour l'empêcher d'abîmer le précieux ouvrage, en pensant aux mille précautions de maniement qu'elles avaient imposées au conservateur de la Morgan Library de New York.

Mais l'enfant s'était figé dans l'admiration d'une illustration, formidablement enluminée d'or, relatant l'origine de l'abbaye. On pouvait y voir l'archange Michel poser son doigt sur le front de l'évêque d'Avranches et lui commander de bâtir un oratoire. Les deux sœurs s'interrompirent et échangèrent un regard ému en voyant le petit Carlo attentif devant un dessin qui avait déjà vécu près de mille fois sa propre vie.

Sœur Cécile fit alors un discret petit signe du doigt à sœur Marion, lui indiquant un objet qu'elle avait tenu jusque-là caché sous son oreiller. Avec malice, elle déplia un rouleau et exhiba l'aquarelle peinte par Oya sur une feuille de bananier séchée. Les formes des collines et la surabondance de la matière végétale surgissaient de la fusion des lavis bruns et verts. Leur exubérance tenait autant du paysage qui les avait inspirés que de la nature généreuse de l'artiste peintre. La peinture était roulée avec les affaires de l'enfant et la jeune sœur l'avait récupérée, puis cachée aux hommes de l'équipage.

— C'est dangereux de garder quelque chose qui lui a appartenu, dit Marion.

— On ne peut priver cet enfant de la totalité de ses racines. Un jour il devra savoir d'où il est venu.

L'hélicoptère survola Lyon et obliqua au nord-ouest, ballotté par les premiers remous de la tempête. Un trou d'air précipita subitement l'appareil dans une chute de vingt mètres. Les turbines du moteur rugirent à vide, et la mallette de Pierre de Brécourt vint s'écraser au plafond. Le pilote poussa les gaz à fond, il reprit le contrôle et contacta la tour de l'aéroport Saint-Exupéry qui lui confirma la rapide dégradation des conditions météorologiques. La pluie douchait drue et paraissait surgir de tous les horizons à la fois. L'altitude et les bourrasques abolissaient toute orientation. Pierre de Brécourt se dit que, au sol, l'averse en frappant le corps depuis le haut fournissait un repère proprioceptif, quand ici l'hélicoptère était un moucheron pris au piège d'un système d'arrosage automatique. Ni la vitesse ni le balai de l'essuie-glace ne parvenaient à chasser le film liquide sur le pare-brise bombé de l'Alouette. Pierre, pourtant habitué aux trajets mouvementés au-dessus des montagnes d'Afghanistan ou des forêts du Burundi, ne put retenir un cri de frayeur lorsque le pilote vira brutalement à droite. Une forme effilée jaillit du rideau aquatique et frôla leurs pales par la gauche. Pierre se retourna et aperçut furtivement une lueur rouge clignotante.

— C'était l'antenne de transmission de la tour de Villefranche ! beugla le pilote dans son casque HF. On est trop bas. Je remonte et on cherche un endroit où se poser. Vous finirez en voiture, mon colonel…

— OK, fit Pierre de Brécourt en composant le numéro de Claire sur son téléphone mobile.

La sonnerie retentit trois fois et Claire décrocha.

— Claire ? C'est moi, Pierre.

— Oui, je t'avais reconnu…

Il sentit l'agacement dans sa voix. Il se doutait qu'elle n'avait pas apprécié son coup de fil précédent, mais il était persuadé ne pas avoir d'autre alternative que de poser un ultimatum. En aucun cas il ne voulait se contenter d'une relation amoureuse de type adolescent.

— Est-ce que ton mari est arrivé ? fit Pierre.

— Non pas encore, mais je t'ai dit que je réfléchissais… je n'ai pas encore pris ma décision… je ne sais pas si je veux que tu lui parles. Je t'avais dit que c'était moi qui te rappelais !

— Je n'appelle pas pour ça, grands dieux… l'interrompit-il. Il se prépare une monstrueuse tempête, pile sur l'autoroute à l'endroit où il doit passer…

La voix du pilote retentit à nouveau dans son oreillette.

— Ici, colonel, une clairière, près de la nationale… je me pose et je préviens le PC…

Pierre de Brécourt lui tapa sur l'épaule en signe d'assentiment. L'hélicoptère amorça sa descente.

— Que dis-tu, Pierre ? Je ne t'entends pas bien… On dirait que tu te trouves à côté d'un broyeur…

— C'est un peu ça… répondit-il en haussant la voix. En plein milieu même. Est-ce que ton mari a passé Lyon ?

— Je ne sais pas, ils se sont arrêtés pour déjeuner…

— Appelle-le et dis-lui de quitter immédiatement l'autoroute !

— Je ne t'entends plus, Pierre ! Il y a un tel boucan !

— Dis-lui d'écouter la radio de l'autoroute ! Ils ne doivent pas rester là où ils sont !

Le pilote ralentit progressivement et l'hélicoptère s'immobilisa au milieu de la clairière. Il coupa aussitôt les turbines. Un calme relatif parut revenir dans l'habitacle, encore malmené par la pluie et les rafales de vent.

— Contacte-les d'urgence, répéta Pierre, d'accord ?

Il n'y eut aucune réponse de Claire.

— Allô ? Allô ?

Pierre regarda l'écran de son portable, sur lequel s'affichait la mention : absence de réseau.

La Volvo avait passé Chalon et approchait du pont de La Ferté qui enjambait l'autoroute au niveau du kilomètre 342. La pluie s'était encore intensifiée et les tourbillons déportaient régulièrement la voiture sur le côté. Fred ralentit en maintenant fermement le volant. Plusieurs camions s'étaient arrêtés sur les bas-côtés et il réalisa qu'il n'y avait pratiquement plus aucun véhicule en train de rouler sur l'autoroute ni d'un côté ni de l'autre. Il leva les yeux sur le panneau d'affichage qui enjoignait les automobilistes à se connecter immédiatement sur 107.7 FM, mais ce n'était pas le moment d'écouter la radio car il devait faire face au feu roulant des questions de sa fille.

— Mais alors si Imanol était ton grand-père, ça veut dire que ce petit Carlo c'était ton père !

— Oui. Mon père, arrivé finalement sain et sauf en France, grâce à l'attention de ces deux sœurs... puis recueilli dans leur couvent et élevé par sœur Cécile sous le prénom de Michel...

Alicia n'en revenait pas. Son grand-père à elle, ce papy Michel, décédé avant sa naissance, et qu'elle n'avait connu qu'au travers des récits de sa grand-mère était donc né à Cuba et se prénommait en fait Carlo.

— Mais mamie m'a toujours raconté qu'il détestait l'Église catholique et les bondieuseries.

— Justement parce qu'il a baigné là-dedans pendant des années... ça avait fini par lui sortir par les yeux.

— Mais, papa, pourquoi mamie Odette m'a jamais raconté ça ?

— Parce que ton grand-père a toujours refusé qu'on en parle... Ses origines lui pesaient comme un boulet qu'il ne voulait plus traîner.

— Et pourquoi on s'appelle Braz ? Ton nom de famille c'est Braz...

— Ton grand-père n'a jamais connu son vrai nom de famille. Il est mort juste avant de le savoir. Braz, ça lui vient du couvent, de son enfance près du Mont-Saint-Michel. En 1940 il s'est échappé de là-bas, il a adopté ce nom. C'était la débâcle devant l'armée allemande, pas difficile de changer d'identité.

— Alors ça veut dire qu'on n'est pas bretons mais basques.

— Oui.

La sonnerie de grenouille coassa près de la main d'Alicia, mais l'enfant n'avait pas envie de répondre à sa mère, elle ne voulait pas interrompre le merveilleux déroulement du récit de son père. Elle comprit qu'en soulevant les feuilles cachées de son passé, elle découvrait qui elle était. À un âge où se définir lui était capital, Alicia avançait à pas de géant et c'était le plus beau cadeau que son père pût lui faire. La justification ultime, si besoin était, du prodigieux intérêt de ce voyage. Peu lui importait qu'à l'extérieur de la voiture la tempête grondât et que la pluie se déversât par tombereaux. L'habitacle de la Volvo lui apparut être une grotte protectrice, le lieu ésotérique où se déroulait le récit des ses origines. Elle songea à l'incroyable sentiment d'invulnérabilité qu'avaient dû ressentir les premiers hommes abrités au fond de leurs cavernes du déchaînement des éléments.

Elle réalisa dans la foulée que son arrière-grand-mère, la belle Oya au destin tragique, était métisse et qu'elle-même, pourtant si rousse à la peau si pale, portait une part de sang noir.

— Réponds à maman, l'enjoignit Fred.

— Mmmoui…

La sonnerie du téléphone s'interrompit quand elle s'en empara. L'enfant regarda l'écran couleur qui affichait à nouveau le logo du constructeur.

— Y a plus de réseau… elle rappellera… c'est pas grave, continue, papa, continue…

Fred n'avait pu se douter qu'il allait éprouver un tel engouement à défricher en compagnie de sa fille le taillis de son passé. Et pour la première fois, surtout, il se mit à penser : de leur passé commun. Ainsi, à mesure qu'il explicitait sa propre ascendance, il prenait conscience de s'inscrire dans une lignée. Le ficus géant qui dominait depuis des siècles la colline d'où sa grand-mère avait peint l'aquarelle ne figurait-il pas admirablement un tel entrelacs ? Fred était issu d'un arbre semblable, à la fois branche et racine. Désormais le regard et l'écoute de sa fille conféraient une valeur inestimable à ce qu'il souhaitait transmettre.

Il leva encore le pied de la pédale d'accélérateur. Maintenant il roulait à quatre-vingts kilomètres à l'heure et se demanda quel océan le ciel était devenu et si, depuis les étoiles, on voyait la surface démontée et blanchie d'écume qui avait supplanté l'atmosphère.

Il alluma les phares de la Volvo et consulta d'un œil rapide la montre du tableau de bord. Elle indiquait quinze heures, mais au-dehors régnait le crépuscule. Des myriades de gouttes d'eau s'écrasaient sur l'asphalte dans le faisceau des phares, levant une armée d'éclaboussures scintillantes devant la calandre.

— De son vivant, poursuivit Fred, mon père m'a toujours affirmé qu'il avait été hors de question pour Odette et lui de faire un enfant tant qu'ils ne posséderaient pas les moyens de l'élever. Tu imagines que sa propre condition d'orphelin, élevé à la dure au milieu des bonnes sœurs, n'était pas pour rien dans cette décision.

Alicia hocha la tête. Elle repensa à ce petit frère dont son père était venu lui dire un jour qu'il n'était pas né, mais déjà suffisamment âgé pour mourir. Le petit corps reposait dans un cercueil de bois blanc au cimetière de Montparnasse et ses parents lui rendaient visite quelques fois par an. Elle n'avait jamais voulu y aller en leur compagnie, mais il lui arrivait de s'y rendre seule, sans le leur dire. Le prénom, inscrit sur la sépulture, était Iñaki. Elle comprenait à présent la raison de ce prénom basque.

— Après leur mariage, Michel et Odette avaient attendu treize ans d'être assez prospères pour me concevoir… Et après je crois qu'il était trop tard pour en avoir un autre… voilà je suis fils unique, pour raisons budgétaires…

— Mais ils avaient la propriété de Cuba, rétorqua Alicia… Carlo, enfin, papy Michel, n'était pas pauvre, mais riche… Il possédait l'immense plantation de son père à Cuba.

— Il ne le savait même pas, répondit Fred. Personne ne le savait. Michel possédait juste de son passé la connaissance par les bonnes sœurs qu'il était né à

Cuba, parce que cela, elles l'avaient su à bord de l'*Olympic*. Et aussi qu'on avait failli le jeter à la mer alors qu'il n'avait que dix-huit mois. Ton grand père n'a même jamais parlé un mot d'espagnol...

— Et il n'a pas su ce qui était arrivé à son père, comment Imanol était mort dans le marais ?

— Non, personne ne l'a su.

— Alors toi, comment tu sais ?

— J'y arrive... mais laisse-moi te dire d'abord pour la propriété... Certes elle était grande, tellement étendue qu'on en distinguait les contours sur une carte de l'île... un peu comme si aujourd'hui, une seule personne possédait la région Aquitaine... mais aujourd'hui elle n'appartient plus à notre famille. Il y a eu la révolution castriste en 1959 et Fidel a tout nationalisé. Plus de propriété privée. Disparue.

— Mais papa, il faudrait faire valoir nos droits, prendre des avocats... Les temps ont changé depuis les années soixante.

— Nous n'avons plus aucun moyen de prouver notre propriété sur cette partie de l'île. Lorsque le commodore de l'*Olympic* a fait jeter l'ensemble des malles et des affaires d'Oya par-dessus bord, il a fait disparaître en même temps l'acte qu'Imanol avait obtenu signé de la main de Patrick O'Reilly. Il n'y a pas un avocat pour se lancer dans un coup contre un gouvernement souverain, sans l'amorce d'une preuve matérielle.

Alicia consulta l'écran du téléphone mobile qui persistait à indiquer qu'ils se trouvaient hors d'atteinte du réseau. Elle pensa que le temps pourri ne pouvait améliorer la qualité de la propagation des ondes. Si Noé, lors du déluge, avait possédé un portable, aurait-il pu avertir quiconque de ce qui se passait ?

— Mais, papa, comment tu peux connaître autant de détails d'une histoire oubliée ?

— Je l'ai reconstituée, par bribes, contre l'avis même de mon père. Michel ne voulait pas que je fouille le passé, expliqua Fred. Moi, je venais d'avoir trente-cinq ans, et j'allais me marier...

Il prit un temps et regarda sa fille.

— Mais pas avec ta mère... je ne la connaissais pas encore... avec une autre femme, qui s'appelait Sylvie... Seulement, avant de m'engager, j'avais éprouvé le besoin d'en savoir plus sur mes origines... enfin j'ai supposé à l'époque que telles étaient mes raisons...

Alicia resta bouche bée.

De sa question originelle sur la rencontre de son père avec sa mère, la conversation avait abouti à la révélation de l'existence de cette Sylvie. Elle calcula à toute vitesse. Son père était maintenant âgé de quarante-six ans. Donc elle avait été conçue lorsqu'il en avait trente-cinq. Précisément à l'âge auquel il venait de lui révéler qu'il devait épouser l'autre femme. Il n'avait pas perdu de temps pour passer de l'une à l'autre. Elle repensa à l'épisode de la caissière de l'autoroute, mais chassa aussitôt cette pensée.

Fred sourit à sa fille. Il lâcha le volant de la main droite, qu'il posa sur le genou d'Alicia.

— Je dois à cette Sylvie d'avoir rencontré ta mère... tu vois, on y vient...

— Je t'écoute, papa, fit Alicia, modérément sur la défensive.

— Ton grand-père m'avait une seule fois parlé de sa soi-disant origine cubaine, comme il disait, et du couvent de Maradec où il avait été élevé. J'ai fouiné et j'ai retrouvé trace de l'ordre des sœurs de Sainte-Aurélie.

Je me suis rendu sur place. La congrégation avait été dissoute. Ne restaient plus que six sœurs… à la retraite si on peut dire… logées en marge de l'abbaye… Sœur Cécile, qui avait recueilli Michel sur le bateau, puis l'avait élevé, était morte des années plus tôt, après avoir fait vœu de silence, et du coup personne ne put me renseigner davantage sur les origines de ton grand-père. La plus âgée des sœurs restantes accepta néanmoins de me montrer un ancien registre, où avaient été consignées la date d'arrivée de Michel dans le couvent, puis celle de son décès dans les sables mouvants de la baie. Quand je lui ai appris que Michel n'était pas mort, qu'il avait fugué, puisque j'étais son fils, la nonne a ouvert un placard et a sorti un rouleau… une sorte de parchemin végétal…

— La feuille de bananier… l'aquarelle d'Oya…, susurra Alicia, comme si elle venait elle-même de dénicher un trésor.

— Oui… que ton grand-père avait perdu la nuit où il s'était évadé de Maradec et que sœur Cécile avait précieusement conservée au fil des ans. Sa relique, a dit la nonne qui me recevait. J'ai senti percer un peu d'ironie là-dedans. Quand j'ai vu cette peinture, ce paysage tropical, j'ai imaginé bien sûr que c'était Cuba. J'avais retrouvé une trace… un indice qui accréditait ce que Michel m'avait dit.

— Tu lui as ramené ?

— Oui, les sœurs m'ont donné la feuille de bananier. Mais quand je l'ai montrée à ton grand-père, il est entré dans une rage folle. Il se souvenait très bien de cette aquarelle qu'il avait vue durant toute son enfance, mais il ne voulait plus entendre parler de cela. Il avait construit sa vie autrement… avec ta grand-mère Odette. Il n'avait pas gardé de bons souvenirs de son enfance chez les sœurs, il savait que sa mère avait disparu tragiquement et que personne ne pouvait lui dire qui était son père. Cela avait toujours représenté un terrible manque dans sa vie qu'il avait voulu oublier, comme si on pouvait combler de l'absence avec du silence. Moi je ne pouvais me satisfaire de ça. J'ai eu l'impression que c'était à moi qu'il manquait quelque chose, maintenant qu'on avait transféré du vide dans mon histoire. Je n'envisageais plus de me marier sans connaître la vérité sur mes origines. J'en ai parlé à Sylvie… Initialement, la cérémonie de mariage était prévue en mai, mais je lui ai dit qu'il fallait que je parte… elle a été très compréhensive… elle a accepté qu'on repousse ce mariage au mois de juillet. J'ai pris un billet d'avion pour Cuba, et je suis parti.

— Tout seul ?

— Il y a des choses que l'on doit faire seul.

— Tu voulais faire quoi là-bas, au juste ?

— Je ne savais pas… j'avais juste emmené l'aquarelle d'Oya… *A minima*, retrouver le lieu qu'elle avait peint, je crois… et puis je m'étais dit que peut-être je parviendrais à retrouver une trace du père de mon père.

— Imanol.

— Je ne connaissais même pas son nom à ce moment… mais je m'étais juré que si je retrouvais une trace… j'allais la ramener à mon père. J'étais décidé à lui offrir un morceau de son passé avant de me marier.

— Pourtant il n'en voulait pas.

— Oui, et ça a été une grande leçon. On ne fait pas le bonheur des autres contre leur avis. On ne fait pas plaisir à son propre père contre lui. Il était opposé à l'idée que je me rende à Cuba…

Fred prit un temps, sa voix se fit plus grave.

— À tel point qu'il en a profité pour mourir pendant que j'étais là-bas…

Alicia resta bouche bée.

D'une certaine manière, la fillette n'avait jamais connu son grand-père autrement que mort. Elle se disait née avec un grand-père en moins. Cela avait fait de lui un personnage dépourvu de matérialité. Sympathique, car évoqué régulièrement par grand-mère Odette en termes élogieux, mais irréel. Ce papy Michel lui avait toujours semblé appartenir à un monde bâti à partir de souvenirs et de photographies écornées. Il y avait aussi un livret de famille jauni, quelques lettres et les pipes qu'il avait fumées. Comment pouvait-on, en approchant de sa onzième année, prendre conscience de la réalité du passé lorsqu'il anticipait sa propre naissance ? Pour la première fois, l'évocation émue de Fred invitait son grand-père dans le présent et créait un lien physique avec lui. Peu importait à Alicia qu'il se fût appelé Carlo ou Michel, il était assis avec eux dans la voiture.

— Je ne l'ai plus jamais revu vivant après mon départ de Paris, conclut Fred avec un vacillement dans la voix.

Alicia se dit que mourir pendant l'absence de son fils n'était pas juste. Si Manon venait à mourir pendant les vacances, elle n'allait jamais pouvoir lui pardonner. Pis encore que la fois où elle était allée voir *Les Indestructibles*, avec cette poseuse d'Anastasia, sans la prévenir. L'émotion de son père lui fit toucher du doigt que Michel était l'origine de Fred, qui était sa propre origine. La distance était pratiquement abolie.

Son grand-père venait d'entrer dans sa vie, au moment où elle allait apprendre de quelle manière il était mort. Car, elle ne doutait pas que cela composât la suite du récit de son père.

— Je suis parti là-bas en emmenant peu de chose, commença Fred. Je suis monté dans cet avion, pratiquement comme on prend le métro… le trajet ne m'a pas paru long… tout paraissait plutôt banal… et puis je suis arrivé à Cuba…

Lorsque la porte de l'Airbus s'ouvrit sur la piste de l'aéroport de La Havane, Fred fut assailli par une moiteur étouffante. En quelques secondes son jean colla à ses cuisses et il dut s'y reprendre à plusieurs fois pour adapter son souffle après la douzaine d'heures passées dans l'air climatisé. Sa première réaction fut de penser que le passé pouvait être chaud et poisseux et qu'il vous plaquait les vêtements sur la peau.

Son père communiquait peu, d'une manière générale. C'était un homme secret et bourru, que chacun s'estimait à juger particulièrement généreux, mais ce qui pouvait suffire à la plupart n'était pas satisfaisant pour un fils. Fred avait toujours eu peur que Michel meure avant qu'ils ne se soient parlé. C'était aussi une des motivations de son voyage : rapporter en France un sujet de conversation inépuisable, de quoi les occuper tous les deux pour les années qu'il leur restait à passer ensemble.

À soixante-seize ans, l'estimation de Michel n'était guère optimiste :

— Deux ou trois ans, tout au plus… j'espère juste vivre assez pour voir un de tes enfants, si vous en faites avec Sylvie. À propos, ta mère et moi sommes allés réserver une concession au columbarium...

Fred avait regardé Odette qui avait opiné du chef, très lentement, comme pour montrer que l'idée ne l'enchantait pas.

— Je ne savais pas que tu voulais être incinéré..., avait-il répondu.

— Ça prend moins de place... ça laisse moins de traces... C'est aux vivants de faire des témoignages, pas aux morts.

— C'est son idée. Pourquoi pas ? avait ajouté Odette.

— Et pas de simagrées avec les cendres... du genre la pleine mer ou leur connerie là... comment ils appellent ça ?

— Le jardin des souvenirs...

— Tu savais qu'ils avaient un endroit dans les cimetières exprès pour qu'on y disperse les cendres ? Le jardin des souvenirs... merci bien. J'ai pas du tout envie de me mélanger, t'imagines que je me retrouve avec les cendres de Carponi par exemple ?

— Tu es méchant avec Carponi, rétorqua Odette.

— Qui est Carponi ? fit Fred.

— L'installateur d'électroménager, coupa Michel. Il nous a mis un frigo, il est tombé en panne deux semaines après et soi-disant la garantie ne jouait pas...

— Tu avais ouvert le moteur, Michel... il ne fallait pas y toucher.

— Jamais avec Carponi !

Fred, inondé de sueur, pénétra dans l'aérogare et chercha du regard les enseignes de la compagnie de location de voitures. Le tapis roulant sur lequel devaient arriver les bagages s'ébranla. Une première forme franchit les pales de caoutchouc noir. Le corps d'un homme endormi apparut au lieu d'une valise.

Les miliciens se précipitèrent, kalachnikov au poing, pour réveiller l'imprudent bagagiste qui faisait la sieste sur le tapis, un grand Noir obèse en salopette bleue qui se mit à rire aussi fort que les touristes quand il réalisa la situation.

Une fois les formalités terminées, Fred empocha les clefs de la Peugeot automatique, avec airbag, air climatisé et lecteur de CD. Démonstration éblouissante qu'après son refus de la perestroïka, attitude qui avait plongé l'île dans une faillite aussi endémique que l'avait fait autrefois la variole, Fidel Castro avait senti venir le vent d'un tourisme salvateur.

Il vérifia l'adresse de l'hôtel Accor et démarra. Il s'agissait d'une obligation imposée par le gouvernement cubain. Tout visiteur devait posséder, en plus d'une carte de tourisme vendue au consulat à Paris, la preuve d'une réservation pour un minimum de deux nuits d'hôtel. Fred s'apprêtait donc, quoi qu'il découvrît, à passer ses deux premières journées à La Havane.

L'aéroport avait été bâti à une trentaine de kilomètres de la capitale, dans une plaine venteuse. Les palmiers plantés de part et d'autre de la route avaient eu leurs feuilles hachées par la violence des orages récents. Certains figuraient tels de hauts pylônes dont la présence d'un épi miteux au sommet témoignait seule encore d'une appartenance au monde végétal.

Il longea de nombreux bidonvilles en bordure de la route nationale, en se demandant pourquoi son père n'avait pas entrepris ce voyage avant lui. La réponse que ce dernier lui avait faite avant son départ ne le satisfaisait pas.

— Ça ne m'intéresse pas, avait vivement rétorqué Michel. Quand on fouille dans les vieilles malles on ne trouve que de la poussière et des araignées…

— Parfois des trésors.

— De quel trésor ai-je besoin à mon âge ? Non, mon fils, je te déconseille d'y aller, mais comme je te connais, je sais que plus je tenterai de t'en dissuader et plus tu auras envie de le faire quand même… alors, je t'en prie, n'en parlons plus.

Michel avait dû lutter pour survivre, sur le bateau transatlantique, dans le cloître austère, pendant la guerre, puis après, lors de la reconstruction. Au long de toutes ces années, il ne lui avait pas été possible de se tourner en arrière quand chaque pas vers l'avant lui était rendu si difficile. S'il avait eu l'envie, parfois, de se pencher sur son passé, il avait encore plus ressenti la nécessité de se construire un avenir. Ce qui l'avait conduit par exemple à attendre quarante et une années avant de donner la vie, comme s'il avait conçu Fred lors de sa première pause, à la première occasion que l'existence lui avait offerte de souffler un peu.

Aussi n'avait-il pas compris que son fils ait de l'énergie à gaspiller au profit des histoires anciennes et douloureuses. Celui-ci n'aurait-il pas dû, à la veille de son mariage, se consacrer à poursuivre l'œuvre d'avancement, au lieu de rebrousser la piste que son père avait eu tant de difficulté à tailler ?

Les deux premiers jours, Fred se promena dans le quartier de la Habana Vieja, supposant que son grand-père, s'il avait habité la capitale près d'un siècle auparavant, avait pu flâner dans l'étroit périmètre compris entre la cathédrale San Cristóbal et le Parque Central. Il traversa la place d'Armes entourée de certains des plus élégants palais de la ville, entièrement restaurés aujourd'hui. L'ensemble du quartier avait été inscrit par l'Unesco au patrimoine mondial de l'humanité. Ainsi les demeures et les palais baroques des colons espagnols avaient pu surmonter l'outrage des siècles. Il déjeuna dans le patio de la Casa de los Marques de Aguas Claras, devenu un restaurant de charme, au milieu des plantes tropicales. Il en contempla longuement le sublime escalier de chêne qui menait au premier étage sans savoir qu'à son sommet, dans le somptueux salon utilisé aujourd'hui pour les banquets, son grand-père avait tué deux hommes, mais surtout y avait rencontré celle qui avait engendré sa lignée. En partant il avait frissonné en franchissant la monumentale porte de bois ornementée de bronze. Peut-être était-ce le souffle d'un cheval bai, naguère attaché là ?

Il descendit la calle Obispo et longea certaines des plus anciennes maisons de La Havane, façades à colonnades aux enduits délavés qui abritaient autrefois les tripots et balcons en fer forgé où s'égaillaient les filles des lupanars qu'Imanol avait désirées. Fred s'arrêta calle Mercaderes pour observer l'abondance d'échoppes colorées, de camelots et d'étals délabrés où de jeunes marchands de peintures naïves et de portraits du Che tentaient d'alpaguer les touristes. S'y répandait un pépiement joyeux emporté par l'air torride le long des murs de l'étroite ruelle. Il goûta une omelette aux œufs de tortue confectionnée par un gamin sur un réchaud à gaz muni de roulettes.

Au deuxième jour il parvint sur la place des Basques, nommée ainsi parce qu'un émigrant, dont plus personne ne connaissait le nom, y avait édifié un fronton au début du siècle. Ses compatriotes s'y étaient succédé sans trêve, jusqu'à ce que fût bâti, dans les années soixante-dix, un trinquet moderne dans Parque Fraternidad. Ce nouveau *jaï-alaï* traduisait le succès et l'évolution du jeu de pelote dans le monde entier. Comme le plus grand stade du monde avait été bâti à Pékin, Fidel Castro n'avait pas voulu être de reste. La Cesta-Punta avait ainsi progressivement remplacé le jeu en place libre. Couvert et fermé de tous côtés, ce stade moderne offrait aux joueurs quatre murs pour faire rebondir ou recevoir la pelote, ce qui autorisait de spectaculaires combinaisons. Les chisteras relançaient la pelote à près de trois cents kilomètres à l'heure sur ces surfaces supplémentaires et la partie prenait la forme d'un savant calcul d'angle. Les receveurs bondissaient et gravissaient les murs d'enceinte afin d'intercepter la balle étourdissante. Au *jaï-alaï* de La Havane, le mur à droite – les pelotaris nommaient ainsi le mur qui les séparait des spectateurs – était en Plexiglas. Cela permettait au public de suivre les acrobaties, comme au travers de la vitrine d'un bocal rempli d'agiles insectes.

Par conséquent l'aire de jeux en plein air n'était plus fréquentée, où seulement par quelques gosses désœuvrés venus y botter un ballon de carton bouilli, ou relancer une balle de tennis au moyen d'une raquette aux cordes cassées. Les lignes de marque avaient été effacées. La colline avait bougé et un glissement de terrain avait soulevé le sol par endroits. Les pluies torrentielles l'avaient raviné à d'autres. Les gradins de granit avaient été déposés sur la partie nord afin d'y élever une station d'essence qui n'était pratiquement jamais approvisionnée et laissée aux herbes folles. Quelques femmes obèses et transpirantes s'éventaient sur les gradins de la partie sud. Elles étaient mal abritées des rayons du soleil par les feuilles fatiguées de bananiers que l'on prétendait centenaires. Le mur de rebond lui-même était décrépit, lézardé en son sommet. Une partie de la corniche s'était effondrée. Seule la portion centrale persistait, où l'on pouvait deviner une inscription dont Fred ignorait le sens : *Euskal herrirat*, mais à laquelle il obtempéra sans le savoir, accomplissant ainsi le secret dessein de son aïeul. Pour tenter de la déchiffrer il se tourna vers l'océan, et à des milliers de kilomètres plus à l'est, vers ce Pays basque auquel il était lié par le sang.

Seulement, Fred ignorait au deuxième jour de son séjour dans l'île l'origine de son grand-père. Il imaginait encore, naturellement, que le père de son père, cet inconnu qui avait un jour laissé sa femme et son jeune bébé traverser l'Atlantique pour un voyage fatal, était cubain. Quoi qu'il en fût, il resta longtemps sur cette place relativement ombragée et désormais calme.

La nuit venue, il quitta la place des Basques, que plusieurs projets municipaux envisageaient de rebaptiser place du 2-Décembre-1956, sans avoir identifié la force qui l'avait poussé à y rester si longtemps, entre dix autres places du quartier, ou cent autres rues qui toutes méritaient l'attention du touriste. Il attribua sa longue pause à la fatigue et au manque d'habitude à la chaleur.

Il se demanda si la tâche qu'il s'était fixée était insurmontable. Comment retrouver la trace d'un homme qui avait vécu quatre-vingts ans plus tôt sur une île aussi grande que la France, couverte de millions de kilomètres carrés de forêts primaires, avec pour seuls indices une aquarelle remise par la sœur du cloître de

Maradec et, depuis quelques heures, aussi, le nom d'une divinité païenne ?

Car en examinant patiemment à la loupe, Fred avait fini par découvrir trois lettres : « OYA » peintes sur l'extrême bord du paysage, et il avait depuis la veille, la confirmation qu'il s'agissait d'une signature.

Peu après son arrivée à l'hôtel, il était descendu montrer la peinture au concierge, en lui demandant si le paysage peint lui évoquait quelque chose. L'homme n'avait pas paru reconnaître un quelconque point de l'île, mais lui avait avoué qu'il avait peu voyagé, si ce n'était un séjour à Moscou à la fin des années quatre-vingt pour y apprendre son métier. Par contre, les trois lettres « OYA », il connaissait.

— Mais ce n'est pas le nom d'un lieu… C'est un de nos Orishas… un esprit de la *santería*…

— Qu'est-ce-que je dois comprendre ?

— Mais que c'est un prénom tout simplement, señor Braz… un de nos saints… comme les catholiques prénomment leurs enfants Jean ou Pierre… C'est certainement le prénom de la femme qui a peint cette aquarelle…

— La femme…

— Oui, Oya est féminin, elle est la déesse des lacs et intermédiaire avec les âmes défuntes, elle permet d'entrer en contact avec les personnes disparues…

Fred avait puissamment ressenti que, à la manière d'un mécanisme secret dont un rouage venait de se révéler, le sort lui délivrait une information sur son passé. Oya devait être l'auteur de la peinture qu'avait détenue son père. Il se pouvait qu'il tienne entre ses mains un objet peint par sa propre grand-mère. La mythologie de la santería venait ébranler la muraille de son agnosticisme, car en aucun cas Fred ne pouvait nier qu'Oya était sur le point de le faire entrer en contact avec un disparu.

— Nos saints sont tous des saints résistants, des maquisards, reprit le concierge en souriant. Nos ancêtres, les esclaves africains importés dans les Caraïbes, pratiquaient l'animisme, mais les Blancs ne voulaient pas qu'ils conservent leur identité culturelle et religieuse... alors ils n'ont pu faire survivre leurs rituels qu'en dissimulant leurs divinités derrière les pratiques et les saints de la mythologie chrétienne... C'est ce qui a donné le vaudou à Haïti, l'ubamda au Brésil et la santería à Cuba.

— Oya, répéta pensivement, Fred.

— C'est surtout dans l'est de l'île que la santería était massivement pratiquée. Peut-être vous faut-il rechercher ce paysage par là-bas... Il y a la sierra Maestra, la sierra del Cristal, ce ne sont pas les montagnes et les collines qui manquent. En tout cas vous y trouverez plus d'une statuette d'Oya, habilement déguisée en sainte chrétienne... mais entourée de coquillages, d'amulettes et d'offrandes. Si vous en rencontrez une, posez-lui directement la question qui vous intéresse...

Fred avait remercié le réceptionniste et avait étudié la carte de l'île. Les principales villes de l'est étaient Santiago, Guantánamo et Baracoa. Mais par laquelle devait-il commencer son enquête ?

Il se posait la question en poussant la porte de l'hôtel, à son retour ce soir-là, lorsque le concierge lui fit signe de le rejoindre.

— J'ai réfléchi à notre conversation d'hier, señor Braz, lui dit-il. J'ai un beau-frère qui était professeur d'histoire avant la révolution... très cultivé... très subversif… maintenant, il est à la retraite… je l'ai vu cet après-midi, je lui ai un peu parlé de vous… et de cette peinture… je lui ai décrit les monts et les collines qu'on y voit… et ça lui a rappelé quelque chose… il m'a montré un extrait du journal de Christophe Colomb…

La surprise se lut sur le visage de Fred car le concierge crut bon de préciser :

— Vous savez quand même que c'est nous que Colomb a découverts en premier ?

— Euh…

— Eh oui, on dit qu'il a découvert l'Amérique, mais non… c'est encore une manœuvre de marketing des Américains… Colomb il est arrivé à Cuba d'abord.

— Je… je suis désolé, je l'ignorais.

— Il a débarqué à Gardalavaca en 1492… et il a écrit son livre de bord : « C'est la plus belle terre que j'ai jamais vue… » Il pensait que c'était l'Eldorado… après il a mis dix années avant de se rendre compte qu'il n'y avait pas d'or ici. Les conquistadores ont suivi et Velázquez a massacré tous les indigènes natifs de l'île. Bon.

Fred hocha la tête lentement, ébahi par la personnalité du concierge. Les formations dispensées à Moscou étaient de première qualité.

— Mais revenons à votre peinture… Colomb a justement décrit dans son journal une montagne à l'extrémité orientale de l'île qui pourrait ressembler à celle que l'on voit sur votre peinture. C'est mon beau-frère qui m'en a parlé quand je lui ai dit qu'il y avait cette montagne un peu plate derrière les collines… Colomb l'avait appelée El Yunke, ce qui signifie l'enclume, à cause de sa forme… c'est un haut plateau où avaient trouvé refuge les derniers Indiens Taïnos après les massacres perpétrés par les conquistadores…

— Et de quelle ville est-elle la plus proche ?

— Mon beau-frère dit qu'on voit aussi bien cette montagne de Baracoa, que de Guantánamo. Elle est dans la sierra del Cristal… mais c'est une province difficile d'accès.

— Il s'agit bien de la région où la santería est si développée ?

— Oui.

Fred eut la certitude absolue qu'il devait se rendre en Oriente. Il regarda autour de lui, dans le hall de l'hôtel, le va-et-vient des touristes. Il se sentit différent. Il possédait depuis quelques minutes la conviction qu'une histoire ici était la sienne.

— Merci beaucoup, vous pourrez me préparer ma note, je pars demain matin pour Baracoa.

— Bonne chance, señor Braz… J'ignore qui vous cherchez, mais je vous souhaite le succès.

— Je ne suis pas certain moi-même de le savoir…, lui répondit Fred, en lui glissant un billet de cent dollars dans le creux de la main.

Fred remonta dans sa chambre téléphoner à Sylvie. Il lui raconta la première découverte de son voyage et la remercia une nouvelle fois d'avoir accepté de reculer la date de leur mariage. Sylvie ne répondit pas, elle lui annonça que Michel avait appelé. Le père de Fred, après plusieurs minutes de conversation anodine s'était enquis de savoir si elle avait eu des nouvelles du « Cubain ».

— Tu sais, juste avant de raccrocher, il m'a demandé ce que tu espérais trouver là-bas…

— Et que lui as-tu répondu ?

— Toi, j'ai dit. Peut-être rien d'autre que toi-même…

— Oui, fit Fred, c'est possible.

— Dis… si jamais le Fred que tu rencontrais à Cuba était… différent de celui que je connais…

Elle se tut. La liaison téléphonique établie de part et d'autre de l'Atlantique nécessitait que la transmission fût séquencée et générait de courts moments d'absence sur la ligne. Cette fois, le silence qui s'installa entre eux ne devait rien à l'éloignement. Fred songea, en regard de ces intermittences, à la marche jusque-là fluide et harmonieuse de leur couple. Quelques semaines après l'avoir proprement draguée, il avait proposé à Sylvie de venir habiter chez lui, puis avait suggéré dès la deuxième année qu'ils pouvaient emprunter sur quinze ans afin d'acheter un appartement, et, enfin, il avait été le premier à évoquer le mariage. Chaque fois Sylvie avait accepté après un temps qu'il qualifiait de « période de réticence raisonnable », pour s'engouffrer ensuite dans ces nouvelles options de vie avec enthousiasme. Pendant trois ans il avait ainsi indiqué le cap, ce qui n'était pas à mettre sur le compte d'une inclination amoureuse exceptionnelle, pas plus que sur une peur compulsive du célibat. Simplement, il ne craignait pas de se tromper et pensait que tout ce qui se construisait rapidement pouvait se défaire aussi vite. L'engagement ne l'effrayait nullement.

— On se mariera comme prévu à mon retour… je t'aime, relança-t-il.

— Moi aussi…

— Je te rappellerai quand je serai à Baracoa.

Il raccrocha et se dirigea vers la salle de bains. Il se débarrassa lentement de ses vêtements collés par la sueur. Il mit en route le ventilateur du plafond et observa le ballet rapide des lézards sur le carrelage blanc. Lorsqu'il avait annoncé à Sylvie son départ pour Cuba et demandé que l'on repoussât la cérémonie, elle avait fini par abonder dans son sens, comme à son habitude. Il l'avait même vue prendre sa défense devant son père, totalement perturbé par cette nouvelle, mais pour la première fois il devina qu'une forme de doute la hantait.

La route vers l'Oriente traversait pendant des kilomètres des plaines sucrières et, çà et là, des pâturages dans lesquels des vaches efflanquées séchaient sous le soleil ardent. Fred dépassa au départ de La Havane une Buick rose, puis plusieurs Chevrolet des années cinquante, ainsi qu'une Pontiac chromée à bord de laquelle s'entassaient une douzaine de paysans. La présence de ces guimbardes américaines valida symboliquement le début de sa remontée dans le temps. En sens inverse, quelques Peugeot récemment affrétées par la police nationale, ainsi que des Lada et des Moskwitch importées d'URSS dans les années soixante, remontaient vers la ville et le présent.

Il parcourut plus de mille kilomètres de routes défoncées, parsemées de nids-de-poule géants qui menaçaient d'engloutir la voiture à tout moment. Même si la fragilité des éléments sur lesquels il basait son enquête ne lui échappait pas, jamais il ne douta alors que son voyage eût un but. Il sentit confusément, à la manière hasardeuse dont il se déterminait parfois, que la finalité pouvait être différente de celle à laquelle il s'attendait, mais qu'alors il allait savoir la reconnaître et s'y adapter.

Lors d'un arrêt dans un modeste village, il acheta quelques beignets. Une nuée d'enfants aux mains tendues se répandit entre les baraques de tôle qui paraissaient vides l'instant d'avant et vint se fixer autour de sa voiture. Il distribua des chewing-gums, un briquet et, ce qui provoqua la plus forte démonstration d'enthousiasme chez ces gamins, un carnet de tickets de métro oublié au fond de sa poche.

En repartant, il se demanda pourquoi Sylvie et lui n'avaient jamais évoqué la possibilité d'avoir un enfant. Ils avaient réussi à franchir le pas de la copropriété indivise d'un appartement, du mariage, en en éludant l'hypothèse. Ce qui supposait, au vu de leur âge et des naissances qui se répétaient dorénavant chez leurs amis, une forte capacité d'esquive. Fred dut s'avouer que pour une fois il n'avait pas joué son rôle d'entraîneur. Il lui parut impossible que Sylvie n'ait pas eu une opinion à ce sujet et il savait l'affaire déconnectée de toute chronologie. La question n'avait pas été avant ou après le mariage. Non. La question n'avait simplement jamais été posée. Et comme il avait été établi progressivement dans leur rapport que Fred abordait en premier les questions fondamentales, cela pouvait revenir à conclure que celle-ci, il n'avait pas voulu l'envisager.

Après vingt-quatre heures de conduite ininterrompue, Fred se rapprocha des massifs montagneux de la sierra del Cristal. Il obliqua en direction de la côte et traversa plusieurs rivières d'eau limpide et de superbes paysages de forêts encore vierges qu'il eut le loisir d'observer jusqu'au complet déclin du jour. Puis, alors qu'il tombait littéralement de sommeil, mais qu'il ne voulait en aucun cas ralentir ou se reposer, il crut subitement franchir le seuil de l'enfer.

Il n'était plus qu'à deux heures de route de Baracoa, lorsque les pentes de la sierra apparurent éventrées. La terre mise à nue disparaissait quasiment sous le frénétique grouillement d'engins d'excavation dont les moteurs rugissaient comme des bêtes blessées. Des kilomètres de pipe-lines couraient le long de la route, la traversant parfois en pont, entremêlées en un interminable réseau anarchique d'où s'échappaient des nuages de vapeur ocre et nauséabonde. Sur des dizaines de kilomètres, d'immenses projecteurs noyaient ces images de fin du monde dans une lumière éblouissante qui permettait aux ouvriers d'extraire le nickel en pleine nuit. Jamais le travail ne devait s'interrompre dans ces mines situées en bordure de plages qu'elles avaient transformé en bourbiers noirâtres. Les usines de traitement du minerai se succédèrent ainsi, veillées par des affiches géantes qui exhortaient les ouvriers au travail pour l'avenir de la révolution.

Fred parvint à Baracoa à la nuit noire. Le petit port de pêche était traversé par une route centrale que longeaient de basses et modestes maisonnettes. Il n'y avait plus personne dans la rue.

Il aperçut une pancarte indiquant la présence d'un hôtel au bord de la plage. Il emprunta sur la gauche un sentier non goudronné et roula quelques minutes en direction de la mer. Le chemin s'enfonçait entre les palmiers et seules la rumeur grandissante de la houle et la brise marine lui indiquaient qu'il ne s'était pas fourvoyé. Quand il arriva sur la plage, rien ne sembla attester de la présence d'un hôtel. Il devina quelques formes sombres de bâtisses qu'aucun éclairage ne venait animer. S'il y avait un hôtel aux alentours, il devait être fermé à cette heure. Épuisé par le trajet, Fred recula son siège, éteignit le moteur de sa voiture et s'endormit, bercé par le renouvellement des vagues.

La première chose qu'il distingua à l'aube, en ouvrant l'œil, fut la montagne d'El Yunke, émergeant des brumes à quelques kilomètres au nord de la ville. Il en avait certainement longé les contreforts pendant la nuit, mais n'avait pas pu l'apercevoir. À présent le soleil découpait sa silhouette aplatie qui lui fit plus volontiers penser à une table basse qu'à une enclume. Il se redressa brusquement et saisit l'aquarelle dans la boîte à gants.

Le doute n'était pas possible, c'était la même montagne qu'avait peinte Oya presque un siècle auparavant, mais les collines qui la devançaient, le relief et la largeur même de l'enclume n'étaient pas identiques. C'était un versant différent que celui qu'il contemplait à présent.

En ville, il se rendit le long de la rue principale, à la station-service et montra la peinture au pompiste, un grand gaillard noir qui disparaissait presque entièrement sous un large chapeau de paille tressée. L'homme distribuait l'essence sans cesser de mâchouiller un énorme cigare allumé. Il était totalement impassible au milieu des vapeurs de carburant, à l'instar de la fumée épaisse de son cigare, qui stagnait un moment sous le rebord de son chapeau avant d'être aspirée en corolles par l'air déjà surchauffé du matin. Il lui indiqua de se rendre dans le sud-ouest à environ une cinquantaine de kilomètres de la ville. Il devait y avoir des sommets au-delà des vallées, d'où l'on pouvait avoir ce type de point de vue sur El Yunke. Fred le remercia et lui demanda où commençait la route qui menait à ces vallées.

Le pompiste se tut un long moment, comme s'il cherchait à être particulièrement exact dans l'énoncé de sa réponse.

— La route commence à trois kilomètres au sud de la ville... elle est facile à trouver, juste après la bananeraie...

Fred lui décocha un grand sourire et s'apprêta à mettre le contact, mais l'homme n'avait pas terminé sa phrase.

— ... mais elle se termine à peine deux kilomètres plus loin... dans le río del Plurial... elle ne reprend pas après le fleuve.

Fred l'interrogea du regard.

— La señorita Quintinia qui tient la *casa particular*, calle Roberto Reyes... elle possède des chevaux...

— C'est le seul moyen ?

— ... et un fils...

— Un fils ?

— Pour vous guider.

En fait de cheval, Fred se retrouva assis sur une mule. Lorsque la señorita Quintinia apprit que Fred n'avait aucune expérience, elle lui recommanda une monture plus docile. Ses chevaux étaient peu montés, et les sentiers qu'ils allaient emprunter étaient escarpés. La mule n'allait pas les ralentir car le relief allait interdire le galop. Avant de quitter la ville pour s'enfoncer dans le massif forestier, Fred voulut téléphoner à Sylvie, mais les communications internationales ne fonctionnaient pas. La panne allait être réparée dans la journée, ou la semaine. Les services gouvernementaux l'avaient promis. La señorita Quintinia à qui Fred avait expliqué la raison de son voyage avait été émue et lui avait proposé d'avertir son cousin qui travaillait à Guantánamo dans la police. Il pouvait effectuer une recherche sur les noms des anciens propriétaires de la région. Elle lui promit notamment de faire consulter les registres des notaires.

Fred se reposa la journée et ils partirent le lendemain. Pepe, le fils de la señorita Quintinia avait dix-huit ans et arborait le sourire épanoui de celui qui avait intégré que le touriste, aussi farfelues que fussent ses demandes, était celui qui vous promet une vie meilleure.

Lorsqu'ils traversèrent le río del Plurial, l'eau atteignit le garrot de leurs montures. Voyant l'air inquiet de Fred, Pepe le rassura sur les mœurs des crocodiles qui n'aimaient guère les courants trop vifs. A priori, la saison des pluies avait commencé et les eaux montaient. On risquait peu. À propos il valait mieux qu'ils fussent de retour d'ici à une semaine, car ils ne pouvaient prendre le risque de se faire surprendre en montagne par les premiers orages d'été. Pepe prévoyait deux à trois jours de voyage à l'aller. Tout allait dépendre du nombre de vallées à franchir. La seule chose dont ils pouvaient être certains était qu'El Yunke, lui, était resté au même endroit depuis des millions d'années.

Ils avancèrent dans la forêt, croisant de temps à autre des sentiers qu'empruntaient seuls des convois militaires, appelés à de secrètes destinées dans les maquis.

À mesure qu'ils pénétraient la forêt luxuriante, Fred sentit ses frayeurs le quitter. Il ne craignait plus de traverser les rivières. Il observait avec intérêt les mygales, les mille-pattes géants. Il chassait les moustiques déchaînés d'un mouvement nonchalant de son chapeau de paille. Il ressentit qu'il pénétrait une terre familière, qu'il s'enfonçait dans une matrice originelle.

Les ascensions se succédaient et, après chaque ligne de crête, ils découvraient une nouvelle vallée, plus touffue, plus sauvage encore. Il suffisait à Fred de se retourner pour s'assurer qu'ils découvraient à présent la montagne de l'enclume selon le bon versant. Une colline pelée était devenue visible à sa base, extrêmement identifiable sur la peinture, figurant la pulpe d'un doigt monumental qui semblait émerger de l'océan de verdure. Ils évaluèrent à deux ou trois le nombre de vallées qu'il leur restait à parcourir pour que la montagne leur apparaisse à la bonne distance.

Au crépuscule du deuxième soir, ils bivouaquèrent dans une trouée de la forêt couverte de plantes d'une vingtaine de centimètres de hauteur, qui avaient la particularité de se replier sur elles-mêmes dès qu'on les effleurait. Elles semblaient également pouvoir se replier de proche en proche, alertées par un mystérieux signal émis par leurs semblables. Fred, en avançant au milieu de cette clairière, eut l'impression que la forêt se prosternait sous ses pas. Après son passage, les plantes paraissaient fanées, recroquevillées, comme mortes, pour reprendre leur allure antérieure, vive et ouverte, quelques minutes plus tard.

— *Moribibi...*, lâcha Pepe.

Le lendemain matin, Fred se réveilla et tourna lentement la tête, les mimosas ouverts bordaient exactement le pourtour de son sac à dos. Il se redressa avec douceur et découvrit son empreinte ainsi que celle de Pepe imprimées en creux dans le tapis végétal.

Dans l'après-midi, alors qu'il leur semblait qu'il n'y avait peut-être plus qu'une vallée à parcourir, ils parvinrent près d'un *bohío*, monté en torchis avec un toit de palmes. C'était une hutte délabrée autour de laquelle la forêt avait été sommairement défrichée, découvrant une terre grasse et noire qui hébergeait quelques plantations rudimentaires. Le squelette d'une vache, d'un blanc immaculé, réfléchissait les rayons du soleil à la lisière de la partie cultivée. Pepe lui dit qu'il y avait encore des descendants des Indiens Taïnos qui vivaient dans la forêt. Les premiers habitants de l'île, qui étaient là bien avant les Espagnols et les esclaves.

Ils mirent pied à terre et se rapprochèrent lentement de l'entrée de la hutte.

Une vieille femme apparut, pliée en deux vers l'avant, la partie supérieure de son corps formant presque un angle droit avec ses jambes. Elle dut tourner la tête vers le haut pour les apercevoir et déplier un long cou décharné. Elle paraissait si âgée, si ridée, que son allure évoquait immanquablement une tortue. Un de ces reptiles marins qui vivent depuis si longtemps, qui ont parcouru tant d'océans, et qui ont vu mourir tant de leur progéniture que le savoir du monde paraît leur appartenir. Pepe se mit à converser avec elle dans une langue qui n'était pas l'espagnol, puis il fit signe à Fred d'entrer dans la hutte à sa suite.

Le sol était en terre battue, mais paraissait aussi ferme que du béton à force de piétinements. Un âtre creusé en son centre était rempli de cendres et de charbons de bois. Comme il n'y avait aucune cheminée d'évacuation, les murs et le maigre mobilier de bois étaient recouverts d'une épaisse couche de suie, ainsi que le rideau de jute qui divisait la pièce et derrière lequel on devinait une natte de roseau.

Mais ce qui frappa Fred, dès que ses yeux se furent habitués à la pénombre, fut les dizaines d'idoles de toutes tailles, saints catholiques affublés de symboles païens, christ sur la croix et statuettes de serpents géants, chiens à gueules ouvertes et écuelles remplies de haricots ou de grains de riz, amulettes métalliques, poupées de chiffon et de paille, coquillages et bouteilles à moitié vides qui trônaient à même le sol ou posées sur de minuscules autels confectionnés au moyen de sections de palmiers. Des tissus, autrefois colorés, pendaient sur les murs, et sous l'épaisse couche de suie on pouvait encore deviner leurs impressions naïves représentant la forêt, les cours d'eau ou les montagnes.

Pepe demanda à Fred de montrer la peinture à la vieille femme. Elle la regarda et se mit à murmurer.

— Elle dit qu'elle aura bientôt deux cents ans… traduisit Pepe. Elle a vécu plus que beaucoup d'arbres de la forêt… l'endroit que l'on cherche est au pied de l'un des plus anciens. De beaucoup son aîné, il est situé sur un sommet au sud d'ici. De chacune de ses larges branches plongent des racines aériennes aussi épaisses que de nouveaux troncs. Elles pénètrent le sol comme des bras puissants et leurs mains se cramponnent à la pierre même dont est faite la colline. Son tour est si large qu'il faut une heure pour le parcourir… c'est de là qu'on aura cette vue sur El Yunke.

— Demandez-lui si le nom de Braz lui dit quelque chose, ou bien s'il s'agit d'un Cubain dont la femme serait partie en France avec un petit enfant…

Pepe traduisit pour la vieille qui hocha la tête de haut en bas et produisit un chuintement court, qui pouvait passer pour une réponse.

— Elle demande quand cela s'est passé ?

— Il y a près de quatre-vingts ans…

Pepe traduisit à nouveau et la vieille reproduisit le même geste.

— Elle est désolée, elle dit qu'elle n'a pas la mémoire des faits récents...

Fred leva les yeux au ciel. La vieille se moquait d'eux.

— Ah oui, alors demandez-lui donc ce qu'elle pense de Fidel Castro...

Pepe posa sa main sur l'épaule de la vieille femme et l'interrogea, puis celle-ci répondit.

— Elle voudrait savoir si c'est le nom d'un planteur, un Français peut-être ? Un de ceux qui ont débarqué à Santiago, après les révoltes...

— Un Français, pourquoi pense-t-elle à un Français ?

— À cause de Fidel... elle a reconnu le mot fidèle... elle connaît des mots de français... mais elle mélange tout... Les révoltes dont elle parle sont celles d'esclaves qui se sont produites en Haïti... Toussaint Louverture était un ancien esclave qui avait pris la tête de cette fronde...

Il hésita un instant avant d'ajouter :

— C'était en 1791...

— Elle se souvient d'événements qui datent du XVIIIe ?

Cette fois, Fred considéra différemment la vieille femme qui continuait d'émettre un doux flot de paroles. Pepe hocha la tête.

— Elle dit que Toussaint Louverture s'était rallié à Bonaparte, mais qu'après l'empereur l'avait fait emprisonner... il n'avait pas été assez malin... être un esclave libre ne fait pas nécessairement de vous un chef d'État avisé.

Fred sourit à la sagesse de la vieille femme.

— Quand est-elle née exactement ? Elle s'en souvient ?

Cette fois, la vieille n'attendit pas la traduction de Pepe pour commencer à répondre.

— Elle dit que sa mère l'a appelée Joséphine en hommage à la Joséphine que venait d'épouser Napoléon... c'était en mars 1796. Les Caraïbes exportaient le meilleur sucre et les plus belles filles dans le monde entier... mais depuis toujours on l'a appelée Féfa.

Pepe marqua un temps, pour juger de l'effet de ses paroles sur Fred. Puis il reprit :

— Quant aux planteurs français dont elle a parlé, ils sont arrivés à Santiago en 1802... puisqu'elle s'en souvient c'est donc qu'elle est effectivement née entre 1796 et 1802...

Deux cents ans.

Fred se rapprocha de la vieille Féfa, il scruta ses petits yeux profondément enchâssés dans leurs orbites, mobiles et malicieux.

— Quels mots connaissez-vous en français ?... des mots, en français... Bonjour ? Comment ça va ?

Féfa sourit pour montrer qu'elle avait compris la question et commença à ânonner une suite de mots sans rapport les uns avec les autres : « la casserole », « pardonnez-moi », « *joko-garbi* », « ypérite », « tétée ».

Puis elle se tut. Ses paupières retombèrent comme deux lourds rideaux plissés. Sa bouche édentée parut se replier sur elle-même. Elle était désormais animée d'une respiration calme.

— Elle s'est endormie, dit Pepe.

— Laissons-la, répondit Fred. Si elle a seulement la moitié de l'âge qu'elle nous a annoncé, on peut lui accorder son repos.

— Nous allons chercher cet arbre dont elle a parlé ? demanda Pepe. L'arbre où a été faite la peinture ?

— Plus que jamais, fit Fred.

En reprenant leur route en direction du sud, Fred et Pepe se demandèrent s'il était possible que la vieille Féfa eût vécu si longtemps. Pepe ne doutait pas qu'il avait fallu à l'arthrose au moins deux siècles pour plier et figer ce corps frêle dans une telle position. Les stalactites mettaient plus de temps à se former au fond des grottes de la montagne et pourtant les sculptures minérales étaient loin d'atteindre la difformité de la vieille. Et puis il raffolait de l'idée qu'il y eût à Cuba quelqu'un pour se souvenir de Bonaparte mais pas de Castro.

Fred lui expliqua que l'ypérite était un gaz, utilisé lors de la Première Guerre mondiale, abondamment répandu à Verdun, et plus connu sous le nom de gaz moutarde. Il semblait donc que les notions de français de la vieille Féfa dataient du début du XXe siècle, où du moins qu'elles avaient été complétées à cette époque. Ce fut le premier indice qui lui fit penser que son grand-père pouvait être français et non pas cubain. Le mot « tétée » l'inclina à envisager la présence d'un nouveau-né au milieu de cette jungle, qu'il ne put s'empêcher de relier à l'histoire de son père, embarqué sur l'Atlantique sans avoir atteint l'âge où les souvenirs s'emmagasinent.

— Cela veut dire qu'elle a vécu deux siècles dans une totale absence de confort..., reprit Pepe, qui ne rêvait, à cause de l'embargo américain, que de chaînes hi-fi, de lecteurs de DVD et de scooters italiens, tels qu'il les voyait exposés à l'intérieur des magazines apportés par les touristes occidentaux.

— C'est précisément cela qui conserve, fit Fred, maussade.

Ils n'eurent aucune difficulté à trouver le ficus géant dont Féfa leur avait parlé. Il trônait, immense orgue végétal aux dimensions d'un immeuble, ancré au sommet d'un relief trapu, en face de la montagne d'El Yunke.

En se faufilant entre les colonnades, Fred finit par se déterminer sur un point de vue d'où il lui sembla que se reproduisait à l'identique l'aquarelle d'Oya. Pepe lui indiqua un groupe d'arbres plus hauts que les autres en contrebas de la vallée et qui avaient servi d'appui au bord droit de la peinture. La limite du cadre à gauche était visible, elle aussi, sous la forme d'une trouée dans le massif forestier qui résultait vraisemblablement du lit d'une rivière.

Fred mit pied à terre et fut subitement saisi d'un tremblement. Une coulée de sueur glacée se répandit dans son dos. Il éprouva le besoin de s'asseoir, tandis que Pepe se précipitait sur lui.

— Vous avez pris vos médicaments contre le palu ?

— Oui, chaque jour... ce n'est pas ça...

— Quoi alors ?

— Je ne sais pas. Je ferme les yeux et j'ai l'impression de voir ce que d'autres ont vu avant moi. Cette forêt n'a pas changé... je le sais.

— Elle n'a pas changé depuis la création du monde.

— Crois-tu, Pepe, que chacun d'entre nous garde en lui, un peu de la mémoire de ses ancêtres ?

Pepe se tut, il regarda la forêt qui bruissait à leurs pieds. Lui aussi avait le sentiment de la connaître, mais, lui, il savait pourquoi. Ses propres parents et leurs parents y avaient habité avant de rejoindre la ville. Il se tourna vers Fred :

— Et c'est quoi l'autre mot qu'a prononcé la vieille : *joko-garbi* ?

— Je ne sais pas, ça ce n'est pas du français… ça ne colle pas avec le reste.

Fred désigna brusquement un panache de fumée qui s'élevait à une dizaine de kilomètres dans la vallée. Il prit ses jumelles et distingua là-bas plusieurs toits de tôle confondus avec la végétation.

— Si tu étais monté jusqu'ici juste pour peindre le paysage… alors qu'aucune route n'y mène… qu'est-ce-que cela aurait pu signifier ?

— Sûrement que j'habitais dans les environs, répondit Pepe.

— Alors rendons-nous là-bas, il y a des traces d'activité humaine.

— Il faut se méfier si ce sont des installations militaires, fit Pepe. Ils sont paranoïaques et ont la gâchette facile.

Puis ils quittèrent l'abri tutélaire de l'arbre, comme Imanol et Oya l'avaient fait à l'achèvement de la peinture, quelques milliers de crépuscules plus tôt.

La demeure coloniale, nichée au cœur de la forêt, était semblable dans son ensemble à ces troncs restés longtemps immergés et dont on peut détacher des blocs entiers à la seule force des doigts. Le bois des façades disparaissait sous les colonies mouvantes de termites. Les piliers qui soutenaient ce qui avait pu être une véranda s'étaient effondrés à l'exception d'un, central, qui demeurait droit mais n'avait plus rien à supporter que son propre poids. Le toit de la maison avait été emporté et révélait le faîtage mis à nu, émoussé et rongé par les ans. Du mobilier à l'intérieur il ne restait rien, pulvérisé par les insectes ou emporté par les pilleurs.

Au-delà s'étalaient deux longues dalles de béton, carrées, mesurant chacune une quarantaine de mètres de côté. Elles formaient deux îlots désolés au milieu des herbes hautes et des pousses anarchiques de palmiers. Deux anciens séchoirs à café, défoncés et fissurés, qu'entouraient les baraquements aux toits de tôle que Fred et Pepe avaient aperçus à la jumelle.

La carcasse d'une jeep de l'armée soviétique achevait de rouiller devant l'entrée d'un des entrepôts. Ils poussèrent la mince feuille de dentelle de métal corrodé qui avait servi autrefois de porte et furent assaillis par une odeur de moisissure. Des sacs de toile entassés par centaines, éventrés, laissaient échapper des chapelets de perles déshydratées et noirâtres. Fred essaya d'en ramasser une poignée, mais elle se réduisit dans sa paume en une fine poussière analogue à celle qui formait sur le sol une couche d'un centimètre d'épaisseur. Ils avaient l'impression de marcher sur un tapis de cendres.

— C'est du café, fit Pepe. Des tonnes de café, entassées là et desséchées depuis si longtemps.

— Ça doit faire des dizaines d'années quc c'est abandonné.

Fred avança et essaya de déchiffrer les inscriptions à l'encre passée que l'on pouvait distinguer sur les sacs de café, mais, dès qu'il essayait d'en saisir un, la toile s'effritait et disparaissait sous ses doigts.

— Là, sur celui-là, l'appela Pepe. On peut lire un nom... peut-être...

Fred se rapprocha et distingua dans le sol poussiéreux, outre leurs propres traces de pas, les empreintes d'une autre paire de chaussures.

— Regarde quelqu'un est venu récemment.

— Peut-être celui qui faisait un feu tout à l'heure.

Pepe montrait le sac sur lequel l'écriture était restée passablement intacte. On y déchiffrait assez facilement : Iparrateguy.

— C'était sûrement le nom du propriétaire.

— C'est un nom connu dans la région ? demanda Fred.

— Non.

Ils continuèrent d'avancer et trouvèrent d'autres sacs où le même nom était imprimé. Puis ils découvrirent des sacs qui portaient d'autres noms : Heredia, Maceo...

— C'était peut-être une sorte de coopérative, émit Fred. Il y avait différents planteurs.

Il sentit une odeur de fumée, en provenance du fond du hangar où paraissaient les mener les empreintes inconnues.

Une ouverture était aménagée dans l'arrière du bâtiment par laquelle ils découvrirent une bicoque, vingt mètres plus loin, à l'orée de la forêt. Le filet de fumée s'élevait par un trou pratiqué dans son toit.

Un homme apparut dans l'encadrement de la porte. La peau très noire, grand et âgé, il leur adressa un large sourire qui découvrit sa bouche édentée.

De tout temps on l'avait surnommé Gran-Deseo, ce qui signifie Grand-Désir, sans qu'il en eût jamais connu la raison – ou alors il l'avait oubliée. Il avait été élevé sur la propriété après la mort de son père. Celui-ci avait été tué dans une ville, mais il ne se souvenait plus de laquelle – cela aussi il l'avait oublié. C'était une grande ville, il en était certain. Ce pouvait être Santiago ou Guantánamo ou La Havane. Depuis il avait peur d'aller dans les villes, et surtout les grandes. Sa mère, qui, elle, se souvenait du nom de la ville, avait disparu quand il avait sept ans. Elle s'était cassé la jambe et l'infection avait gagné le bassin.

Gran-Deseo s'était proclamé régisseur de la plantation et avait pris la succession de son père. Mais il y avait longtemps qu'on ne récoltait plus de café ici. C'était dommage car la plantation produisait abondamment, café et fèves de cacao, c'était un territoire immense dont il entreprit de décrire les limites jusqu'au pied d'El Yunke.

Fred lui montra la peinture et Gran-Deseo fut ému aux larmes. Cette peinture, qu'il n'avait jamais vue, embrassait l'ensemble du domaine et représentait les limites exactes entres lesquelles s'était déroulée sa vie. Aujourd'hui il avait quatre-vingts ou quatre-vingt-dix ans, mais n'était pas le plus âgé de la forêt. Féfa avait passé les deux siècles.

Gran-Deseo avait longtemps attendu les ordres des patrons qui étaient partis, cela aussi sa mère le lui avait dit, mais n'étaient jamais revenus. Il avait tenté d'organiser les récoltes et la vie dans la plantation avec d'autres paysans. Puis la révolution avait tout bouleversé et la propriété avait été nationalisée. Gran-Deseo se souvenait du jour où un colonel de l'entourage de Fidel Castro était venu et lui avait ordonné de ne plus s'occuper de rien, un contremaître allait être nommé.

Le contremaître n'était jamais venu. Il semblait que ce territoire agissait à la manière d'un tour lancé à pleine vitesse, qui éjectait ceux qui désiraient le conduire. Les seuls qui passaient encore étaient des militaires. Parfois des camions de fantassins vrombissaient dans les environs. Quand ils voulaient des noix de coco, ils brandissaient leurs kalachnikovs et tiraient dans les arbres. Les noix pleuvaient. Un général s'était assommé une fois, le cousin du *líder massimo*, commandant la région d'Oriente. Souvent, ils avaient emporté les meubles et les effets de la demeure des anciens propriétaires, mais tout était déjà en mauvais état. Depuis qu'il n'y avait plus rien à piller les militaires ne venaient plus tirer des rafales dans le sommet des arbres. Gran-Deseo ne se souvenait plus si les propriétaires d'avant la révolution étaient cubains ou français, mais il se souvenait du prénom d'un enfant dont autrefois on lui avait dit qu'il était son ami : Carlo. Il se souvint également d'un autre prénom : François. Mais quand Fred lui demanda si le prénom de Michel avait un sens pour lui Gran-Deseo répondit qu'il n'était pas sûr. Il vivait seul depuis si longtemps.

Fred lui demanda s'il ne possédait pas de photos ou de documents en relation avec l'histoire de cette propriété. Gran-Deseo s'absenta un instant et revint avec un coffret en acajou.

Il l'ouvrit et commença à fouiller, mais il ne recelait rien d'autre que ses papiers d'identité et quelques images pieuses. Gran-Deseo avait été déclaré à l'état civil de Guantánamo lors de sa naissance en 1918 et son vrai nom était Ernesto Armonio Tomayo.

Il tendit le délicat coffret à Fred pour que ce dernier puisse constater par lui-même qu'il n'y avait pas grand-chose d'intéressant.

Fred remarqua les traces de peinture qui maculaient l'intérieur du couvercle du coffret et demanda à Gran-Deseo comment il était entré en possession de l'objet. Gran-Deseo dit que sa mère le conservait dans la maison des propriétaires et lui accordait une grande valeur sentimentale, puis un jour elle l'avait retiré et rangé dans la case, ici, pour qu'il ne soit pas volé avec le reste des meubles.

Fred, en l'examinant de plus près, déchiffra une date inscrite sur le fond : 12 janvier 1920. Après si longtemps la boîte ne sentait plus la peinture, mais on ne pouvait guère douter de sa destination première. Il sut qu'elle avait contenu les aquarelles si finement déposées sur la feuille de bananier.

Il la rendit respectueusement à Gran-Deseo qui les emmena ensuite dans la propriété abandonnée.

Ils rencontrèrent en premier un couple d'Haïtiens qui vivaient toujours sur une colline en dehors de la maigre zone déboisée. Ceux-ci accusaient une soixantaine d'années et avaient travaillé en leur temps à la récolte du café. Ils avaient participé aux trois dernières cueillettes et nombre des sacs qui pourrissaient à présent dans les hangars avaient été remplis par leurs soins. Ils connaissaient Gran-Deseo depuis l'âge où sa mémoire n'avait pas encore été éparpillée par les vents de mousson et se souvenaient d'histoires qu'ils n'avaient pas eux-même vécues, mais que Gran-Deseo leur avait racontées.

L'arrivée de Fred et de Pepe fit sensation dans le domaine reculé, et de nombreux voisins accoururent pour raconter à leur tour des bribes d'histoires qui pouvaient appartenir au passé du jeune Français. Fred ne comprit jamais comment autant de gens purent avoir aussi rapidement connaissance de sa présence, mais il constata qu'ils étaient plusieurs dizaines de familles à tisser aux alentours les mailles d'un même réseau. Ils s'étaient réfugiés pour la plupart dans cette forêt, dissimulés derrière le masque de la végétation impénétrable. Ces gens avaient vu leurs amis enrôlés de force dans les rangs de la révolution. On avait dénoncé ceux qui avaient émis des doutes sur la réforme agraire. Les avocats avaient été contraints de se rendre dans les champs de canne à sucre pour y manier la machette au mépris des plaies ensanglantées qui meurtrissaient leurs paumes. Les verres de leurs lunettes avaient été brisés. La durée du service militaire n'avait cessé de croître. Les seules chaussures disponibles pour les enfants avaient été des bottes fourrées de laine en provenance du grand frère soviétique. Certes le temps avait passé et les choses avaient évolué, mais c'était cela aussi qu'ils étaient venus rechercher au fond de la forêt, un abri du temps qui passe. Ils formaient une communauté paisible et passive, admirablement disposée à narrer à Fred l'histoire de cette terre.

Une figure itérative se dessinait dans les spirales de leurs récits. Celle du propriétaire du domaine. Certains disaient qu'il en avait acquis le titre à la suite d'un pari sur des combats de coqs. De ceux qu'organisaient les paysans prospères, dressant un coq le temps qu'il devienne, les ergots aiguisés comme des lames de rasoir et le bec acéré tel un pic de mineur, une bête barbare retournée à la plus féroce sauvagerie. Bien des lynx et des chiens aux orbites vidées étaient condamnés à l'errance aveugle pour avoir approché de trop près ces animaux de combat. Selon d'autres, c'était une partie de poker, dont l'enjeu était doublé de la possession d'une femme, qui avait permis au patron d'enlever la propriété. On parlait aussi d'un géant roux qu'il avait dû combattre dans un palais.

La femme elle-même portait plusieurs noms, et plusieurs péons disséminés dans la brousse affirmèrent qu'elle s'était appelée Catherine ou Ruth, mais assurément qu'elle était noire. Ce que contredisaient ceux qui la disaient blanche, d'origine espagnole, ou certains encore qui affirmaient que son sang était métissé. Les plus croyants ne doutaient pas que son prénom fût celui de la divinité Oya. La plupart des récits qu'entendit Fred s'accordèrent néanmoins sur un fait. Quel que fût le prénom de cette femme, elle avait donné naissance à un fils. Tout le monde s'en souvenait, car, à près d'un siècle d'écart, un fils pouvait avoir engendré un autre fils, qui était donc toujours le patron.

Ce patron qu'ils nommèrent soit François ou Francesco, soit Imanol, était décédé peu après la naissance de son fils – là aussi les versions divergeaient –, dévoré par un alligator ou taillé à la machette par des bandits de grand chemin, ou bien encore abattu par une balle du géant roux. D'aucuns prétendaient l'avoir aperçu des années plus tard, caché au sein de ses propres forêts, consumé par la fièvre et le désespoir, ne s'étant jamais remis du départ de sa femme et de son fils. Les plus minoritaires soutenaient qu'il avait acheté son domaine grâce au trésor d'un pirate, à qui il l'avait dérobé dans une caverne sous-marine dont l'accès était gardé par les requins, puis qu'il était mort de l'infection d'une blessure. Au talon peut-être, à moins que ce fût dans une autre histoire.

Quelques points semblaient unanimement avoir frappé les mémoires au point d'y demeurer gravés, à la manière d'un pont unissant l'ensemble des récits de la forêt. Cet homme mystérieux n'était pas né cubain et son pays d'origine avait été déchiré par la guerre. Fred en déduisit que le prénom François revenu à plusieurs reprises ne pouvait rien signifier d'autre que : français. Ce Francesco, cet homme, ce François, ce Français, donc, avait échoué un jour sur une plage de l'île après avoir traversé l'océan. Il n'avait survécu lors de son aventure qu'en mangeant une grappe de raisin. En outre, il possédait une arme qui contenait trois balles et qu'il refusait obstinément de recharger.

Il plut. La saison des pluies débutait, Pepe annonça qu'ils devaient mettre un terme à ces entretiens et ramener le cheval et la mule à sa mère. Bientôt la forêt n'allait plus être praticable.

Le lendemain matin, Gran-Deseo vint les rejoindre de sa démarche raide, tandis qu'ils sellaient les montures.

— Comme les hommes ont peur des fantômes ils enterrent leurs morts dans un endroit connu où ils peuvent les surveiller... mais aussi depuis lequel ils peuvent honorer leur mémoire. Nous avons besoin d'ancres jetées dans le passé... J'ai entendu ce que tu as dit. Ne plus se souvenir des choses menace celles-ci de ne jamais avoir existé..., dit-il avec de la tristesse dans la voix.

Puis il tendit à Fred la boîte d'aquarelles qui avait appartenu à Oya.

— Je t'offre cette boîte pour te permettre de raconter l'histoire de cette propriété dont mon père et son père avant lui ont été les régisseurs...

Sur l'autoroute du Sud, le temps donnait l'impression de s'être accéléré au point d'avoir convoqué la nuit plus de sept heures avant son avènement. Fred s'efforçait de conduire avec la plus extrême attention, mais la prégnance de son récit le privait sans qu'il en ait conscience d'une fraction de sa capacité à réagir. Sa voix résonnait dans l'habitacle, chaleureuse et timbrée, avec autant de régularité que la pluie sous les pneus aux sculptures gorgées.

— Bien plus tard... des mois après mon retour à Paris, et après la mort de mon père... je me suis rendu à Londres où j'ai obtenu de pouvoir consulter les archives de la White Star Line et de la Cunard au musée de la Navigation. C'étaient les deux seules compagnies qui effectuaient des traversées transatlantiques à l'époque. J'ai repéré plusieurs passages en janvier 1920 en direction de l'Europe, mais aucune date ne correspondait avec celle inscrite au fond de la boîte d'aquarelles. Comme ces navires ne partaient pas directement de Cuba, j'ai supposé que le décalage s'expliquait par le temps qu'il avait fallu à ton arrière-grand-mère pour faire le trajet de La Havane à New York. J'ai donc examiné la liste des passagers de tous les départs postérieurs au 12 janvier 1920.

Fred se tut un instant, ému.

Alicia avait replié ses bras autour de ses genoux, elle l'écoutait, le regard fixé sur le pare-brise, qui semblait n'être plus formé que d'un rideau liquide et, au-delà, sur l'obscurité qui avait éteint la journée.

— J'ai retrouvé leur trace sur un transatlantique de première catégorie de la White Star, l'*Olympic*. La cabine 232 des deuxième classe avait été réservée à une mère et à son enfant, inscrits respectivement sous les noms d'Oya Iparrateguy et Carlo. Les bordereaux de leurs réservations avaient été couplés aux billets d'un navire mexicain l'*Esperanza* en provenance de La Havane, qui les avait effectivement transportés à New York.

— Iparrateguy..., murmura Alicia.

— Le même nom que j'avais vu sur les vieux sacs de café, dans la propriété...

— Et l'enfant... Carlo ?

— Mon père... Ton grand-père, sans le moindre doute. Iparrateguy est un nom d'origine basque. J'ai fait d'autres découvertes par la suite. Il y a quelques familles qui portent ce nom dans les villages d'Ascain et de Saint-Pée et aux alentours... mais ils sont si nombreux à avoir émigré vers l'Amérique depuis le siècle dernier qu'il n'y a plus moyen de connaître la parentèle de celui-ci. J'ai compris que parmi les différents prénoms qui m'avaient été cités dans la propriété, le bon était probablement Imanol, qui signifie Emmanuel en langue euskarienne, la langue basque... Tu te souviens des mots qu'avait prononcés la vieille Féfa dans la jungle ?... *Joko-garbi*, c'est du basque aussi, c'est le jeu de pelote...

— Et pour le fronton qu'il avait construit… comment tu l'as su ?

— Ça personne ne me l'a dit…

— Mais la partie de poker, les casinos, le vieil Irlandais… la fuite à cheval… le capitaine Bright, le borgne et le cul-de-jatte… la prophétie de la bohémienne ?

Fred sourit évasivement. Ses pensées se tournèrent vers les heures qu'il venait de partager avec sa fille. Assurément, celles-ci resteraient à jamais dans leur histoire.

— Tu m'as raconté des histoires, papa.

— Pas des histoires… une histoire… dont est issue la tienne.

— Mais tu as inventé tellement de choses !

— Lorsque tu étais petite, tous les soirs, avant de t'endormir, tu me réclamais une histoire qui vienne de ma tête. Parfois tu précisais, sans prince et sans cygne… ou sans carrosse… ou avec une princesse en robe blanche amie d'un oiseau… celle-ci était une histoire avec grains de raisin et pistolet à trois balles.

Alicia comprit que la vérité n'avait pas besoin d'être complètement vraie.

— En fait tu n'as pas la preuve qu'Imanol est bien mort comme tu me l'as raconté ? reprit l'enfant.

— Non. Mais je sais qu'il a accompagné sa femme et son fils jusqu'à La Havane. Qu'il les a pris dans ses bras une dernière fois avant de les laisser monter à bord de l'*Esperanza.* Qu'il avait le cœur serré. Je n'aurais pas fait autre chose si tu avais dû partir loin, et longtemps avec maman. Les choses ont pu se passer ainsi.

— Mais après ?

— Il n'y a plus de trace après. Le temps a produit son effet… la pluie et le soleil… et même une révolution… Cela s'est produit il y a presque un siècle et s'est déjà partiellement effacé. Peu importe que j'aie des preuves ou non. J'ai eu l'impression en allant à Cuba de pénétrer plusieurs existences… comme si la vie là-bas avait engendré des branches secondaires, si touffues, si inextricablement emmêlées, qu'il était devenu impossible de distinguer le tronc originel. Et c'était comme si toutes ces versions inhumées au fond de la forêt avaient attendu quelqu'un pour les dire… pour en faire émerger une.

S'imposa à Fred l'image d'une rivière, qui s'écoulait inéluctablement du haut vers le bas. Le destin était réputé s'accomplir ainsi, en se passant des anicroches formées des sorts individuels. Comme l'eau s'écoulait toujours du sommet vers la plaine sans se soucier de l'emplacement des rochers, ou des branches mortes qui modifiaient son cours. Le lit changeait au gré des crues et des sécheresses. Les saisons décidaient d'éphémères parcours, mais toujours le flot s'écoulait, quel que fût le nombre de gouttes projetées depuis les crêtes d'écume sur les rives, quels que fussent les égarements dans les remous d'innombrables bras parallèles et sans but.

Dans ce cas la fatalité régnait sur le monde et la liberté de l'homme n'était que pure illusion.

Fred tourna la tête en direction d'Alicia et il se révolta contre cette idée. N'était-il pas des mondes d'apesanteur, sans haut ni bas, où la rivière cessait de couler pour se répandre en milliards de gouttelettes volantes ? Des mondes si chauds que la rivière s'y vaporisait en nuages ? Des mondes si froids qu'elle s'y figeait en glace. La rivière était flux permanent, indocile, jamais identique à elle-même.

À partir duquel des changements de la rivière pouvait-on affirmer qu'elle était différente ? Dès sa première goutte égarée sur une berge, ou fallait-il un véritable remaniement macroscopique, l'érosion d'un canyon, la formation d'un lac ou d'une nouvelle chute ? À moins que l'intervention de l'homme, plus que celle de la nature, déterminât seule une modification radicale au moyen d'un barrage ou d'une écluse. Et quand bien même alors, du point de vue de ceux qui écrivaient son nom sur une carte de géographie, cette rivière serait indubitablement devenue une autre, de façon qu'on rectifiât l'atlas. Ou ne devait-on pas plutôt envisager que, soumise à de perpétuelles métamorphoses, elle n'était immuable que dans l'imaginaire de ceux qui y avaient pêché, nagé, navigué ou bien l'avaient nommée, et qu'il n'y avait pas une rivière, mais autant de rivières que d'altérations de la rivière ?

Et dans ce cas, autant de destins, de vies, que de variantes d'une même vie. Les différentes hypothèses d'un même destin. Côte à côte. Si proches qu'ils se recouvraient peut-être parfois à la manière des briques d'un mur.

Les impressions de déjà-vu, les réminiscences, ou les légendes telles que celles des fantômes n'attestaient-elles pas de passages entre les différentes éventualités des mondes écoulés ? De la même manière que les prémonitions, les pressentiments et les comportements intuitifs témoignaient de fenêtres ouvertes vers les mondes à venir. L'ensemble des états modifiés de la conscience, les comas, les expériences de morts imminentes, ou simplement le sommeil facilitaient ces échanges.

En définitive, rien ne permettait d'affirmer que nous ne vivions qu'une vie, dès lors que nous pouvions concevoir en connaître plusieurs. Ce qui pouvait conduire à extrapoler que dans certaines versions du monde nous étions vivants quand dans d'autres nous étions morts, ou pas nés. Au fond, ce que l'on avait pris l'habitude de qualifier « notre propre vie » pouvait très bien se dérouler en notre absence.

— Et pourquoi papy Michel n'a jamais rien voulu savoir de tout ça ? reprit Alicia qui voyait son père songeur et muet depuis quelques minutes.

— Parce que comme il l'avait vécu au plus profond de sa chair, répondit Fred, il n'avait plus envie de l'imaginer, peut-être…

— Mais, papa, on n'imagine pas sa vie.

— Oh ! que si ! On est obligé… tout le temps.

À son retour à Baracoa, Fred eut à peine le temps de descendre de sa mule. La señorita Quintinia l'avertit que son cousin de Guantánamo n'avait pas obtenu de fameux renseignements, mais qu'il avait un indice.

Il lui sembla qu'en leur absence celle-ci s'était passionnée pour l'affaire et avait passé de nombreux coups de téléphone.

— Ils ont réparé la ligne le lendemain de votre départ, Dieu soit loué... ainsi que les camarades du service des télécommunications...

Les archives des notaires avaient pour la plupart été détruites dans une alternance d'incendies contre-révolutionnaires et d'autodafés révolutionnaires. Le seul élément de l'époque encore conservé était une carte de l'île, sur laquelle d'importants domaines apparaissaient hachurés. La carte avait été retrouvée par son cousin dans un dossier en lambeaux, classé à O. Le nom à moitié lisible était Patrick O'quelque chose.

— Se pourrait-il que vos ancêtres soient irlandais ?

Fred fit la moue et la remercia longuement pour son aide.

Il promit à Pepe de lui envoyer, sitôt son retour, magasines et tee-shirts publicitaires, puis il remonta à bord de sa voiture de location en direction de La Havane.

Ce n'est qu'après avoir roulé plusieurs heures qu'il s'aperçut qu'il avait oublié d'appeler Sylvie.

Dès son arrivée dans la capitale cubaine, il confirma un vol de retour sur Paris, puis tint à réparer son oubli.

Sa future femme décrocha si rapidement qu'il ne put s'empêcher de l'imaginer, attendant auprès du téléphone. Le ton de sa voix était glacial. Elle était ravagée par l'inquiétude de ne plus avoir eu de ses nouvelles depuis plus d'une semaine. Elle avait alerté le consulat de France qui n'avait trouvé trace de lui dans aucun établissement hôtelier de l'île.

Fred rassura Sylvie avec la promesse de son retour imminent et le bref récit des découvertes effectuées lors de son expédition dans la forêt, mais il sentit cette fois qu'elle s'était lassée de sa quête identitaire. Où, plus précisément, qu'elle s'en méfiait. À nouveau, leur conversation fut morcelée par la transmission des données téléphoniques au travers de l'océan, ce qui permit de laisser en filigrane la raison pour laquelle Fred avait choisi de disparaître d'une manière aussi complète.

Sylvie se radoucit et termina en lui disant qu'elle était heureuse de son retour et en lui promettant de venir l'attendre à l'aéroport. Fred raccrocha avec le net sentiment que leurs rapports étaient à jamais modifiés.

Le lendemain matin, un énorme orage tropical éclata alors que Fred quittait les bureaux de la compagnie de location de voitures. Il avait restitué la Peugeot et se hâtait, à l'abri d'un parapluie déglingué. Les rues de La Havane furent recouvertes en quelques minutes de vingt centimètres d'eau. Des torrents dévalaient les avenues de la vieille ville, subitement vidée de toute présence.

Fred s'engouffra à bord d'un taxi des années cinquante qui ressemblait à un gros scarabée jaune. Il indiqua au chauffeur la direction de l'aéroport de La Havane.

À cet instant l'avion d'Air France à bord duquel il devait embarquer terminait son vol d'approche au-dessus de la capitale.

Le Boeing creva le plafond nuageux dans un grondement qui éclipsa le tonnerre. Les aérofreins déployés à bloc abandonnaient en arrière des ailes un sillage visible depuis le sol. Le nez se redressa face à la muraille de pluie tropicale. Le train prit contact avec le sol détrempé de la piste principale.

Le vol en provenance de Paris s'immobilisa quelques minutes plus tard en bout de piste. Un véhicule bringuebalant approcha un escalier en aluminium auquel il manquait deux marches. La porte avant de l'avion s'ouvrit et en surgirent, joyeux et aussitôt douchés par l'orage, des dizaines de touristes.

Ceux-ci avaient pour la plupart réservé une à deux semaines de soleil et de détente auprès d'un tour-opérateur dont le bureau parisien avait omis de les avertir du commencement de la saison des pluies.

Après avoir rempli les formalités d'usage auprès des services d'immigration et récupéré leurs bagages, ils s'entassèrent dans plusieurs bus délabrés, qui les conduisirent en direction de La Havane.

À bord du dernier véhicule de la colonne, dans une atmosphère chaude et saturée d'humidité, une jeune femme ôta son tee-shirt et se retrouva en débardeur. Elle entreprit de sécher ses cheveux, assise près de la fenêtre sur la première rangée de sièges.

Elle avait choisi ce voyage parmi d'autres proposés par l'agence de voyages. À un mois de ses derniers examens elle avait souhaité marquer une pause et s'évader loin de ses études de stratigraphie et de sédimentologie. L'apprentissage du laborieux recensement des espèces minérales constituait un passage obligé pour la qualification en archéologie qu'elle visait, mais l'éloignait parfois trop longtemps du bouillonnement du monde. La jeune femme, qui rêvait d'aller fouiller en Afrique de l'Est et se voyait arpenter là-bas les millions d'années mises à nu à même le sol, avait été irrépressiblement attirée par la destination cubaine. Le débord de vie pour lequel l'île était renommée, ses enlacements moites dans les dancings à salsa, le prodigieux titrage de ses rhums, la saveur étourdissante de ses cigares, la réputation sulfureuse de sa révolution constituaient autant de promesses qu'une jeune femme exaltée par la vie et les hommes ne pouvait ignorer.

Elle se prénommait Claire et allait bientôt bouleverser le cours de la vie de Fred.

En attendant, l'orage enflait démesurément et fulgurait le ciel tourmenté de Cuba.

À dix kilomètres de l'aéroport, le taxi de Fred croisa la colonne de bus qui progressait sous le déluge, lorsque la foudre s'abattit sur la route.

Un gigantesque éclair se scinda en deux, prenant la forme d'une fourche et frappant simultanément deux palmiers plantés de part et d'autre de la chaussée. Les troncs s'enflammèrent aussitôt et se brisèrent comme s'ils avaient été de frêles brindilles.

Le premier palmier s'écrasa sur la route cinq mètres en avant du taxi et le second une vingtaine de mètres en arrière, pile devant la calandre du dernier bus de la colonne. Les deux véhicules pilèrent et s'arrêtèrent à la hauteur l'un de l'autre.

Fred sortit le premier. Il ouvrit lentement la portière et contempla, hébété, et rapidement trempé, le spectacle des troncs calcinés qui fumaient sous la pluie intense, formant par un incroyable coup du sort barrage de part et d'autre du taxi et du bus. Il s'en était fallu de quelques dixièmes de seconde pour que les arbres se fussent écrasés sur les toits des véhicules.

Quelques touristes quittèrent le bus à leur tour, rejoignant le parc noyé par la pluie de mousson, et c'est ainsi que Fred aperçut Claire pour la première fois.

Elle se tenait fragile sous l'averse, ses mains couvrant ses épaules nues, face au spectacle capricieux imaginé par la nature.

Il se souvint d'avoir jugé qu'elle était maigre, de s'être dit que cette jeune femme mangeait peu.

Lorsqu'elle avait tourné la tête dans sa direction il avait distingué l'éclat incroyablement vif de ses yeux noisette.

Ils attendirent que la pluie eût achevé de refroidir les troncs pour essayer de les déplacer hors de la chaussée. Les touristes des autres bus, ainsi que les occupants des rares voitures qui s'étaient risquées sur la route par un tel orage, vinrent à leur rescousse, mais ne réussirent pas à dégager la voie. Il n'y avait aucun moyen de faire venir du secours, l'orage avait coupé les lignes téléphoniques du seul petit bar ouvert à cinq cents mètres de là. Une voiture fit demi-tour en direction de la capitale pour avertir les autorités. En attendant, chacun retourna dans son véhicule et Fred s'invita dans le bus des touristes, pas mécontent de rencontrer des gens qui parlaient sa langue.

Naturellement, Claire lui proposa de prendre place auprès d'elle et ils commencèrent à discuter. La jeune femme se passionnait pour les antiquités, pour la plupart des objets du passé, mais lui expliqua aussi sa passion pour le terrain qu'elle comptait assouvir au travers de l'archéologie. Il lui demanda si c'était le motif de son voyage, elle rit et répondit que le plaisir était son seul but. À la même question, qu'elle lui retourna, Fred préféra répondre qu'il avait partagé un objectif identique, mais qu'à présent il rentrait.

Trois heures plus tard, la pluie n'avait pas cessé de tomber avec violence lorsqu'une forme se dessina dans la perspective du pare-brise du bus.

En provenance de La Havane, un véhicule militaire les rejoignait. Sous les éructations injurieuses de leur chef, resté à l'abri de l'habitacle, les hommes en uniforme déployèrent un treuil et parvinrent à libérer la route après quelques minutes d'effort. Le bus s'avança d'une dizaine de mètres pour permettre au camion de l'armée d'approcher le palmier suivant, puis l'opération se renouvela sous une seconde bordée d'insultes et le regard pantois des touristes.

Il y eut un vrombissement dans le ciel, Fred leva les yeux et aperçut le ventre blanc du Boeing d'Air France, qui venait de décoller.

— C'était l'avion que vous deviez prendre ? lui demanda Claire.

— Sans doute… et il n'y a que deux rotations par semaine.

— Qu'allez-vous faire ?

— Retourner avec vous en ville et modifier mon billet… si c'est possible.

Claire sourit. Il se dit qu'elle avait un charme hors du commun et pas l'air mécontente qu'il ait manqué son avion.

Fred alla récupérer son bagage dans le coffre du gros scarabée jaune. Il tendit un billet au chauffeur, qui accepta volontiers de rentrer à vide. Puis il remonta lestement dans le bus au moment où il s'ébranlait.

Ils parvinrent à La Havane à la nuit tombée. Il tenta de prendre une chambre dans le même hôtel que celui de Claire, mais le tour-opérateur avait réservé et payé l'ensemble de l'établissement. L'hôtel Lido était complet. Fred se sentit las, rechignant à repartir dans l'obscurité, sous la pluie qui continuait de repousser tous les sons derrière son crépitement lancinant. Il tenta de négocier, mais le réceptionniste ne voulut rien entendre.
Claire lui proposa de partager sa chambre. Elle était seule. Ils trouveraient moyen.

Claire prit la clef et Fred la suivit dans l'ascenseur. Ils n'eurent rien besoin de se demander et parvinrent jusque dans la chambre en marchant côte à côte, comme si chacun d'eux n'avait été accompagné que par ses pensées.

Claire tourna la clef dans la serrure, elle lui fit signe d'entrer le premier, ce qu'il fit. Elle le suivit et referma la porte. Alors il se retourna, la prit entre ses bras et l'embrassa.

C'est ainsi que, probablement, dès cette première nuit cubaine, ils conçurent Alicia qui allait naître neuf mois après que la pluie eut fini par s'arrêter.

Sur l'autoroute du Sud, les forces du Ciel se déchaînaient en un orage de même acabit. Les éclairs se succédaient en stries ininterrompues, leurs éclats éblouissaient Fred au milieu des ténèbres aveugles qui avaient englouti la vallée.

La puissante Volvo roulait au cœur de la perturbation. La pluie tombait si drue que les essuie-glaces ne parvenaient plus à chasser le rideau continu et mouvant. Fred ne repérait plus la chaussée qu'en fixant les rectangles luisants de la ligne blanche. Il s'était déporté sur la file de droite et conduisait à vitesse moyenne, surveillant attentivement le rétroviseur dans lequel aucune lumière n'était venue s'inscrire depuis de longues minutes. Alicia avait collé son nez à la fenêtre et surveillait la ligne de la bande d'arrêt d'urgence. Elle rassurait son père à intervalles réguliers sur la rectitude de leur trajet entre ces seuls repères que la pluie n'était pas encore parvenue à noyer. De temps à autre, elle discernait une fantomatique silhouette immobilisée sur le bas-côté, un semi-remorque qui avait préféré cesser de poursuivre son chemin. Elle vit également des cascades de terre détrempée dévaler des collines avoisinantes, des flots de boue rougeâtre emplir le contrebas de la chaussée. Lorsqu'ils roulèrent dans une de ces flaques profondes et visqueuses qui commençaient à gagner sur l'asphalte, leur sillage parut s'épaissir de sang.

— Il faudrait que tu préviennes maman que ça danse un peu, fit Fred… et qu'on sera en retard, sinon elle va s'inquiéter…

— Oui…

Ils évitèrent tous deux d'aborder leur propre inquiétude et, peut-être au fond n'en ressentaient-ils pas, absorbés par la conduite du véhicule au milieu des éléments déchaînés.

Alicia prit le portable et composa le numéro de sa mère au moment précis où une rafale de vent arrachait l'antenne relais de téléphonie mobile de Jugny, dispersant ses composants à plus de cent soixante-dix kilomètres à l'heure. Ce fut le coup de bélier de la tempête, la tête armée de l'armada des vents qui déchirait l'atmosphère et se précipitait droit sur leur voiture.

— Le réseau est indisponible, papa…

Elle tenta à nouveau d'établir le contact, en vain.

— Ce doit être à cause de l'orage… il vaudrait peut-être mieux qu'on s'arrête…, marmonna Fred.

— T'as dit que c'était dangereux…

— Oui, mais je ne sais plus ce qui l'est le moins…

— Là, papa, regarde !

Un panneau surgit de la nuit et faseya sous leurs yeux. Le vent s'acharnait sur lui en tourbillons. Ils eurent le temps d'apercevoir qu'il mentionnait une aire de repos à huit kilomètres, lorsqu'une main invisible sembla descendre du ciel et l'arracha en le dévissant. Il s'éleva en tournoyant sur lui-même et disparut aussitôt, aspiré dans l'air noir.

— C'est bon, on va là-bas... c'est sûrement ici que c'est le plus dangereux... faut pas rester là...

Fred accéléra. L'aiguille du compteur atteignit les cent soixante kilomètres à l'heure en quelques secondes.

— On va y être en trois minutes... C'était un orage identique à celui-là, lorsque j'ai rencontré ta mère... une démonstration de la nature qui te fait comprendre que tu contrôles beaucoup moins les événements que tu ne le crois...

Alicia hocha la tête et posa la question qui lui trottinait dans la tête depuis un moment, étonnée que son père ne l'ait pas encore évoquée.

— Dis, papa, tu m'as pas dit de quoi il était mort papy Michel...

— Michel a été heurté par un camion de transport de bois, pratiquement devant sa maison... c'étaient des grumes de chêne en provenance de Madrid. Il était âgé et était devenu assez raide, il avait pris l'habitude de traverser leur portion de nationale sans lever le nez... c'est ce qu'on m'a dit au téléphone quand j'ai appelé. Moi, j'avais décidé de rester avec Claire sur l'île, quinze jours de plus... on vivait notre lune de miel à Cuba...

Fred marqua une pause à nouveau et se décida à formuler ce qu'il avait toujours pensé.

— Je n'ai pas pu m'empêcher de me demander si les choses se seraient déroulées de cette façon si j'étais rentré comme prévu...

— Qu'est-ce que ça aurait changé ?

— Je ne sais pas... quelque chose forcément...

— Si tu n'avais pas rencontré maman, par exemple ?

— Oui...

— Alors tu aurais épousé l'autre ?... là... Sylvie...

— Probablement…

— Et je ne serais pas née…

— Peut-être que ça ne sert à rien d'être née, ajouta la gamine.

— Je me suis déjà posé cette question, répondit son père.

Fred quitta un instant la route du regard, il fixa intensément Alicia en se demandant s'il existait un mot pour dire la force de l'amour qu'il ressentait pour elle. Ses pensées cheminèrent jusqu'à l'autre enfant, le petit Iñaki enterré dans le cimetière Montparnasse. Si celui-ci avait vécu, le sentiment que Fred éprouvait à l'égard d'Alicia aurait-il été modifié ? L'unicité, au fond, n'influait que sur la manière dont l'amour était exprimé, pas sur les bases sur lesquelles il se fondait. Fred aurait aimé Iñaki comme il aimait Alicia. Et si Fred avait aimé Iñaki il n'en n'aurait pas moins aimé Alicia. Il en fut persuadé dans le même temps qu'il se dit que Michel aussi, un jour, avait pu contempler avec émotion un petit garçon assis à côté de lui, qui n'était personne d'autre que lui-même.

— Papa, regarde la route.

— Oui.

Alicia couvrit de sa paume la main de son père sur le volant et l'incita à poursuivre d'une légère pression.

— J'avais persuadé Claire de quitter le groupe avec lequel elle voyageait et nous avions loué une chambre chez l'habitant sur la côte sud de l'île… c'était idyllique… et il m'a fallu plusieurs jours pour trouver le courage d'appeler Sylvie.

— Tu veux dire que tu ne l'avais même pas prévenue que tu ne rentrais pas ?

— Non…

— Elle avait dû t'attendre à l'aéroport pendant des heures.

— Oui.

— La vache ! Et tu lui as dit la vérité ? Tu lui as dit que tu avais rencontré quelqu'un d'autre ?

— Je n'en ai pas eu le temps... J'ai tout de suite compris au ton de sa voix que quelque chose de grave s'était passé... elle m'a appris que mon père venait de mourir...

— Alors tu es rentré.

— Aussitôt... et Claire, ta mère, a tenu à m'accompagner. Depuis, nous ne nous sommes plus quittés.

— Et, cette fois, Sylvie, elle était à l'aéroport ?

Fred sourit en imaginant la scène. Puis il redevint sérieux.

— Non. La seule fois où j'ai revu Sylvie, ce fut le jour de l'enterrement de mon père... nous ne nous sommes même pas adressé la parole.

Alicia ne relança pas la discussion. Elle tenta d'imaginer ce que ces funérailles avaient pu avoir d'atroce. Elle n'avait encore jamais assisté à un enterrement, mais Manon, qui s'était rendue à celui d'un de ses cousins, lui en avait parlé comme d'un événement d'une inoubliable tristesse. Alors, doublé d'une rupture...

— Ainsi ton grand-père n'a jamais su que j'avais annulé mon mariage avec Sylvie, que la cérémonie avait été en quelque sorte noyée dans un orage tropical. Il adorait Sylvie par-dessus tout. Mais il aurait aimé Claire aussi de toute façon, après un temps d'adaptation. C'était un homme dur mais qui favorisait ce qui pouvait me faire du bien, à condition de commencer par râler. Peut-être pour que je connaisse la valeur des choses... peut-être parce que lui n'avait jamais rien eu facilement... Et maintenant je vais te dire quelque chose que je n'ai jamais dit à personne, pas même à ta mère...

Alicia attendit que son père parle, convaincue que ce trajet l'avait non seulement transportée dans le passé, *via* le récit qu'elle venait d'entendre, mais aussi qu'il la projetait dans l'avenir. Qu'elle grandissait à mesure que les kilomètres s'entassaient derrière eux.

— À la mort de mon père, souffla Fred, je me suis senti soulagé d'un poids... c'était comme s'il m'avait libéré par son départ... c'était un homme fort, écrasant. Après son décès je pouvais m'autoriser à vivre pleinement tel que j'étais... c'était d'ailleurs comme si j'avais anticipé en me rendant à Cuba contre son avis. J'ai longtemps culpabilisé de ne pas avoir ressenti beaucoup de chagrin, comme si la tristesse avait été dominée par le sentiment du gâchis, le regret de ne pas avoir réussi à lui parler... de ne pas avoir réussi à partager suffisamment... je me suis dit qu'au fond il était peut-être sorti de ma vie depuis longtemps. Il vivait avec ta grand-mère là-bas dans la maison qu'ils avaient achetée sur la côte basque...

— C'est quand même dingue qu'ils aient choisi cette région...

— Oui... ils étaient arrivés à Biarritz en fuyant les Allemands... et puis ils étaient tombés sur cette baraque...

Fred se tut un instant. Un sourire glissa sur son visage. Puis il reprit.

— Sans le savoir, mon père avait accompli son parcours d'alevin... il était revenu à son pays d'origine, emporté par le courant d'une guerre, comme le courant d'une guerre précédente avait emporté son père en direction des Sargasses.

Alicia hocha la tête. Elle s'était demandé comment un berger comme Imanol avait pu connaître le mode de reproduction si complexe des anguilles. Cela aussi son père avait dû l'inventer. Mais ça n'avait pas d'importance, elle comprenait bien ce qu'il avait voulu dire.

— J'allais voir mes parents là-bas, deux fois par an..., poursuivit Fred, j'y passais quelques jours, des week-end prolongés... et puis on se téléphonait une fois par semaine. Cela faisait peu de contacts en fait. J'ai pensé qu'on quittait ses parents bien avant qu'ils ne nous quittent pour de vrai...

— En tout cas mamie Odette, elle est super forte, elle a l'air si indépendante, l'interrompit Alicia. J'avais jamais vraiment imaginé qu'elle avait vécu avec quelqu'un...

— À la mort de Michel, elle a subitement révélé un tempérament incroyable... Elle s'est mise à apprendre à conduire à soixante-dix ans. Elle a réussi son permis, elle a acheté une voiture, le chien. Elle a commencé des travaux dans la maison. Tu nous aurais vus tous les deux en train de vider les pièces, les unes après les autres. Nous nous sommes débarrassés de tout ce que Michel y avait accumulé depuis des années. Il ne jetait jamais rien et récupérait en plus ce que ses voisins abandonnaient sur les trottoirs. J'ai balancé des caisses de boulons rouillés, les tuyaux de gaz périmés qu'il avait conservés, des chaussures usées, des mètres cubes hétéroclites, cinquante années d'entassement, évacués en quelques jours. Nous avons fait place nette pour le futur. En fait Michel nous avait donné à tous les deux la force de surmonter sa disparition. C'était le plus formidable cadeau qu'il avait pu nous léguer... sa force, en somme... la puissance d'oublier sa force.

— Merci papa de m'avoir dit ça.

— Toute cette histoire m'a permis de me rendre compte qu'on est fragile dans le souvenir des autres. Regarde, à peine deux générations et mon propre grand-père avait presque sombré dans l'oubli à Cuba… Personne n'était même certain qu'il ait existé… qu'il se soit appelé Imanol…

— Sauf que toi tu es là, papa. Tu es là pour le rappeler.

— Et toi maintenant tu sais cela aussi.

— Alors peut-être que ça sert à cela d'être né.

— Voilà, conclut Fred, à transmettre.

— Mais tu étais gonflé quand même, reprit Alicia, tu rencontres une autre femme et hop ! tu annules ton mariage.

Les yeux de Fred brillèrent, il pouffa comme un gamin, dispersant un peu de solennité.

— Mais pas n'importe quelle femme… Claire aussi avait un petit ami en France et elle l'a planté au retour. Un coup de foudre est un coup de foudre, n'est-ce pas ? Un vrai de vrai sans lequel je n'aurais jamais rencontré ta mère.

— Et sans lequel je ne serais pas là, insista Alicia.

— En tout cas ce qui est certain, c'est qu'on ne serait pas exactement là, en plein été, tous les deux…

Il ne termina pas sa phrase. Un éclair frappa le sous-bois en bordure de l'autoroute, si près que l'intérieur de l'habitacle fut irradié d'une lumière aveuglante.

Fred discerna la masse sombre d'un camion qui roulait encore devant lui.

Cent mètres plus loin, une harde de cerfs chassés par l'éclair bondirent, affolés.

Un grand mâle se retrouva au milieu de l'autoroute, paralysé de peur sur l'asphalte inconnu, son œil rond fixant l'énorme gueule du camion qui arrivait sur lui à toute allure.

Le chauffeur tenta de l'éviter, il se redressa sur le frein en donnant un brusque coup de volant, mais un pneu éclata. La remorque se mit de travers. La cabine bascula lentement comme au ralenti, dans un crissement de tôles et d'étincelles.

Fred essaya de l'éviter et la voiture dérapa. À cette vitesse, il ne put reprendre le contrôle.

Alicia vit les lignes blanches obliquer soudainement dans le fracas.

L'instant suivant, la Volvo heurta la rambarde centrale de l'autoroute, la franchit et décolla cependant qu'une rafale encore plus puissante que toutes les précédentes s'engouffrait sous le châssis et la portait littéralement à quelques mètres au-dessus du sol.

La voiture sembla voler un instant, comme si elle poursuivait sa route dans le ciel, puis lentement elle chavira.

Dans l'habitacle le père et la fille hurlèrent de terreur tandis qu'Alicia s'écriait :

— Non, je ne veux pas être là !!!

La voiture continuait de tournoyer sur elle-même, comme un avion de papier, droit en direction d'un camion qui arrivait en sens inverse. Le poids lourd fit des appels de phares, il freina, se mit en travers, klaxonna.

Les pensées fusèrent dans le cerveau d'Alicia. Elle refusa que son père meure. Elle ne put concevoir qu'un jour elle allait visiter la tombe de Fred, comme elle avait pu se rendre au cimetière Montparnasse sur celle d'Iñaki. Elle n'imagina pas l'hypothèse de sa propre disparition ni qu'il était dans l'ordre des choses qu'il disparaisse un jour avant elle. Elle estimait que ce temps n'était pas venu.

La vélocité de ses transmissions neuronales dépassait le flux de l'événement en cours, ce qui lui permit encore d'évaluer qu'il eût été préférable que son père n'eût pas rencontré sa mère à Cuba. Ainsi elle ne serait pas venue au monde. Il ne serait pas venu la chercher chez Manon. Ils n'auraient pas emprunté cette autoroute. Ils n'auraient pas été victimes de cet accident. Son père aurait vécu. Tant pis si elle ne serait pas née.

La fillette hurla à nouveau, d'une voix désespérée, inhumaine, qui sembla un instant dominer la fureur des événements, tandis que l'autoroute s'embrasait d'un nouvel éclair et que tout se fondait dans le blanc.

— Je ne veux pas être là !

Un éclair déchira le manteau de nuages sur la route de La Havane.

À dix kilomètres de l'aéroport, la foudre frappa avec violence un transformateur électrique au milieu d'une des plaines qui bordaient la nationale.

Le cabanon de ciment et de bois s'enflamma aussitôt, projetant des étincelles à plus de cinquante mètres.

À bord du bus de touristes français, certains poussèrent des cris de frayeur, d'autres sortirent leur appareil photo. Au premier rang, une jeune femme en débardeur, prénommée Claire, sentit distinctement la chaleur contre la vitre.

Deux palmiers encadraient la route à l'endroit précis où le bus croisa un taxi qui ressemblait à un gros scarabée jaune. À cause d'un imperceptible décalage dans la marche des choses, de l'indécelable déplacement d'un nuage dans le ciel noir, la décharge électrique avait épargné les arbres jumeaux.

À l'arrière du taxi, Fred, englouti par la banquette en cuir, examinait le coffret en acajou d'Oya. Il ne leva pas les yeux en direction du bâtiment transformé en torchère. Pas plus qu'il n'aperçut le car empli de touristes qui le frôlait.

Il espérait que la boîte d'aquarelles fît office de sésame dans le rapport qu'il entretenait avec son père et que ce dernier allait cesser de feindre de ne pas s'intéresser à ses origines.

Alors que les bâtiments de l'aéroport se dessinaient dans la perspective du pare-brise opacifié par l'orage, ses pensées l'entraînèrent naturellement vers Sylvie. Dans moins d'une douzaine d'heures son avion allait atterrir à Paris et il allait la revoir. Tout comme avec Michel, il n'aspirait qu'à l'apaisement et à la normalisation. Et tout comme avec lui il éprouvait de l'appréhension.

À quelques centaines de mètres de là, le bus de touristes poursuivit sa route en direction de la ville, et Claire se plongea dans la lecture de son guide. Un de ses compagnons de voyage, un Nantais avec qui elle avait eu l'occasion d'échanger quelques phrases dans l'avion, vint lui demander la permission de s'asseoir à son côté. Elle leva les yeux tout en évaluant les conséquences de son acceptation, et notamment qu'un amant français risquait de l'encombrer durant un séjour, initialement envisagé sous un jour plus indigène. Mais comme Claire appréciait la compagnie des hommes, il lui fut difficile de retenir un sourire charmant lorsqu'elle indiqua que la place auprès d'elle était libre.

Le toit de la Volvo heurta lourdement la chaussée et s'écrasa sous l'impact. Le véhicule tournoya comme une toupie folle et vint finir ses embardées en se pulvérisant contre la calandre du camion qui arrivait dans l'autre sens.

Il y eut une gigantesque explosion, un océan de flammes dans l'océan de la pluie.

L'avion d'Air Iberia, en provenance de La Havane, fut annoncé avec deux heures de retard.

Sylvie chercha une place assise dans l'aérogare et les souvenirs de sa rencontre avec Fred affluèrent. Où plutôt, elle utilisa cette pause forcée dans l'écoulement de la journée, pour les mettre en scène une nouvelle fois dans sa mémoire.

Ils s'étaient rencontrés devant la gare Montparnasse. Un manège à l'ancienne était installé sur le parvis, devant lequel elle s'était assise pour reprendre son souffle. Elle avait couru à perdre haleine dans les couloirs interminables du métro, croyant être en retard pour s'apercevoir, en arrivant à la gare, qu'elle avait une heure d'avance.

Elle étudiait à l'école hôtelière de Bordeaux et repartait chaque dimanche en milieu d'après-midi. Un homme l'avait rejointe près du manège, il tenait à la main le portefeuille qu'elle venait d'égarer dans sa course.

Il l'avait reconnue en regardant la photo sur sa carte d'identité. Puis il s'était excusé ; oui, cela voulait dire qu'il avait fouillé. Il s'était assis près d'elle, en lui demandant lequel des enfants en train de tourner, était le sien. Elle avait ri, l'avait remercié pour le portefeuille, elle n'avait pas d'enfant, s'était assise là par hasard. Il s'appelait Fred. Il prenait souvent le train. Il avait eu l'air satisfait d'apprendre qu'elle n'était pas mère, pas mariée, ni fiancée ou engagée moralement. Lui non plus. Une heure plus tard, il était monté dans le même train qu'elle, en direction de Bordeaux. Il lui avait assuré que c'était là qu'il se rendait. C'était prévu, pour son travail. Des viticulteurs à rencontrer, des microfiltres à leur proposer. Elle n'en n'avait pas cru un mot, mais la manière y était.

Sylvie avait toujours soutenu qu'il n'avait pas de rendez-vous à Bordeaux et qu'il avait tout inventé pour la draguer. Fred maintenait qu'il avait à faire dans la capitale girondine et que cela n'entrait pas en contradiction avec la tentative de séduction opérée sur sa personne.

Avec succès d'ailleurs...

Des années plus tard, ils ne s'étaient pas mis d'accord sur une même version des faits. Sylvie était sincère, mais Fred ne mentait pas. Ils n'avaient pas vécu la même chose de la même façon, ou bien ils avaient vécu des choses différentes. Tous les amoureux savent qu'aucun des deux ne raconte leur prise de contact à l'identique. La réalité ne se trouve pas à l'intersection des points de vue, mais dans la somme des deux visions. Si deux personnes se rencontrent, c'est qu'il y a deux rencontres. Sur une planète de la dimension de la Terre cela crée un éventail de conjonctures infinies.

Les leurs, en l'occurrence, les avaient menés à se revoir à Bordeaux, puis à se fréquenter à Paris, souvent et, enfin, chaque jour.

Sans tarder elle avait saisi que son nouvel homme allait vite. Il pensait vif et choisissait sans délai. Il fendait la vie comme on traverse un gué et ne rechignait jamais à vous remorquer sur la rive en face. Selon Fred, l'homme gaspillait le rare temps dont il disposait avant de s'éteindre à hésiter entre maints choix, abusé par la croyance en une décision absolue. Pour lui il n'existait que des décisions relatives. La recherche de l'idéal conduisait au remords. Comment ne pas regretter, en effet, de passer à côté d'une existence dans laquelle on choisirait systématiquement la bonne direction, on n'emprunterait jamais d'impasse, on éviterait toutes les fausses routes ?

En improvisateur-né, il savait ajuster son comportement en réaction à ce que ses arbitrages hâtifs avaient impliqué, de façon qu'après ils parussent avoir été des évidences. Les seuls qui eussent mérité d'être faits.

Sylvie avait compris dès le début de leur liaison que cette manière permanente de prendre l'initiative masquait une certaine paresse. La méthode de Fred lui évitait d'avoir trop à réfléchir et cette fois, justement, son futur mari avait souhaité se donner le temps. Son voyage à Cuba, en ajournant leur mariage, avait pris une valeur exemplaire de délai.

Sylvie resta longtemps immobile, le regard fixé sur la mention « arrivé », apparue sur l'écran de signalisation du mouvement des avions. Puis elle se leva lentement du siège où elle avait fini par s'assoupir et se dirigea vers le hall d'accueil des passagers de l'aérogare de Roissy.

Ces deux dernières semaines avaient été plus éprouvantes qu'elle n'avait pu l'imaginer.

Elle avait ressenti ce contraste saisissant entre le silence de son futur mari, l'absence pratiquement totale de nouvelles de sa quête cubaine et l'agitation de sa vie parisienne presque entièrement centrée sur la réorganisation de leur mariage. Le seul point positif restait néanmoins que Sylvie avait repris contact avec ses amies de Montpellier.

Elles avaient été quatre à se connaître au conservatoire, du temps de leur adolescence. Elles prenaient des cours dans la même classe de hautbois et ne se quittaient jamais, ayant fini par partager un appartement sur la place de la Comédie. À dix-huit ans elles s'étaient juré de se marier le même jour, puis la vie s'était chargée de les éloigner, de leur instrument, de leur conservatoire, et enfin de leur appartement. Sylvie avait été la première à être montée à Paris. Elle avait vendu son hautbois lorsqu'elle avait commencé à travailler comme serveuse dans le quartier Mouffetard. Plus tard encore elle s'était inscrite à l'école hôtelière de Bordeaux, et c'était ainsi qu'elle avait rencontré Fred un jour où la vie peut chavirer pour une erreur d'une heure.

Douze années plus tôt, les quatre filles avaient cessé de se donner des signes de vie, finalement presque aussi soudainement qu'elles s'étaient toquées les unes des autres.

Sylvie avait retrouvé leurs traces par l'intermédiaire de Mme Renais, professeur si charismatique qu'aucun élève ne s'abstenait vraiment jamais de lui donner de ses nouvelles. L'une était décédée, la deuxième vivait avec une femme et la troisième n'avait toujours pas rencontré son prince charmant. Sylvie avait écrit aux deux survivantes et les avait invitées à sa noce. À défaut de respecter leur serment de jeunesse, cela allait leur permettre d'être à nouveau réunies.

Elle aperçut Fred au milieu des voyageurs dispersés par les tourniquets des douanes. Il avait maigri et portait un commencement de barbe. Il avançait à pas lents, le regard droit, au milieu des retrouvailles et des cris de joie. Il paraissait empreint de gravité. Elle était à la fois inquiète des changements qui avaient pu s'opérer en lui et fière d'être bientôt son épouse.

Aussitôt qu'il l'aperçut, un sourire dispersa toute forme d'austérité de son visage et il pressa le pas dans sa direction.

Les craintes de Sylvie s'évanouirent, tandis qu'elle se précipitait dans ses bras.

Au même moment, à Cuba, Claire se réveilla dans une chambre de l'hôtel Lido.

Elle s'empara de la main de son amant nantais, enroulée autour de sa taille et l'écarta en prenant garde de ne pas le réveiller. Puis elle se déplia hors du lit et se rendit à la fenêtre d'où elle aperçut le boulevard du Malecon, long ruban gris posé contre la mer.

Sans savoir pourquoi, elle eut le sentiment d'un paysage familier.

Le pavillon dans lequel résidaient les parents de Fred était situé à Orgeval, un village de l'Ouest parisien, traversé par la nationale. Hormis les jours de départ en vacances scolaires, la circulation restait faible et le bruit des véhicules ne dérangeait pas leur retraite. La maison avait été bâtie en meulières et s'élevait sur trois étages, montant la garde au fond d'un potager tout en longueur. L'absence d'arbres ou d'arbustes contribuait à faire paraître ce rectangle de terre encore plus élancé qu'il ne l'était. Michel aimait que le jardin fût utile et il avait consacré l'ensemble de la surface à la culture des légumes. C'étaient donc de modestes panaches feuillus qui s'alignaient impeccablement de part et d'autre de l'allée de gravier, du perron de la maison au portail en fer forgé qui ouvrait sur la route. Odette avait obtenu de son mari une dérogation pour les plantes à bulbes, au titre qu'elles étaient proches de la famille des oignons. Ainsi lis, tulipes et modestes muguets obtenaient droit de cité à leur saison, délimitant au sein du rectangle principal le pourtour de carrés presque parfaits dans lesquels s'épanouissaient salades, radis, choux et navets.

Le premier dimanche après son retour, Fred avait tenu à se rendre auprès de ses parents. Par une journée grise de la fin du mois de mai, sous une lumière étale et sans éclat, ils poussèrent la grille du jardin potager.

Odette les accueillit et serra longuement son fils contre elle.

— Tu sais qu'on s'est rudement inquiétés de ne pas avoir de tes nouvelles… heureusement que Sylvie nous appelait tous les jours…

— Pardon, maman… je ne pouvais pas appeler, là où j'étais… papa n'est pas là ?

— Si… à l'intérieur… il dit qu'il a mal à son genou… il n'a pas voulu sortir…

Ils se dirigèrent vers la maison, tandis qu'Odette se crut obligée de remplacer son mari en commentant à mesure de leur avancée, l'état de pousse des primeurs.

— Et là, à la place des navets longs, il a planté de vrais salsifis cette année… vous saviez Sylvie qu'on n'en cultivait presque plus de nos jours ? Ceux qu'on trouve chez le marchand sont en fait des scorsonères… des salsifis noirs… le goût est assez différent…

— Ah non, je l'ignorais… répondit Sylvie en cherchant du regard la racine en question.

— Ce n'est pas encore la saison, ajouta Odette.

Fred passa la main autour de l'épaule de sa mère et la serra contre lui.

— Je suis content d'être rentré, j'ai trouvé quelque chose là-bas… il faut que je lui montre…

— Ah !… fit Odette qui redoutait l'instant où ce voyage allait venir sur le tapis.

— Oh ! maman, le muguet est magnifique… il y en a encore plein…

— Il y a du précoce et du tardif… oui, j'ai eu beaucoup de chance cette année.

Elle sourit à son fils, momentanément réconciliée avec elle-même.

Michel les embrassa dans le salon en grommelant quelque chose à propos de ses articulations encrassées. Fred observa cependant qu'il boitait à peine et se déplaçait même avec une certaine agilité dès lors qu'il fut question d'attraper des coupes de champagne.

— À ton retour..., lança Odette en levant son verre en direction de son fils.

— À leur mariage ! la talonna Michel, d'une voix tonitruante, comme s'il avait voulu corriger le motif du toast.

Le déjeuner se déroula agréablement et la conversation roula sur la nouvelle date du mariage, sans que fût jamais évoquée la raison pour laquelle ce report avait eu lieu. Odette observa son fils pendant tout le repas et sentit qu'il trépignait. Fred faisait bonne figure, discutait du nombre d'invités, lâchait poliment un avis sur le traiteur, mais il peinait de plus en plus à donner le change. Quant à Michel, il menait les débats et s'efforçait à chaque silence de relancer la discussion, aussi bien sur la tenue de la mariée que sur le type de musique qu'ils allaient écouter, autant de sujets dont sa femme savait pertinemment qu'il se fichait. Il agissait de telle manière qu'à aucun moment son fils ne disposât du créneau suffisant pour se lancer. Et peut-être Fred serait-il reparti sans parler de son séjour à Cuba, peut-être Michel aurait-il réussi à mener sa stratégie d'étouffement jusqu'à son terme si Odette n'avait pas lancé, en apportant le dessert :

— Alors, dis-nous... qu'as-tu donc trouvé là-bas ?

La surprise fut aussi grande pour Fred que pour son père. Sylvie fixa sa future belle mère avec gratitude et encouragea Fred d'un clin d'œil.

— Eh bien, oui..., embraya Michel, d'un ton glacial. Ta mère a raison. Parle-nous de ce fameux voyage...

Fred plongea son regard dans celui de son père, qui n'exprimait aucun sentiment déchiffrable. Il lui sourit et posa sur la table le sac en plastique dans lequel il avait transporté le coffret d'Oya. Il sentit la curiosité s'éveiller chez son père, mais il n'ouvrit pas le sac et prit la parole.

— D'abord, j'ai trouvé une propriété dans les provinces de l'Est... qui était peut-être la tienne... enfin disons, celle de tes parents...

Imperceptiblement Michel frémit et Odette posa sa main sur celle du vieil homme.

— Et j'ai vu des noms sur des sacs de café... qui sont peut-être notre vrai nom de famille... Heredia, Maceo, Iparrateguy... ça ne te dit rien ?

— Rien.

— Parce que Braz, c'est sûrement pas notre vrai nom..., insista Fred. Tu dois le savoir, ça ?

— Continue, maugréa Michel, le visage fermé.

Fred soupira et hocha la tête. Il reprit la parole avec détermination.

— On m'a raconté également qu'un homme, je pense que c'était ton père, était venu de France clandestinement... avec pour seul bagage une grappe de raisin et un colt chargé de trois balles. Tu n'as jamais entendu cette histoire ? Elle n'éveille aucun souvenir ?

— Aucun et ça ne m'étonne guère..., répondit Michel avec un léger tremblement dans la voix. Si ce que tu dis est vrai... si mon père s'est embarqué clandestinement, alors qu'il devait être très jeune... avec seulement une grappe de raisin et un colt... cela signifie surtout qu'il ne devait pas être entouré d'une famille aimante et attentionnée. Il n'y a pas de souvenirs dans ces familles-là. Ou plutôt elles ne conservent que ceux qui leur épargnent la honte.

Michel se leva soudainement, signifiant qu'il mettait fin à la conversation.

— Ça ne servait à rien d'aller là-bas, mon fils, je te l'avais dit… tu t'entiches d'un passé révolu pour lequel tu as même repoussé la date de ton mariage…

— C'est bon, Michel, intervint Sylvie. Vous le savez, tout est à nouveau fixé… ce n'est pas grave.

— Si, jeune fille. Courir après des chimères est toujours grave… Surtout lorsqu'on a soixante-seize ans et qu'on se sait proche du grand vide, sans même le parapet d'un passé rassurant.

Fred, hors de lui, sortit le coffret d'Oya du sac, il l'ouvrit le tendit à son père en lui désignant la date inscrite au fond. Il se mit à hurler.

— Voilà, papa, ça c'est du concret ! C'était la boîte de peintures de ta mère ! J'ai eu le temps de la montrer à un graphologue… c'est la même main qui a écrit cette date et qui a signé la peinture… c'était ta mère ! Ma grand-mère ! Et cette date est une des dates importantes de ta vie ! Le 12 janvier 1920…

Devant la violence de son fils, Michel resta silencieux. Il passa la main sur le coffret, puis referma son poing, comme pour empêcher tout autre geste. Sans un regard pour sa famille il quitta la pièce et la maison.

Par la fenêtre, ils le virent avancer à pas lents dans son potager.

Odette prit la main de son fils qui s'était rassis, le regard perdu. Elle l'embrassa.

— C'est formidable, ce que tu as trouvé… mais peut-être que c'est beaucoup pour lui…

Fred ne trouva pas la force de répondre, il se contenta de hocher la tête, pendant que sa mère examinait le coffret en acajou.

Sylvie, à son tour, le serra contre lui.

— Pardon... je t'en ai tellement voulu d'être parti...

Fred haussa les épaules. Il vit au-dehors son père franchir la grille et sortir sur la nationale.

— Tu sais, reprit Odette, la seule raison pour laquelle on a gardé cette maison ici, c'est parce que ton père voulait qu'on soit plus près de toi... Il t'aime.

— Il s'est toujours bien gardé de me le faire savoir.

Odette lui sourit.

— Ne le laisse pas seul dehors. Ne lui accorde pas trop de temps pour bouder.

Fred traversa le potager à vive allure et se retrouva sur la nationale. D'abord il ne vit pas son père, puis il distingua au loin une frêle silhouette qui traçait le long du trottoir. Décidément le genou du vieux allait mieux.

Il pressa le pas dans sa direction. Une voiture le frôla et il sentit le déplacement de l'air à son passage. Il appela son père sans obtenir de réponse. Michel marchait là-bas, perdu dans ses pensées.

Fred partit à petites foulées. Il l'appela à nouveau, mais son père ne l'entendait toujours pas. Il n'était plus qu'à une vingtaine de mètres de lui. La nationale virait sur la gauche derrière un hôtel qui empêchait toute visibilité.

Soudain, il vit Michel empiéter sur la chaussée et commencer à traverser. Fred accéléra, il cria le nom de son père à présent arrivé au milieu de la route.

Michel parut l'entendre et s'arrêta cette fois.

Fred bondit. Il se demanda longtemps après s'il avait senti les trépidations du camion qui déboulait dans le virage.

Le poids lourd klaxonna et freina subitement. Michel se retourna et lut l'hébétude dans le regard du chauffeur. Il eut encore le temps de distinguer un fanion triangulaire du Real de Madrid, suspendu au rétroviseur.

Fred tira son père par la manche et l'arracha au dernier moment. L'air poussé par le camion les gifla dans un hurlement de klaxon. Ils baignèrent un instant dans la senteur des grumes qui avaient chauffé toute la journée sur la remorque. Le camion, chargé jusqu'à la gueule de troncs de chênes, passa devant la maison sans ralentir et disparut à la sortie du village. Fred tenait toujours son père entre ses bras, il l'étreignit et ferma les yeux.

Puis il l'entendit lui demander pardon.

À quelques jours du mariage, au début du mois de juillet, les anciennes de Montpellier se trouvèrent réunies à nouveau. Elles continuèrent à s'appeler ainsi même si aucune d'entre elles n'habitait plus la métropole du Sud.

Mauranne et son amie Francesca arrivèrent les premières. Le rendez-vous avait été fixé dans le hall de l'hôtel où Sylvie leur avait réservé une chambre. Sylvie reconnut aussitôt son ancienne colocataire chez qui rien ne paraissait avoir changé depuis douze ans.

— Si ce n'est mon attirance pour les femmes, lui murmura Mauranne à l'oreille en l'embrassant.

— T'étais bien la dernière à ne pas en avoir conscience...

Mauranne la regarda, interloquée, puis elle indiqua à Francesca de se rapprocher.

— Francesca est professeur de mathématiques, on s'est rencontrées il y a deux ans, en vacances... c'est d'un banal...

Francesca était une fille blonde avec de longs cheveux, que Sylvie jugea très séduisante. Elles se firent la bise alors que Fred les rejoignait. Il leur fut présenté par sa future femme qui rappela la promesse qu'elles s'étaient faite autrefois de se marier le même jour.

— Quoique nous aurions pu assurer notre part du serment, à condition d'aller à Los Angeles… rebondit Mauranne.

— Je n'ai rien contre un déménagement de la cérémonie, répondit Fred, en s'emparant des valises.

— On a peut-être déjà suffisamment reporté, non ? Maintenant c'est samedi et je n'en bouge plus !

En saisissant la main de Sylvie, en accomplissant un geste qui se voulait rassurant, Fred se rendit compte qu'il accréditait l'hypothèse que quelque chose pouvait encore empêcher ce mariage. Il sourit pour dissimuler son trouble. Depuis Cuba, c'était comme s'il attendait que le cours des événements prenne position.

— Tu sais de quoi est morte Véronique ? continuait Sylvie, Mme Renais m'a juste dit que cela avait été très rapide.

— Elle a eu un cancer de la plèvre. À l'époque on se téléphonait encore de temps en temps. Un jour je l'ai appelée, tout allait bien, elle toussait un peu, elle m'a dit qu'elle était enrhumée… Le mois suivant, elle n'était plus là…

— J'ai eu le temps de la connaître, continua Francesca, c'était une chic fille… vous avez dû faire une bonne équipe à l'époque.

Sylvie acquiesça et chassa la mélancolie d'un bref mouvement de la tête.

— Et Claire, demanda Mauranne, quand est-ce qu'elle arrive ?

— Tout à l'heure, je vais la chercher à la gare… J'ai bien cru qu'elle ne viendrait pas car elle a tardé à répondre… elle était en voyage.

Puis elle se tourna vers Fred.

— Tu ne vas jamais croire où ?

Il fit un signe d'ignorance.

— Cuba... Elle était à Cuba... d'ailleurs peu de temps après toi...

— Et elle, elle s'est mariée ? Elle a quelqu'un ? reprit Mauranne.

— Non, tu la connais... toujours célibataire.

— Aux mains pleines...

Et les filles partirent d'un rire qui ressemblait à celui qui résonnait entre les murs de l'appartement de la place de la Comédie.

La première réflexion qui vint à l'esprit de Fred lorsqu'il vit Claire descendre du train fut que cette fille avait les épaules maigres et qu'elle devait manger peu. Puis il distingua l'éclat incroyablement vif de ses yeux noisette.

Comment expliquer, non pas l'attirance qui peut naître soudainement entre deux êtres, et qui reste au début dans le cœur de chacun d'eux, dérobée à la connaissance du monde extérieur, mais qu'il existe des femmes ou des hommes capables de percer à jour ce désir naissant ? Claire sut à peu près au moment où Sylvie lui présenta son futur mari que celui-ci la convoitait.

Elle venait de quitter Xavier, son béguin nantais. Le retour de Cuba avait provoqué le pourrissement soudain de cette amourette de vacances. Xavier était chef dans une grande brasserie en face du théâtre et, sitôt la reprise de son service derrière les casseroles, avait vu son charme fondre à la chaleur des fourneaux. Claire était venue le retrouver le premier week-end, puis elle avait manqué le suivant. Il s'était déplacé à Rennes ensuite, mais le climat breton pesait trop sur leur désir. Le crachin de printemps avait eu raison des ultimes feux du soleil caraïbe. Ils s'étaient séparés sans prévoir comment ils occuperaient la prochaine fin de semaine. Claire avait fini par lui téléphoner pour rompre, dans le même temps qu'elle supprimait de son appareil photo numérique les photos floues de ses vacances.

Dans la voiture, conduite par Sylvie, Fred et Claire réalisèrent qu'elle était arrivée à Cuba le jour où il en partait.

— Oui, je me souviens, fit Claire, il y avait un orage dément... j'avais jamais vu ça...

— J'étais tassé au fond de mon taxi... continua Fred, j'avais carrément la trouille que la foudre nous tombe dessus...

— Je vous montrerai les photos que j'ai faites là-bas, je les ai emportées justement.

— Et ça vous a plu alors ?

— Incroyable !

Après l'avoir menée jusqu'à sa chambre, Sylvie et Fred rentrèrent chez eux. Cette fois, Sylvie demanda à Fred de prendre le volant. Elle paraissait à cran.

— C'est dément, je n'ai pas vu Claire depuis douze ans et elle passe tout le trajet à discuter avec toi !

— C'est cette coïncidence qui est démente... tu te rends compte, si ça se trouve on s'est croisés là-bas... c'est tout, c'est normal qu'on revienne dessus... d'ailleurs tu es la première à m'en avoir parlé...

— Oui, oui.

Ils traversèrent le Pont-Neuf, Sylvie plissa les yeux en regardant s'évanouir la Seine dans l'ouest de Paris.

— À quoi tu penses exactement, Sylvie ?

— Je me dis que j'ai aimé cette fille... je crois que Claire était celle que je préférais dans la bande... c'est normal qu'elle te plaise...

— Ça prouve que j'ai bon goût, c'est ça ?

— Normal puisque tu vas être mon mari.

Lorsque Fred vit les photos prises par Claire sur la place des Basques, il se souvint de l'étrange sentiment qui l'avait envahi lors de la deuxième journée de son séjour à La Havane.

— En fait, dit-il à la jeune femme, ce doit être parce que je revois ce lieu… sur tes photos… mais je le trouve familier… déjà quand j'étais là-bas, j'y avais passé un long moment…

La veille au soir, les filles avaient dîné toutes les quatre et Fred avait préféré les laisser seules. Aussi, c'était la première fois qu'il revoyait Claire depuis son parachutage dans sa vie. Il n'y avait pas d'autre mot pour qualifier le bref moment qu'ils avaient passé ensemble du quai de la gare Montparnasse à son hôtel du VIe arrondissement, dont le souvenir ne l'avait pas quitté de la nuit. Cette fille lui importait déjà. Il ne pouvait pas le formuler différemment. Il pensa, comme s'il la connaissait depuis longtemps.

— Tiens, regarde, tu avais vu la devise en basque ? j'en ai pris des gros plans…

Fred effleura sa main en s'emparant des nouvelles photographies, mais le geste avait pu être involontaire.

— J'aime l'architecture, les détails… tu as vu, là ? il y a un poinçon… gravé sous la devise…

Fred ne l'écoutait plus. Il avait repéré avant qu'elle n'ait fini sa phrase ce qui lui avait échappé tout au long de l'après-midi passé à l'ombre du fronton. La raison pour laquelle l'endroit lui semblait lié. Les deux symboles étaient pourtant relativement visibles.

— Une grappe de raisin et un colt… probablement la signature du constructeur, acheva-t-elle.

Claire vit que Fred était terriblement ému. Elle devina que cela était en rapport avec ce qu'il avait pris le temps de lui raconter de sa quête.

Ce poinçon venait comme une validation ultime de l'histoire que Fred avait reconstituée à partir des fragments recueillis lors de son voyage. La présence de Claire au même moment que la sienne sur cette île lui parut subitement logique, comme si des fils invisibles, tendus à travers le monde, avaient réuni leurs âmes. Une force inéluctable était à l'œuvre dont la première conséquence fut de lui faire considérer son mariage avec Sylvie comme une erreur.

Il ne put tout à fait maîtriser ce tumulte intérieur et lui saisit la main. Elle ne se rétracta pas.

Sur une autre photographie, prise au même instant à moins d'un kilomètre de là, Sylvie posait en compagnie de Mauranne et de Francesca devant la pyramide du Louvre. Les trois filles remercièrent le touriste anglais qui avait eu l'amabilité de les cadrer.

Tout l'après-midi, Claire voulut annoncer à Sylvie qu'elle avait pris la décision de retourner à Rennes.

Passé le bouleversement qui avait saisi Fred, celui-ci s'était éclipsé en s'excusant. Rien d'autre n'était advenu la veille, mais Claire s'était sentie mal à l'aise d'avoir conservé sa main dans la sienne, en ayant envie que le moment dure. Son expérience des hommes ne lui laissait aucun doute sur la manière dont la suite allait se dérouler. Elle pensa : comme si cela avait déjà eu lieu.

Le plus raisonnable était d'inventer un prétexte et de disparaître avant que ses retrouvailles avec Sylvie tournent au pugilat.

Dans le même temps Claire devait bien convenir qu'elle n'avait répondu au courrier de son ancienne amie que par jeu. Elle sourit en pensant qu'elle la qualifiait déjà d'« ancienne ». Les promesses du passé ne l'engageaient plus. Depuis plusieurs années elle ne se remémorait qu'épisodiquement l'appartement montpelliérain. Rien de véritablement affectueux ne subsistait. L'opiniâtre motion des années avait rangé tout cela proprement.

Elle observa derrière les mouvements du rideau de la cabine d'essayage les fragments du corps de Sylvie. Elle se surprit à être excédée par la vue de ses seins enrobés de dentelle, de ses fesses fermes et hautes, de sa peau mate effleurée de soie, qui formaient un corps qu'elle n'aurait pas reconnu si elle l'avait croisé dans la rue une semaine auparavant. Un corps dont elle était forcée de constater qu'elle le jalousait maintenant. Claire se demanda si ce n'était pas le but recherché par Sylvie, l'unique raison de l'insistance avec laquelle elle l'avait suppliée de l'accompagner dans les magasins. Un corps qui, s'il s'offrait sans doute depuis longtemps à Fred, ne s'était jusqu'alors jamais permis de franchir le périmètre de ses intérêts personnels. Au plus, elle se souvint qu'à dix-huit ans les deux filles avaient été en rivalité, une soirée, à propos d'un volleyeur de Palavas. Le conflit avait fait long feu car chacune s'était aperçue que le type avait mauvaise haleine.

Claire se demanda au nom de quelle raison elle souhaitait ainsi s'effacer. La mystérieuse convention du mariage lui imposait-elle sa force, comme un parement de chaînes infranchissables ? Ou bien un sens secret tenait-il à l'avertir que cette histoire avec Fred allait être plus qu'une simple passade, qu'elle allait outrepasser son commerce habituel avec les hommes pour résonner dans le reste de son existence.

— Alors tu te décides à choisir ? fit la voix de Sylvie dans son dos.

Claire sursauta et sentit la racine de ses cheveux se dresser. Elle se demanda si Sylvie lisait dans ses pensées. Elle dut paraître véritablement épouvantée car Sylvie, au sortir de sa cabine, éclata de rire.

— Pardon, je t'ai fait peur ? Tu avais l'air de tellement hésiter, perdue dans tes songes…

Claire réalisa qu'elle était statufiée devant un étal de bas et que sa main vaquait machinalement d'une pochette à l'autre.

— J'ai choisi ça, ça fait un peu rétro, non ? reprit Sylvie en agitant un nuage de tissu vaporeux qui pouvait à l'occasion prendre la forme d'une combinaison.

— Oui… j'aime bien.

Cette fois, Claire se dit qu'elle allait se lancer. Le prétexte du décès subit d'une cousine proche, était déjà en route au fond de sa gorge.

— Tu sais, il faut que je te dise quelque chose… la devança Sylvie.

— Oui ?

— Après le mariage, j'espère qu'on ne va pas encore se perdre de vue pendant douze ans… ça me fait tellement plaisir qu'on se soit retrouvées… et puis je crois que Fred t'apprécie beaucoup aussi…

Francesca eut l'idée.

Enterrer sa vie de jeune fille dans une boîte lesbienne promettait son lot de souvenirs. Elle connaissait les vendredis du Glam's, la programmation musicale était renommée, et la présence des hommes tolérée. Aussitôt les regards des quatre filles se tournèrent vers Fred et celui-ci recula en remuant du doigt.

— Non, non, n'y comptez pas…

Mais ce qui avait commencé comme une boutade se termina en un défi auquel il ne put se soustraire.

— C'est le cas unique dans lequel un mari est autorisé à accompagner sa future femme, la veille de son mariage !

— Et si moi aussi j'avais eu pour projet d'enterrer ma vie de garçon ?

— Ah ben, c'est sûr que là-bas tu vas devoir enterrer quelque chose, mon chéri…, lui susurra Sylvie.

Dès leur arrivée, ils furent conduits à la table qui leur avait été réservée. Visiblement, Francesca connaissait l'ordonnatrice de la soirée car à peine furent-ils assis que des plateaux portant bouteilles d'alcool et carafes de jus de fruits surgirent de l'épais nuage répandu sur la piste. La musique techno tapait dur, sous l'impulsion d'une DJ, prêtresse aux contours flous dont on devinait qu'elle abattait la besogne depuis une cabine de verre en surplomb. Le Glam's réservait ses soirées du mardi et du samedi aux gays, celles du lundi et du vendredi aux lesbiennes, le mercredi et le dimanche était consacré aux *straights*, le jeudi, lui, pouvait être privatisé à la demande.

Claire avait été la plus rétive. Elle se sentait mal à l'aise dans une ambiance exclusivement féminine, mais elle n'avait pas osé le dire. L'enthousiasme de Sylvie était tel qu'il avait balayé toute tentative de négociation. À présent elle dansait, le corps martelé à proximité des enceintes, ses inhibitions hachées peu à peu par les éclairs des stroboscopes. Des images de Fred lui parvenaient de temps à autre, derrière un écran de silhouettes fines et mouvantes, et finalement pas du tout conformes à l'idée qu'elle se faisait des lesbiennes. Celles-ci auraient fait craquer n'importe quel hétéro. Soudain elle ne le vit plus. L'instant d'après elle sentit une main se poser sur sa hanche. Il était passé derrière elle et l'irradiait de sa présence. Elle l'entraîna à l'enlacer plus serré et le sentit peser sur son dos, sur ses fesses et sur ses épaules. Pendant quelques minutes ils furent parfaitement encastrés, ondulant en rythme aux battements saccadés de la musique.

Une apothéose kitch interrompit leur union, avec le subit mélange de la *Marche nuptiale* de Mendelssohn au techno beat. Par le micro, une voix annonça que Sylvie était parmi elles pour enterrer sa vie de jeune fille, et pria les danseuses d'aller l'embrasser pour lui faire regretter sa décision.

— Pardonnez-lui, car elle ne sait pas ce qu'elle fait ! conclut la DJ avant de relancer la musique à fond.

Le faisceau lumineux d'une poursuite débusqua Sylvie au centre de la piste, alors que Mauranne lui attrapait le bras et le levait en l'air, telle une championne sportive, puis, déchaînée, l'embrassait sur la bouche, suivie aussitôt par la plupart des danseuses.

C'étaient des baisers relativement sages, mais Fred ne put s'empêcher de trouver qu'il se dégageait une sensualité exceptionnelle de l'abandon enthousiaste de sa future femme. Il se pencha sur le cou de Claire et y posa ses lèvres, respirant l'odeur de sa peau moite mêlée à son parfum.

Puis il se dégagea doucement et retourna s'asseoir.

Francesca alluma une cigarette. Elle n'était pas allée danser et n'avait pas perdu une miette de l'étreinte furtive de Fred et de Claire.

— À quoi joues-tu ? lui demanda-t-elle.

Fred ne connaissait pas plus Francesca que les autres, mais comme elle était elle-même étrangère à ce groupe, il sentit qu'elle pouvait lui fournir une écoute désintéressée.

— Je laisse aller les choses… cette fille me trouble… c'est comme si je n'avais pas la force de m'y opposer…

— C'est ce que les anciens appelaient la raison paresseuse… ne rien faire contre, puisque tout est préétabli… laisser courir ce qui est joué d'avance…

Il regarda sur la piste Claire, qui continuait de danser, silhouette automate dessinée par les flashes aveuglants, amenée à la vie et ôtée aussitôt par les jeux de la lumière.

— Joué d'avance, tu crois cela ?…

— Non. J'aime à penser que l'on dispose d'une certaine liberté de choix...

Elle écarta les mains et précisa :

— Dans le meilleur des mondes possibles...

Fred s'enfonça dans la banquette.

— Demain le maire parlera aussi de nous unir pour le pire...

— Leibniz disait qu'il existait une infinité de mondes possibles, et que, comme Dieu était bon, il avait choisi de ne faire exister que le meilleur d'entre eux...

Fred la regarda, amusé, il leva son verre et trinqua avec elle.

— Tu parles d'une réussite, fit-il, en vidant sa vodka d'un trait. Et que deviennent les autres mondes alors ? Ceux que Dieu n'a pas élus ?

— Ils restent à l'arrière-plan du réel...

— Des programmes en fond de tache.

— En exemple, Leibniz citait les romans... mais les films, toutes les histoires racontées par l'homme sont des mondes possibles qui ne se réalisent pas...

— Et quoi encore à propos du grand homme ?

— Il affirmait que tout événement du futur était aussi déterminé qu'un événement du passé, et que seule la connaissance qu'on en avait différait... que nous étions dans la même ignorance vis-à-vis de ce qui allait se passer demain qu'un amnésique en regard de sa journée de la veille...

— Demain, je me marie.

— On en reparlera après-demain.

Fred pouffa et se resservit un verre de vodka. Cette fille était incroyable, elle le poussait dans ses retranchements. Francesca lui indiqua d'un haussement de sourcils que Claire avait quitté la piste et les rejoignait.

— Excuse-moi, dit celle-ci en se plantant devant Fred, je suis un peu fatiguée… je voudrais rentrer… et je viens de me rendre compte que je n'ai plus d'argent pour un taxi… tu peux me prêter ?

Fred porta son regard sur Francesca qui avait tourné la tête sur la droite. Elle était absente, ou soucieuse de le paraître. Un instant, il ressentit un vertige et la musique se réduisit en une rumeur basse et sans aspérités. Il entrevit Sylvie et Mauranne, restées sur la piste. Il se leva subitement.

— Je te raccompagne…

— Non, je ne veux pas t'embêter… reste encore…

— Pas du tout… j'en avais marre de toute façon… je te raccompagne.

Dehors il pleuvait, une eau lourde et chaude. Le voiturier leur proposa d'appeler un taxi, ils déclinèrent et rentrèrent à pied, serrés l'un contre l'autre sous un parapluie dans la nuit dense.

Arrivés à l'hôtel, Claire prit la clef et Fred la suivit dans l'ascenseur. Ils n'eurent rien besoin de se demander et parvinrent jusque dans la chambre en marchant côte à côte, comme si chacun d'eux n'avait été accompagné que par ses pensées.

Claire tourna la clef dans la serrure, elle lui fit signe d'entrer le premier, ce qu'il fit. Elle le suivit et referma la porte. Alors il se retourna, la prit entre ses bras et l'embrassa.

Lorsqu'ils se réveillèrent au matin, Fred lui dit qu'elle n'avait plus d'autre solution que de l'aimer.

Avant midi, il prévint ses parents que le mariage était annulé. Michel hocha la tête et dit :

— Je me doutais bien qu'il n'allait pas laisser Sylvie le suivre dans cette vie-là...

La voiture à bord de laquelle Pierre de Brécourt se rapprochait du lieu de l'accident ralentit pour éviter un arbre que la tempête avait jeté en travers de l'autoroute. En tous lieux la chaussée était jonchée de branches, de feuilles et de mottes de terre arrachées aux monts voisins. Un crachin lancinant parachevait la dévastation.

Son chauffeur siffla entre ses dents en désignant une colline qui devait être entièrement couverte d'un bois moins d'une heure auparavant. Une main de géant semblait avoir griffé le massif et couché les arbres sur son passage, creusant plusieurs tranchées au sein de la forêt, qui était restée intacte de part et d'autre. En face, à gauche de l'autoroute, le coup de griffe s'était poursuivi sur une autre colline, disparaissant à son sommet pour gravir plus loin une nouvelle pente, de sorte qu'il était possible, aussi loin que l'œil portait, de suivre versant après versant les méfaits du vent.

— Ça devait être les couloirs empruntés par les rafales... J'ai jamais vu un désastre pareil, mon colonel... Faisait pas bon traîner dans le coin...

À basse altitude, l'hélicoptère du SAMU les doubla soufflant sur son passage les millions de feuilles des arbres abattus. Une neige épaisse et verte les accompagna sur plusieurs centaines de mètres.

— Il y va ? demanda le chauffeur.

— Oui, fit, laconique, Pierre de Brécourt.

Il consultait les dernières données météorologiques. La tempête avait commencé à dissiper son énergie, le monstre engendré par la nature en ce début d'août s'épuisait enfin. Les vents tourbillonnants disparaissaient en consommant les ultimes réserves de puissance du dragon. Autorisation avait été accordée aux hélicoptères de décoller à nouveau.

— Et il y a eu d'autres accidents ?

— Non… apparemment, il n'y aurait que celui-là à déplorer, mais c'est sérieux… Deux camions et une Volvo sont impliqués.

Pierre de Brécourt s'empara du téléphone satellite de la voiture. Il voulait contacter les équipes sur place pour avoir plus de détail, mais il ne fut pas nécessaire qu'il termine son geste.

Une épaisse fumée noire s'élevait à cinq cents mètres et comblait la cuvette naturelle formée par le passage de l'autoroute entre les collines. À partir de cet endroit la rambarde centrale de sécurité avait été pulvérisée. Il restait quelques copeaux de métal dressés, flèches ébarbées et noircies en direction du ciel, comme autant de doigts accusateurs. Par-delà la fumée, en provenance du nord, clignotaient les gyrophares des ambulances et des véhicules de gendarmerie qui approchaient à grande vitesse. Une 404 blanche s'était arrêtée en travers de la route, les passagers en étaient sortis. L'homme maintenait solidement contre son ventre un garçonnet qui semblait se débattre. La femme, de dos, berçait mécaniquement un bébé qui hurlait. Tous quatre restaient à distance respectueuse de l'accident.

L'hélicoptère du SAMU s'était posé sur une portion libre de la chaussée, sans éteindre les turbines. Ses pales en rotation aspiraient de larges volutes noirâtres du brasier voisin.

Pierre indiqua au chauffeur de s'approcher au plus près.

Ce n'était la saison de rien au potager d'Orgeval. Le gel tirait des profondeurs les graviers et les cailloux contenus dans le sol. Ils affleuraient à la surface, grêlaient la terre durcie et le froid déposait ses cristaux sur leurs aspérités.

Michel s'écarta de la fenêtre en hochant la tête.

— En février, seules les pierres poussent, maugréa-t-il.

— Et le ventre de Claire..., précisa Fred.

Près de neuf mois s'étaient écoulés depuis l'annulation de la cérémonie. Claire avait quitté Rennes et était venue s'installer avec Fred. Le séisme dans sa propre vie équivalait en intensité à celui des noces détruites. Par moments, elle éprouvait de la gratitude à l'égard de Sylvie d'avoir ainsi surgi de son passé pour lui indiquer le chemin à venir. Et il y avait cet enfant certainement conçu aussitôt. Les médecins avaient prévu que l'accouchement allait avoir lieu dans une semaine, ce qui signifiait qu'il pouvait se déclencher à tout moment.

Malgré les difficultés grandissantes qu'elle éprouvait à se déplacer, Claire avait insisté pour qu'ils ne rompissent pas l'usage d'aller déjeuner une fois par semaine chez Michel et Odette. Il lui semblait qu'en affectant la posture de belle-fille modèle elle amoindrissait sa renommée de briseuse de mariage.

— Ah ! c'est donc vous, avait dit Michel, la première fois qu'il l'avait vue… Fred m'a parlé d'une promesse que vous vous étiez faite lorsque vous étiez gamines… on peut dire que, d'une certaine façon, vous avez tenu votre parole… vous avez convolé le même jour que Sylvie…

Puis lorsqu'il avait appris qu'elle était enceinte :

— Décidément, vous ne perdez jamais votre temps…

Et quand elle avait annoncé qu'elle ne voulait pas connaître le sexe de l'enfant :

— Vous me surprenez, je ne pensais pas que vous puissiez agir autrement qu'en connaissance de cause…

Et lentement, à mesure que son ventre s'était arrondi, Claire avait senti que l'agressivité de Michel à son égard s'était estompée. Il y avait eu quelques sourires, d'abord, puis le tutoiement était venu, jusqu'à ce jour où il s'était enhardi à lui demander l'autorisation de poser sa main sur son ventre.

Elle avait relevé son pull, puis son chemisier, découvrant la peau de son abdomen, tendue et brillante, marquée en son centre d'une ligne épaisse et brune.

Le vieil homme avait déposé sa main qui tremblait légèrement sur cette matière chaude et vibrante. Il avait fermé les yeux et était resté ainsi, à l'affût d'un signe de sa descendance. Il avait pensé à sa mort.

De nombreuses personnes âgées du groupe auquel appartenaient Michel et Odette n'avaient plus peur de l'évoquer, voisine chaque jour plus envahissante, dont il était plus facile de parler que de l'ignorer. Mais les enfants n'aimaient pas cela. Ni l'abonnement qu'ils avaient contracté à la *Revue française d'incinération* – publication trimestrielle qui détaillait par le menu les méthodes utilisées pour la combustion, produisait quelques schémas techniques ainsi que différents modèles d'urnes, des conseils en dispersement et des éléments statistiques – ni les dispositions prises afin que le dernier conjoint vivant – le parcours optimal d'un couple entraînant forcément l'un des deux à passer du statut de soupirant à celui de survivant – bénéficiât de la jouissance de l'ensemble des biens communs.

Il laissa échapper :

— J'espère vivre assez longtemps pour le voir grandir…

Ce qui était fédérateur et émut tout le monde.

En rentrant, ce jour-là, Fred avait jugé :

— Le fauve est apprivoisé…

Mais dans la voiture, Claire s'était mise à bouder.

Michel avait dit « le ». Il avait dit exactement : « J'espère vivre assez longtemps pour *le* voir grandir », ce qui signifiait aux yeux de la future mère que son beau-père connaissait le sexe de l'enfant.

— Encore, ça, ce n'est pas ce qui me gêne le plus ! siffla-t-elle. Mais, du coup, moi aussi maintenant je suis au courant, alors que je ne voulais pas savoir… tu n'avais pas à lui dire.

— Mais je ne lui ai pas dit, Claire, je te le jure… c'est une expression… il voulait dire l'enfant. J'espère vivre assez longtemps pour voir grandir cet enfant ! Qu'est-ce que j'y peux moi si dans notre langue c'est un mot masculin.

— Ce n'est pas masculin, on dit aussi une enfant.

— Oui, enfin, c'est quand même pas fréquent.

— Je t'en prie, ne reprends pas tes réflexes machistes.

— Le bébé… il a dû vouloir dire le bébé ! C'est masculin, bébé… Pour lui, c'est un bébé, dans ton ventre… Il y pense comme à « il », c'est normal.

— Je suis sûr qu'il y a eu une fuite de ta part… involontaire… peut-être…

Fred actionna le clignotant, ralentit et gara la voiture sur le bas-côté. Il se mura dans un profond silence, tentant de maîtriser son agacement.

Depuis la dernière échographie, il savait que l'enfant à venir était une petite fille, mais comme Claire souhaitait ne pas en être informée, il avait gardé la nouvelle pour lui.

Jamais il n'avait eu l'impression de porter un secret plus lourd. Il allait avoir une fille et ne pouvait le partager avec personne, pas avec sa femme, encore moins avec ses amis, de peur des fuites. Il simulait donc depuis plusieurs semaines d'accorder une importance égale aux discussions relatives au prénom du futur enfant. Paul si c'était un garçon, Faustine si c'était une fille. Il n'influençait aucune décision concernant la peinture des murs de la chambre ou la couleur des layettes. Il jouait parfaitement et silencieusement son rôle d'ignorant et il en avait assez. Il avait depuis quelques semaines l'impression de vivre en clandestinité.

S'il avait pu se figurer un tel inconfort de sa position, il aurait choisi sans aucun doute de rester dans la non-connaissance. Maintenant il était trop tard. Il regrettait de ne pouvoir redevenir ignorant.

Parfois, lorsqu'il était sûr d'être seul dans la maison, il s'entraînait à prononcer son prénom à voix basse :

— Faustine… Faustine…

Les syllabes glissaient dans l'air, entre les murs et parcouraient les chambres. Fred adaptait Faustine à son futur domicile.

— Que se passe-t-il ? Pourquoi tu t'arrêtes ? demanda Claire.

Fred ne répondit pas tout de suite.

— Fred ?

— Je n'en peux plus, je vais te dire ce que c'est…

Le visage de Claire fut traversé d'une grimace qu'il interpréta comme un refus.

— Si, si je vais te le dire… moi je ne peux pas continuer comme ça.

— Oui.

Il la fixa en fronçant les sourcils.

— Oui, quoi ? Je peux te le dire ?

Elle lui adressa un sourire d'une tendresse infinie, doublé d'une moue qui lui fit penser qu'elle le tenait pour un demeuré absolu.

— Ce n'est plus la peine…

Claire baissa la tête, il l'accompagna du regard et vit la tache qui s'élargissait à ses pieds sur le tapis de sol de la voiture.

— Oh ! putain… tu perds les eaux…

Il tourna la clef de contact et démarra sur les chapeaux de roue. La clinique était à moins d'une demi-heure de route.

À 21 h 12, ce 7 février 1994 naquit une petite fille, pesant 2,950 kilos, que ses parents prénommèrent Faustine.

Sur l'autoroute, les médecins terminèrent de désincarcérer deux corps sans vie de la voiture calcinée. On pouvait distinguer, en avant d'un rideau de flammes fuligineuses, qu'il s'agissait de celui d'un enfant et celui d'un adulte. Autour, c'était une agitation frénétique, sous la pluie qui continuait de tomber, parmi les pompiers et les gendarmes affairés dans leurs tentatives de régler la circulation alentour.

Les médecins du SAMU aidèrent les ambulanciers à enfermer les deux corps dans des housses.

La pluie redoubla et la turbine de l'hélicoptère, qui s'apprêtait à repartir à vide, accéléra.

Pierre de Brécourt se releva. Il tituba sous la pluie. Il tenait dans une main la carte plastifiée que venait de lui remettre un jeune brigadier.

Et dans l'autre, son téléphone portable.

Mais il ne trouvait pas la force d'appeler.

Il savait qu'au moment où il allait annoncer à Claire

la mort de Fred et d'Alicia, il allait la perdre irrévocablement.

Il n'y a pas d'être qui puisse entendre cela sans recourir à la haine pour échapper à la folie.

Pourtant c'était à lui de le faire. À personne d'autre.

Cette année-là, ils s'y prirent très tard pour organiser leurs vacances d'été, mais heureusement Claire réussit à dénicher une maison dans le Sud. Un authentique mas provençal promettait l'annonce du *Quotidien du médecin*, que lui avait mise sous le nez, Isabelle, sa copine cardiologue.

Le propriétaire, un certain Monge, ne voulut rien entendre.

— Chère madame, vous le savez bien, toutes les locations vont du samedi au samedi…

— Oui, mais mon mari est retenu par son travail jusqu'à lundi…

— Vous comprenez que je ne peux accepter aucune dérogation… les locataires suivants la voudront dès le samedi…

— Bien… alors j'arriverai le samedi… et mon mari me rejoindra…

— Si vous voulez, je viendrai vous chercher en gare d'Avignon et je vous servirai de chauffeur en attendant votre mari… voilà ce que je peux vous proposer…

— Bon… c'est gentil.

— Il ne nous reste plus qu'à convenir d'un signe pour que je vous reconnaisse à la gare.

— Un foulard rouge, que je nouerai dans les cheveux, proposa Claire.

— Un peu à la manière des actrices américaines… à la Audrey Hepburn… Alors je vous reconnaîtrai entre cent.

— Un peu oui…

— Comme dans *Breakfast at Tiffany's*… C'était un de mes films préférés.

Lorsqu'ils se furent mis d'accord, Claire raccrocha en soupirant.

— Quel lourd, celui-là… !

Faustine relâcha le manche de sa guitare tandis que sa mère s'étirait, face à la fenêtre, puis se penchait en avant avec précaution, retenant mal une légère grimace de douleur.

La fillette darda sur elle deux yeux noisette qui brillaient d'un éclat intense. Pour posséder la même, Claire connaissait cette particularité du regard de sa fille, qui traduisait un désir irréfrénable.

— Maman, tu sais ce qui me ferait plaisir ?

— Dis-moi, ma puce, fit Claire en se redressant.

— J'aimerais venir avec papa… le lundi… faire le trajet en voiture avec lui… ça t'embêterait pas ?

— Mais non, au contraire, je trouve que c'est une très bonne idée. Ça va lui faire tellement plaisir.

— Génial !

Faustine posa son instrument et bondit entre les bras de sa mère, qui recula sous le choc.

— Doucement… j'ai le dos en compote en ce moment…

— Oh ! merci maman, ça va être génial !

— Bon, je vais téléphoner à tes grands-parents, pour voir s'ils seraient d'accord pour venir te garder jusqu'au lundi… où s'ils préfèrent que tu ailles chez eux !

— N'importe, j'achète les deux solutions !

À de nombreuses reprises, Michel et Odette étaient venus garder Faustine à domicile, mais depuis quelques mois Michel se déplaçait moins volontiers. Il approchait les quatre-vingt-sept ans et s'essoufflait rapidement. Claire composa leur numéro de téléphone, tandis que la fillette se précipitait dans sa chambre, balançait sa guitare sur le lit et allumait son ordinateur pour télécharger de la musique.

Il fut décidé que Faustine irait passer deux jours chez ses grands-parents, en attendant son père.

Monge avait débarqué, en plein après-midi, alors que Claire était à moitié nue au bord de la piscine. Il était revenu à la charge avec un sachet de cocos sauvages. Maintenant elle n'arrivait plus à se débarrasser de lui. Elle connaissait suffisamment les hommes pour ne nourrir aucun doute quant aux intentions du propriétaire.

Elle ne put s'empêcher de sourire à l'idée qu'elle redoutait la survenue de Pierre de Brécourt et qu'en lieu et place de son amant avait surgi ce veuf en mal de compagnie.

Quand son téléphone portable sonna, elle bondit sur l'occasion.

— Excusez-moi, monsieur Monge, ça doit être mon mari… j'ai essayé de les joindre tout à l'heure et ça n'a pas marché.

— Je vous en prie, faites… et demandez-lui bien dans combien de temps il arrive ? fit-il, égrillard.

Décidément, rien ne le démontait celui-là.

Monge se laissa tomber avec un sourire satisfait dans le transat, décidé à ne rien perdre du léger roulis qui animait les fesses de Claire, tandis qu'elle fonçait vers le combiné. Elle s'en saisit et décrocha.

— Allô ?
— Claire…
— Ah ! c'est toi, Pierre…
— Oui, il faut que je te parle.
Claire fut à deux doigts de protester, mais elle devina quelque chose d'inhabituel dans le ton de sa voix.

En arrière-plan sonore, elle distingua une rumeur d'agitation, des cris et plusieurs sirènes de police ou de véhicules de secours. Puis ce qu'elle identifia distinctement comme le bruit d'un rotor d'hélicoptère.
— Je suis sur l'autoroute…, commença Pierre.

Monge ne la quittait pas des yeux. Il vit que cela n'avait pas l'air de tourner rond et plaça tous ses espoirs dans une scène de ménage avec le mari.

Ensuite il y eut cette plainte sourde et animale.
Un cri tragique qu'il eut du mal à concevoir comme pouvant jaillir du gosier d'une femme qu'il désirait.

Il se redressa au moment précis où Claire s'effondrait, terrassée.

La radio de l'autoroute diffusait un flash d'information sur les titanesques embouteillages du week-end. Plus de trois mille kilomètres de carcasses ventousées les unes aux autres sur les routes de France. Du ciel, les pare-chocs et les calandres avaient paru soudé sur le goudron surchauffé de juillet. La veille et l'avant-veille, le ver multicolore s'était étiré sans interruption de la Norvège à la Méditerranée.

Fred sourit en fixant du regard quelques centaines de mètres en avant le seul reflet métallique sous le soleil. Il avait dépassé la 404 blanche à plusieurs reprises, mais elle mettait à profit chacun de ses arrêts pour le doubler à nouveau. Instinctivement, il accéléra. Le moteur de la puissante Volvo émit un ronronnement plus sourd. Il sentit l'infime trépidation se transmettre à ses poignets depuis le volant.

Faustine dégaina un CD de la pochette transparente et le glissa dans le lecteur.

— On n'écoute plus la radio, hein, c'est pas grave ?

— Ben... je voulais la météo, lui répondit Fred.

— Pas la peine. Je te la dis la météo, moi : beau temps sur le long de tous les trajets des papas avec leur fille ! Interrupteur à soleil bloqué sur le haut.

Puis elle se contorsionna, détendit sa ceinture pour s'agenouiller sur son siège et se pencha dans sa direction.

— Faustine, non, c'est dangereux ! Remets ta ceinture immédiatement sinon tu files derrière !

Mais déjà il sentait la chaleur de sa fille dans le creux de son cou. Elle lui déposa un bisou furtif, tandis que la voix de Charles Trenet résonnait dans l'habitacle.

— Tiens, tu écoutes ça, toi ? s'étonna Fred.

— Toi, tu aimes... je l'ai gravé pour toi, répondit Faustine en reprenant sa place.

Fred la regarda du coin de l'œil, elle lui souriait, espiègle.

— Regarde la route, papa !

Il hocha la tête et fixa à nouveau devant lui. La 404 n'était plus qu'à une centaine de mètres.

— Papy Michel aussi, il adore Trenet, on a écouté « La Mer » et il a pleuré..

— Ah bon ?

— Et après il m'a raconté comment ça se passait chez les sœurs... et comment il s'est échappé...

Fred se tut. À son retour de Cuba, après avoir sauvé la vie de son père, après que celui-ci se fut effondré dans ses bras pour lui demander pardon, il avait renoncé à pousser le vieil homme plus loin dans ses retranchements.

Michel Braz, né Carlo Iparratéguy, fils d'Oya et d'Imanol, avait droit à la paix. Et plus jamais Fred ne lui avait posé de questions sur son passé.

— Moi, il ne m'en a jamais parlé...

— Je sais, dit Faustine… il m'a dit que j'étais la première à qui il le racontait.

— C'est une grande marque d'estime, de la part de ton grand-père, murmura Fred.

— Oui… et il m'a dit que ce n'était plus un secret…

Fred sentit un frisson le parcourir et il hocha la tête.

— Tu vas me raconter alors…

— Oui… oh ! regarde…

Ils dépassèrent la 404 à bord de laquelle, un petit garçon, assis à l'arrière leur faisait coucou. À côté de lui, on devinait la présence d'un siège bébé. Les parents étaient à l'avant, le mari conduisait, la femme semblait dormir.

— La dame, reprit Faustine, elle ressemble à maman…

— Je n'ai pas eu le temps de voir…, dit Fred, qui attendait avec impatience que sa fille commence son récit.

— De toute façon ils vont nous redoubler et on les re-redoublera, tu verras, elle a la même coupe de cheveux que maman.

— Oui, mais elle ne peut pas être aussi jolie.

— Papa… Je sais maintenant qu'il y a dans le monde des femmes au moins aussi jolies que ma maman. Je ne suis plus une enfant.

— Bien, fit-il en essayant de masquer son sourire.

— Alors je te raconte ?

— Et comment…

— Tu vas être sage ? demanda Faustine en se retenant de rire.

— Il ne faut pas appeler ta mère ? On avait dit qu'on l'appelait…

— Après, je l'appelle après… Bon, je commence ?

Fred acquiesça.

— Tu te rends compte, il m'a dit qu'il avait treize ans…

Fred fit un rapide calcul mental, c'était en 1931.

— Il n'avait pas tellement plus que j'ai aujourd'hui…, poursuivit Faustine, il n'en pouvait plus des sœurs… elles l'avaient recueilli, mais elles lui avaient fait une prison… alors il a fait le mur, une nuit…

Dans la voiture, la voix de Faustine se mit à délivrer le récit de l'évasion de son grand-père, convoquant le roulement des marées de la baie du Mont-Saint Michel.

Sous la lune, un nuage coulissa et découvrit un instant la silhouette de l'enfant qui franchissait le mur en granit moussu. Le jeune Michel retomba hors de l'abbaye et s'érafla le genou. Il eut peur un instant que les sœurs l'aient entendu, mais le mugissement de la mer qui déferlait entre les bancs de sable couvrait sa fugue. Le remplissage de la baie avait commencé.

Michel ne voulait plus rester à Maradec. La terre l'appelait au-delà de la lisse étendue, battue cette nuit encore par une pluie fine, têtue à transir les muscles. Il avait réfléchi cent fois chacun de ses pas, au long des promenades d'après-midi. Il avait repéré son trajet au milieu des vasières et des flaques persistantes. Son objectif était à l'est, la rivière de la Sée, quasiment à sec en cette saison, cours raviné que l'on disait avoir été ouvert d'un coup d'épée par un ange. Il se remplissait deux fois par jour de l'eau salée des marées qu'il régurgitait ensuite dans les prés du Cotentin.

Michel disposait d'une heure avant que la mer soit suffisamment montée et ait englouti son chemin d'échappée. Il avait près de trois kilomètres de sable meuble et gorgé à franchir, mais ses muscles étaient vigoureux et son entraînement affûté. Il marchait bon train en riant du tour qu'il avait joué aux sœurs. Il avait cousu une couverture, l'avait remplie de paille et lui avait donné forme humaine pour le remplacer dans son lit, mais juste avant de quitter la cellule il avait passé le crucifix autour du collet du mannequin. Ce n'était pas par amour du détail, c'était pour qu'elles comprennent leur échec car il avait appris des mareyeurs de Cancale et des bergers d'Avranches que Dieu ne faisait pas assez pour les hommes. Il y avait eu trop de questions restées sans réponse à l'intérieur de l'enceinte de Maradec. C'est cela qu'il fuyait, et l'austérité, la rigueur, le froid humide qui s'étaient installés jusque dans les cœurs. Et par-dessus tout le silence, les robes grises qui n'étaient jamais accompagnées dans leur déplacement que par un murmure de tissu. Sœur Cécile ne parlait plus. Personne ne lui parlait plus. Le temps était venu pour l'orphelin de vouloir être adopté par la fureur et les débats du monde.

Il progressait depuis quarante-cinq minutes dans l'obscurité pratiquement totale, comptant ses foulées, ayant viré à trois reprises déjà, conformément à ses prévisions, pour éviter les sables mouvants. Il se retourna. La silhouette de l'abbaye du Mont-Saint-Michel lui parut plus noire que celle de la nuit. L'astre lunaire, dont la clarté peinait à filtrer de l'épais enduit nuageux, n'y pouvait rien. Même en pleine journée la monumentale bastille ne révélait que rarement ses détails, nimbée de millions de gouttelettes plus perçantes que des lames. Flèche voulue en plein ciel, mais qui figurait au milieu d'un océan aérien.

Michel rêvait de sec. Et il ne devait plus en être éloigné que de quelques dizaines de mètres lorsque son pas foula un tapis de salicornes. De ces végétaux qu'il connaissait bien, qui survivaient par nappes au cœur des bancs de sable. Leurs fleurs mauves ne poussaient nulle part ailleurs que dans ces espaces, immergées à deux reprises chaque jour et remises à la vie deux fois par le jusant. Michel se sentait proche d'elles, organisme végétatif parfaitement acclimaté aux conditions uniques de la vie en baie. Mais qui pouvait jurer qu'un tapis de mousse, aussi adapté fût-il, n'enviait pas le chêne érigé au sommet de la colline ? L'adolescence pressait les pas de Michel, elle transformait son corps et le poussait à d'autres devenirs.

Il se figea. Les salicornes auraient dû être plus au nord. Celles-ci figuraient les avant-postes des herbus du Bec-d'Andaine. Son cœur se mit à battre violemment, il se retourna sur sa gauche et scruta la nuit, jusqu'à discerner, à moins de deux kilomètres, la masse trop proche du rocher de Tombelaine. Il réalisa qu'il avait dérivé dans l'épaisse nuit et s'était éloigné du cours de la Sée.

Il ne comprenait pas comment il avait pu s'égarer ainsi. Il recomposa mentalement son trajet, chacun de ses virages et le nombre de pas effectués entre deux points repérés. Il n'avait commis aucune erreur, mais découvrit deux différences avec les répétitions. D'abord, il n'avait jamais auparavant avancé sous l'emprise d'une telle exaltation. Ses marches de repérage s'étaient effectuées sur un rythme nonchalant, donnant l'apparence d'une flânerie solitaire, si chère à sœur Cécile. Ensuite, il les avait entreprises sans bagage. Hors cette nuit, Michel avait emporté un balluchon plein des rares vêtements auxquels il tenait et de quelques souvenirs des treize premières années de sa vie. Le sac pesait deux ou trois kilos et il l'avait porté sans relâche sur l'épaule gauche.

Malgré le froid et la pluie il sentit distinctement une sueur glacée couler sur son torse. Son passé était responsable de la dérive, ce maigre paquetage avait suffi à infléchir d'un ou deux degrés sa marche. L'allure rapide avait fait le reste, l'éloignant après une heure de plusieurs centaines de mètres de son point de chute. La nuit, trop noire, l'avait empêché de distinguer tout repère sur la côte.

Maintenant, s'il partait sur sa droite, en direction de la terre, il allait devoir traverser une région de sables mouvants. S'il faisait demi-tour et obliquait à gauche, pour les éviter, il risquait d'être piégé par les contournements de la marée. Il tenta de calmer le flux sanguin qui battait dans ses tempes afin de concentrer son attention sur l'écoute du mouvement des eaux. La mer projetait ses tentacules dans la baie et le danger était de croire un chemin libre quand le flux l'avait déjà barré plus en aval. L'étale de haute mer se situait par endroits seize mètres au-dessus de la tête de Michel. Il leva les yeux vers l'abri momentané du ciel noir. À cette place, d'ici à quelques minutes, il n'y aurait que de l'eau.

Il opta pour la direction de la terre, adressant au Seigneur une supplique enfin plus sincère que celles, enseignées par les sœurs, qu'il avait maintes fois ânonnées lors des offices. Dans l'éventualité où celui-ci consentirait à lui adresser un signal, il remit à Dieu le guidage de ses pas, mais sa farouche détermination ne l'entraîna pas pour autant pas à envisager le moindre marchandage avec la foi. Sa vie sauve ne vaudrait pas pour retour à Maradec. Tout au plus lui permettrait-elle de repenser la sévérité avec laquelle il avait jugé Dieu. Convaincu que le créateur de tout, y compris des sables mouvants, n'allait pas prendre ombrage de son attitude, Michel adopta une conduite similaire à celle d'Imanol lorsque celui-ci avait pensé périr noyé dans la mer des Sargasses. Ce n'était pas le fils agissant comme son père, mais un homme agissant comme les autres. Les plus mécréants sont ainsi faits qu'en dernière extrémité ils négocient avec eux-mêmes une possible existence de Dieu.

Michel avait parcouru une cinquantaine de mètres, quand, du littoral proche, lui parvint une odeur de feu de cheminée. Depuis le début de son évasion, c'était le premier parfum que la terre réussissait à imposer à la mer. Il songea à la bolée qu'il allait s'accorder lorsque ses pieds percèrent la mince pellicule de surface.

Il poussa un cri, qui ne parvint pas à franchir la barrière de la marée grondante, et la moitié de son corps disparut dans la matière instable. Il y eut un instant de répit, puis il s'enfonça à nouveau d'une dizaine de centimètres. La mort œuvrait sous forme de microscopiques grains de sable et de molécules d'eau agglomérés, qui s'effaçaient sous son poids, n'ayant de cesse à présent que d'ouvrir un gouffre sous son corps saisi. Le moindre de ses gestes provoquait un remous et de grosses bulles molles venaient crever à la surface. Aussitôt le niveau montait contre sa poitrine et la baie le digérait un peu plus. Il écarta les bras pour augmenter la portance et parvint à stabiliser pour un temps son enlisement. Il comprit qu'il ne s'agissait que d'un bref répit car le froid gagnait le long de ses jambes et les transformait en fontes. Aux mortes-eaux il était monté à bord des barques à fond plat des mareyeurs et il avait sondé en leur compagnie les dépressions mortelles de la baie. Certaines n'étaient pas plus profondes que la taille d'un adulte, mais Michel était encore presque un enfant, il devina que le moins creusé de ces guets-apens de la nature allait suffire à l'engloutir.

Son balluchon flottait un mètre devant lui, la pluie avait redoublé, les clapotis intermittents du remplissage de la baie s'étaient transformés en écoulement entêtant. Les courants ascendants de plus en plus rapides le cernaient de toutes parts. Si les sables mouvants tardaient à le submerger, ils allaient le garder captif et le livrer au flux vif de la mer.

Le sable avait pratiquement couvert son thorax. La pression gênait sa respiration. Il s'épuisait, son corps enseveli l'ancrait sans retour dans la mort. Une première vaguelette vint battre contre sa joue, suivie d'une autre plus hardie. Il était un récif, bientôt blanchi d'écume.

— Et puis tout d'un coup, il a cru voir passer un serpent... qui ondulait dans l'eau... devant lui... il a tendu la main... c'était une corde.

Faustine se tut un instant. Elle regarda son père, dont l'écoute attentive l'emplissait de fierté. Son papa, qui lui avait raconté tant d'histoires, ne perdait pas une miette de celle qu'elle relatait.

— Il l'a attrapée, tu te rends compte ? Une corde entre le sable et l'eau... elle lui glissait entre les doigts, elle filait, il a fini par la choper et l'a entourée autour de son poignet... Mais du coup, comme il avait bougé, il s'est enfoncé plus et il a avalé du sable !

Elle se tut à nouveau. Cette fois Fred lui donna un coup de coude.

— Allez ! Arrête, fais pas du suspense, raconte !

Faustine poussa un petit cri de souris et reprit :

— Il avait pu assurer une prise suffisante et la corde s'est tendue... a commencé à le hisser, centimètre par centimètre... La marée montait encore et à plusieurs reprises l'eau l'a submergé... Papy m'a dit que même là, il croyait pas s'en tirer... et puis, peu à peu, à plat ventre, il a progressé, tiré par cette corde surgie par miracle...

— Mais qu'est-ce qu'il y avait au bout ? Elle avançait pas toute seule ta corde ?

Faustine fit un petit signe du plat de la main pour tempérer son impatience. Puis elle inclina la tête sur le côté et répondit sur un ton mystérieux.

— Comme il y avait de l'orage… il y a eu un éclair… et il a aperçu un cheval…

— Un cheval ?

— Un grand cheval… hyperénorme… pour les labours… c'était la corde qui servait à l'attacher qu'avait attrapée Papy… Le cheval avait dû se détacher à cause du vent et il cherchait aussi la terre ferme… après, Papy s'est retrouvé le nez dans les chardons et il m'a dit que jamais il n'aurait cru qu'une griffure au visage lui fasse autant plaisir… C'était la terre ferme, il s'est relevé et il a rejoint le cheval qui avait accompli son boulot… qui était sauvé aussi… et qui s'était mis tranquillement à brouter…

— Eh bien… quelle histoire… merci ma fille.

— Attends, c'est pas tout… Quand grand-père est arrivé vers le cheval il a vu son harnachement… avec le nom de sa ferme : Ker-Braz.

— Braz ?

— Oui… c'est pour ça qu'on s'appelle Braz… quand Papy était chez les bonnes sœurs il avait pas de nom de famille… alors en s'enfuyant, il a pris celui-là… après il m'a dit que ça avait été la guerre et que c'était pas compliqué d'obtenir des papiers… Le lendemain les bonne sœurs ont dû retrouver son balluchon au milieu de la baie, c'est comme ça qu'elles ont pensé qu'il était mort noyé… et que sœur Cécile a pu récupérer l'aquarelle d'Oya… Il l'avait emportée dans son sac, protégée dans un tube de gâteaux en métal…

— Et des années après les sœurs m'ont restitué l'aquarelle…

Fred, insensiblement, à mesure que sa fille avançait dans son récit, avait augmenté la pression sur la pédale d'accélérateur. Il s'était tendu, accompagnant dans son propre corps les souffrances endurées par son père. Il ne devait son existence qu'au risque d'étouffement atroce que Michel avait encouru. Bien évidemment, cette issue du trou de vase et la présence d'un cordon salvateur évoquaient la naissance à treize ans de son père. Celle véritablement responsable de son propre départ dans la vie.

C'était ce décalage de treize années que Michel n'avait certainement jamais accepté, la raison de tant de silences. Enfin dissipés par une enfant.

Maintenant, le compteur kilométrique avait atteint cent quatre-vingts. Fred se relâcha, aussitôt la voiture ralentit.

Il posa sa main sur celle de Faustine et la tint, immobile quelques minutes.

Puis d'une voix blanchie par l'émotion, il dit :

— Il faut appeler maman, maintenant… On avait promis…

Claire se hissa sur le rebord de la piscine et resta un instant, le front en arrière, les yeux mi-clos protégés du soleil par le film liquide tendu entre ses paupières. La sonnerie du téléphone portable continuait de sonner à l'ombre du transat. Elle s'entoura d'une serviette-éponge et s'assit sur le plastique chauffé à blanc. Le numéro qui s'inscrivait à l'écran était celui du portable de Faustine.

— Ma puce ! Comment ça va ?…

— Bien, maman, et toi, elle est bien la maison ?

— Géniale, répondit Claire. Elle est magnifique, en vieilles pierres, c'est un vrai mas… Papa t'a pas dit ?

— Si, mais il embellit toujours.

— Je suis autour de la piscine… l'eau est carrément à trente-deux, il y a des oliviers partout autour et ça sent la lavande… et vous ça va ? Ça roule comme prévu ?

— Génial, y a personne sur la route…

— J'ai hâte que vous arriviez…

Dans le combiné, Claire entendit la voix de Faustine qui détonnait, elle avait dû tourner la tête en direction de son père.

— À quelle heure on arrive, papa ?

— Ça dépend... avec arrêt saucisses-frites ou sans ?

— Avec ! Saucisses-frites, œufs à la neige et Coca !

— Alors dis à maman qu'on a passé Auxerre, et qu'on sera là aux alentours de seize heures...

— Maman, on sera là aux alentours de seize heures...

— Parfait mon amour, je vous attends...

Claire restait droite et presque nue au bord de la piscine, l'eau séchait sur son corps, elle commençait à ressentir la brûlure du soleil, et un léger vertige aussi. Elle regarda le lent miroitement de l'eau à ses pieds.

— Et... sinon, papa n'était pas en retard ce matin, tu ne l'as pas trop attendu ?

— Il était pile à l'heure, il s'est garé, j'étais prête, mamie a versé une larme, papy Michel nous a fait le couplet sur la pression des pneus et le niveau d'huile, et on est partis...

— Bien... alors tu es contente ?

— C'est génial ! Eh, maman !

— Oui ?

— Je suis contente de te revoir aussi !

— Bien... je t'aime ma puce... embrasse papa, d'accord ?

— Oui...

Claire raccrocha et resta ainsi, immobile, un long moment, jusqu'à ce que la brûlure du soleil fût insupportable, puis elle fléchit sur les genoux et se détendit brusquement, les bras en avant.

Elle traversa la surface de l'eau rafraîchissante, sûre d'elle-même. Elle avait mis à profit les quarante-huit heures passées pendant lesquelles elle n'avait vu âme qui vive, à mûrir la décision qu'ils avaient prise.

Depuis que Fred avait appris l'existence de Pierre de Brécourt, ils en avaient parlé maintes fois. Ils ne voulaient plus continuer ainsi. Claire n'avait pu garder son secret et le seul fait de porter à la connaissance de l'un la tromperie de l'autre avait mis à bas l'édifice qu'ils s'étaient employés à construire depuis des années.

Ces vacances allaient être les dernières qu'ils allaient passer tous les trois ensemble. Ils allaient garder leur résolution secrète jusqu'au dernier jour, puis au retour à Paris, ils allaient annoncer à Faustine leur intention de divorcer.

En attendant, ils avaient prévu d'accompagner leur fille en douceur vers sa nouvelle existence. Ce trajet qu'elle effectuait à ce moment précis avec son père sur l'autoroute du Sud en constituait le premier exemple.

Claire était portée par le fluide, suspendue au cœur du bassin de la piscine comme entre deux temps de sa vie. Si elle n'avait pas été sous l'eau, les larmes qui s'écoulaient entre ses paupières eussent été visibles. La mélancolie l'envahissait, indésirable comparse des moments heureux que sa fille et son mari partageaient à bord de la Volvo.

Une heure plus tard, Fred et Faustine, leur déjeuner englouti, détalèrent sur le parking en s'abritant des premières gouttes de pluie. Ils s'engouffrèrent dans la voiture en riant. Fred mit le contact et dirigea le véhicule sur la bretelle d'accès pointée comme une flèche en direction du sud. Il s'inquiéta de la rapidité avec laquelle les ténèbres avaient pris possession du ciel. La lumière s'était teintée d'un bleu électrique, le vent s'était mis à souffler fort et les nuées avaient bouché l'horizon en quelques minutes. Une tache claire persistait dans la direction des vacances, de la forme d'un trou de serrure, dans laquelle Fred espéra qu'ils aient désormais le temps de se glisser.

Lors du reste du trajet, à mesure que l'orage se déchaînait sur l'autoroute, ils parlèrent peu, songeant l'un et l'autre aux confidences de Michel. Le vieil homme n'avait évidemment pas agi par hasard et son récit venait comme un cadeau offert à point nommé pour ce voyage.

Puis la pluie tomba si dru que les essuie-glaces ne parvinrent plus à chasser le rideau continu et mouvant.

Fred ne repérait plus la chaussée qu'en fixant les rectangles luisants de la ligne blanche. Il se déporta sur la file de droite et conduisit à vitesse moyenne, surveillant attentivement le rétroviseur dans lequel aucune lumière ne venait plus s'inscrire depuis de longues minutes. Faustine colla son nez à la fenêtre et surveilla la ligne de la bande d'arrêt d'urgence. Elle rassurait son père à intervalles réguliers sur la rectitude de leur trajet entre ces seuls repères que la pluie n'était pas encore parvenue à noyer. De temps à autre, elle discernait une fantomatique silhouette immobilisée sur le bas-côté, un semi-remorque qui avait préféré cesser de poursuivre son chemin. Elle vit également des cascades de terre détrempée dévaler des collines avoisinantes, des flots de boue rougeâtre emplir le contrebas de la chaussée. Lorsqu'ils roulèrent dans une de ces flaques profondes et visqueuses qui commençaient à gagner sur l'asphalte, leur sillage parut s'épaissir de sang.

— Il faudrait que tu préviennes maman que ça danse un peu, fit Fred… et qu'on sera en retard, sinon elle va s'inquiéter…

— Oui…

Faustine prit le portable et composa le numéro de sa mère au moment précis où une rafale de vent arracha l'antenne relais de téléphonie mobile de Jugny, dispersant ses composants à plus de cent soixante-dix kilomètres à l'heure.

Lorsque la tempête culmina de violence, il y eut un éclair formidable.

Un cerf affolé franchit la barrière de l'autoroute. Le camion qui les précédait pila et sa remorque se mit en travers. Fred donna un brusque coup de volant. La voiture fit une embardée.

Faustine vit subitement les lignes blanches obliquer dans le fracas.

L'instant suivant, la Volvo heurta la rambarde centrale de l'autoroute, la franchit et décolla cependant qu'une rafale encore plus puissante que toutes les précédentes s'engouffrait sous le châssis et la portait littéralement à quelques mètres au-dessus du sol.

La voiture sembla voler un instant, comme si elle poursuivait sa route dans le ciel, puis lentement elle chavira.

Juste avant le premier choc, Fred entrevit que la mort était une amnésie de l'existence. Il serait dorénavant, vis-à-vis de lui-même et des siens, ignorant de ce qui avait pu être, à l'instar du temps de son vivant où il ignorait ce qui allait être. Par une ironie extrême du sort, il allait oublier, aussitôt qu'il l'avait appris, le récit de Michel. Il en éprouva un immense regret et tenta de saisir la main de Faustine, mais dans la voiture emportée dans une spirale vertigineuse son geste ne rencontra que le vide.

Il distingua cependant son cri, désespérément répété, qui parvenait à dominer le fracas des tonneaux :

— Je ne veux pas être là !

Un éclair déchira le ciel au-dessus de l'aéroport de La Havane, inaugurant la saison des pluies avec une soudaineté et une violence qui surprirent les habitants à des kilomètres à la ronde.

Dans les vieux quartiers de la capitale, les aînés se précipitèrent pour rattraper les enfants qui s'élançaient dans les ruelles pentues sur leurs planches de bois. Chaque année de tels jeux de glisse se soldaient par le désespoir des familles.

Le paroxysme de la perturbation se situait à l'aplomb de la piste, où le drainage s'avéra rapidement inefficace. La décision fut prise de dérouter les vols, quelques minutes après l'atterrissage du Boeing d'Air France.

Les cars qui transportaient les passagers de l'avion en direction de La Havane reçurent tardivement l'autorisation de quitter le périmètre, car on craignait que la route nationale fût rendue impraticable. Mais devant l'insistance des membres du groupe, qui n'avaient pas la moindre idée de ce que signifiait une dépression tropicale, les autorités baissèrent les bras. La réputation des Français en matière d'indiscipline les avait précédés. Le responsable de la sécurité de l'aéroport, castriste de la première heure, ne se sentit pas de taille à affronter leur révolution.

Une joyeuse pagaille s'ensuivit, les compagnons de vol de Claire s'égaillèrent sous la pluie battante et la jeune femme prit place au premier rang du dernier bus. Elle ôta son tee-shirt et se retrouva en débardeur. Elle s'ébroua, puis elle ouvrit son sac et saisit son guide.

Au milieu de l'ouvrage, une lettre, qu'elle avait lue à plusieurs reprises dans l'avion tenait lieu de marque-page. Vingt ans auparavant, elle avait connu Sylvie au conservatoire de Montpellier. Elles étaient quatre amies à jouer du même instrument, à partager le même appartement et à s'être juré de se marier le même jour. Puis le temps avait grignoté chaque « même», l'un après l'autre.

Aujourd'hui, Claire habitait Rennes et préparait sa qualification en archéologie. La lettre de Sylvie lui avait fait l'effet de remonter d'un profond passé. Elle l'avait tournée et retournée longuement avant de l'ouvrir, comme on manipule avec précaution un fragment de poterie sur une fouille.

Elle s'était posé la question de savoir si elle souhaitait renouer avec ses anciennes amies, mais là, dans l'avion, en volant vers l'île des Caraïbes, elle s'était dit que la probabilité de réussir leurs retrouvailles était faible. Elle avait décidé de garder la lettre pour l'adresse et de dépêcher à Sylvie un bouquet de fleurs à sa place.

— Ça ne vous dérange pas si je m'assois à côté de vous ?

— Pas du tout...

Claire plia la lettre et poussa son sac pour libérer la place à l'homme à qui elle avait déjà eu l'occasion de sourire brièvement pendant le vol.

— Xavier..., fit-il en lui tendant la main.

— Claire.

— Je suis de Nantes.

— Et moi de Rennes.

— Première fois à Cuba ?

— Oui.

— Moi aussi.

— Seule ?

— Oui.

— Moi aussi.

La colonne de bus était chahutée sur la nationale aux bordures grignotées par des mares boueuses de plus en plus étendues. Par endroits, on ne distinguait plus la limite entre la voie circulante et la plaine détrempée. La pluie formait un rideau serré de part et d'autre des lignes de palmiers battus par le vent, derniers repères entre lesquels avancer.

Claire et son voisin échangèrent quelques sourires dans lesquels se mêlaient l'appréhension et l'excitation enfantine. Le chauffeur conduisait en sifflotant, les yeux rivés sur les feux arrière du bus précédent.

— Il n'a pas l'air d'être plus inquiet que ça..., fit Claire.

— Il n'y a pas de raison, répondit Xavier, au moment où la foudre frappait un palmier vingt mètres en avant.

Le chauffeur se dressa sur ses freins en jurant, juste avant que le tronc enflammé ne s'abatte sur l'asphalte. La calandre du bus s'immobilisa à moins d'un mètre de la barrière de feu.

Claire sentit la chaleur au travers de la vitre. Elle entendit un craquement à l'arrière du car, se mêlant aux cris de frayeur des passagers. Elle se retourna et vit un second palmier en feu, de l'autre côté de la voie, qui s'effondrait à son tour, leur barrant toute possibilité de recul.

Le chauffeur s'était levé et faisait signe de la main à ses passagers de se calmer. Les gouttes de pluie, en tombant sur les arbres en feu, formaient un nuage de vapeur qui, en quelques secondes, les isola du monde.

Claire se leva et distingua sur le côté du car, comme une chaloupe appontée, une voiture jaune, prise au piège également. C'était un des taxis décrits dans le guide, un gros scarabée jaune, dont elle vit la porte s'ouvrir lentement. Un Occidental d'une trentaine d'années en sortit, l'air abasourdi, qui contemplait le spectacle des deux troncs leur barrant la route.

Fred se dit qu'il s'en était fallu de quelques dixièmes de seconde pour que les arbres les aient écrasés. Il leva les yeux en direction du car et vit certains de ses compagnons d'infortune qui commençaient à en descendre. Claire se tenait fragile, sous l'averse, ses mains couvrant ses épaules nues, face comme lui, au spectacle capricieux imaginé par la nature. Il jugea qu'elle était maigre et se dit que cette femme mangeait peu. Elle tourna la tête dans sa direction et il aperçut l'éclat incroyablement vif de ses yeux noisette. Il vit aussi la main de l'homme s'avancer sur l'épaule de Claire, et son autre main lui proposer l'abri d'un coupe-vent en Nylon.

Claire hésita un instant, puis elle accepta la protection que Xavier lui offrait. Ils se serrèrent l'un contre l'autre sous le mince tissu, au milieu des tourbillons de fumée âcre.

L'attention de Fred fut ensuite attirée par le chauffeur du car qui, avec force gestes et baragouinage moitié anglais, moitié espagnol, expliqua que les secours n'allaient pas tarder à arriver et qu'en attendant il valait mieux se mettre à l'abri dans le car.

— La foudre peut retomber et les pneus nous isolent…

L'un d'entre eux plaisanta sur le fait que le destin n'allait pas se permettre un tel lancer de dés, mais tous préférèrent obtempérer prudemment.

Fred leur demanda l'autorisation de se joindre à eux, pas mécontent de découvrir qu'ils étaient français. Après dix jours passés à dos de mule dans la forêt, il ne bouda pas son plaisir de retrouver un terrain balisé.

Il se tint debout assez longtemps, à l'avant du car, conversant avec Xavier et Claire, qu'il pensa tout d'abord en couple. Tandis qu'il leur vantait les paysages de l'Est cubain où il venait de passer le plus clair de son séjour, Claire voulut consulter la carte de son guide pour localiser Guantánamo et Baracoa. En l'ouvrant, elle laissa s'échapper une lettre que Fred se pencha pour ramasser. Il crut reconnaître l'écriture de Sylvie, mais comme il lui était impossible d'imaginer que cette jeune femme assise dans un bus à Cuba pût connaître sa future épouse, il remisa son sentiment dans un recoin de sa conscience et en conclut que le désir de revoir sa fiancée le taraudait plus qu'il ne l'avait imaginé.

Le toit de la Volvo heurta lourdement la chaussée et s'écrasa sous l'impact. Le véhicule tournoya comme une toupie folle et vint finir ses embardées en se pulvérisant contre la calandre du camion qui arrivait dans l'autre sens.

Il y eut une gigantesque explosion, un déluge de métal tordu et de débris enflammés qui constellèrent le ciel noir et les alentours de l'autoroute sur plusieurs centaines de mètres.

La pluie n'avait pas cessé un instant de tomber avec violence sur les tôles fatiguées du car et l'ambiance à l'intérieur s'était transformée. Les touristes, lassés de ne voir arriver aucun secours après trois heures d'attente, s'agaçaient. L'humidité dans l'habitacle était telle que tous paraissaient aussi trempés que s'ils avaient attendu sous l'orage. Le chauffeur, admirablement placide, ne parvenait plus à les calmer en leur répétant toutes les dix minutes que les secours étaient en route.

Maintenant, Fred, Claire et Xavier restaient le plus souvent silencieux.

Un des touristes, un grand type chauve qui parlait bien l'espagnol, était venu s'adresser à plusieurs reprises au chauffeur. Il s'était montré de plus en plus menaçant, promettant de se plaindre dès leur arrivée en ville, et comme le chauffeur lui avait demandé : « Mais à qui voulez-vous vous plaindre, pour la pluie ? » Il avait regagné le fond du car en invitant ses compatriotes à l'accompagner au consulat dès qu'ils arriveraient. Certains n'étaient pas d'accord avec la méthode, des voix avaient commencé à s'élever. Une femme avait traité le grand chauve de résidu colonialiste, une autre l'avait bousculé, et juste avant que cela ne tourne véritablement à l'émeute, une forme s'était dessinée dans la perspective du pare-brise du bus, les mettant tous d'accord.

Un véhicule militaire les rejoignait, aussitôt les touristes applaudirent.

Sous les éructations injurieuses de leur chef, resté à l'abri, les hommes en uniforme déployèrent un treuil et parvinrent à libérer la route en quelques minutes d'effort. Le bus avança d'une dizaine de mètres pour permettre au camion de l'armée d'approcher le palmier suivant, puis l'opération se renouvela sous une seconde bordée d'insultes et le regard pantois des touristes.

Il y eut un vrombissement dans le ciel, Fred leva les yeux et aperçut le ventre blanc du Boeing d'Air France, qui venait de décoller.

— C'était l'avion que vous deviez prendre ? lui demanda Claire.

— Sans doute… et il n'y a que deux rotations par semaine.

— Qu'allez-vous faire ?

— Continuer vers l'aéroport et voir là-bas quand part le prochain avion pour l'Europe, n'importe où… et prendre ensuite une correspondance pour Paris… Je dois trouver un moyen de rentrer aujourd'hui.

Fred remercia le chauffeur pour son hospitalité, puis il salua Xavier et Claire avant de descendre. Il retint peut-être la main de la jeune femme dans la sienne une fraction de seconde de plus que ne le requiert la courtoisie. Il faillit lui demander s'ils ne s'étaient pas déjà vus quelque part, mais, après trois heures passées ensemble, cela n'avait plus de sens. Quant à l'impression qu'il avait eue d'identifier l'écriture de Sylvie, elle se gommait peu à peu. Il hésita encore, puis il sentit la main de Claire échapper à sa pression. Il lui sourit et tourna le dos. De toute façon, elle était prise.

Claire le regarda quitter le car et remonter dans le gros scarabée jaune, dont le chauffeur venait de remettre le moteur en route.

— Je le connais ce type, dit-elle.

— Ah bon ? fit Xavier.

— Je veux dire, je les connais ces types-là... ils ne ratent jamais une occasion de vous faire du gringue...

Xavier jugea préférable de rester coi, pensant qu'il marchait sur des œufs. Il observa à son tour le départ du taxi. Ce n'était pas gagné, mais les vacances ne faisaient que commencer.

Le chauffeur du car tourna la clef de contact. Une forte trépidation se transmit à l'ensemble des passagers qui laissèrent échapper des cris d'encouragement. Le lourd véhicule s'ébranla sous l'orage qui n'avait rien cédé de son mordant.

La pluie battait sans relâche la route sur laquelle les deux véhicules s'éloignaient lentement l'un de l'autre.

Claire et Xavier se calèrent dans leurs sièges, bras contre bras.

— Et tu fais quoi ? lui dit-elle.

— Je suis chef... dans une brasserie... à Nantes...

— Chef de cuisine ?

— Oui.

— J'adore bien manger.

— Voilà qui est de bon augure, sourit Xavier.

Elle acquiesça en inclinant la tête un peu plus en sa direction. Jusqu'au contact de son épaule.

Dans le taxi, Fred ferma les yeux et s'assoupit rapidement.

Il ne vit pas un nouvel éclair illuminer l'horizon, se refléter l'espace d'un instant dans les milliards de gouttes d'eau versées par le ciel, comme autant de vies voisines mises en lumière.

Une épaisse fumée noire comblait la cuvette naturelle formée par le passage de l'autoroute entre les collines. La rambarde centrale de sécurité avait été pulvérisée sur une centaine de mètres. Il restait quelques copeaux de métal dressés, flèches ébarbées et noircies en direction du ciel, comme autant de doigts accusateurs.

Les médecins étaient penchés sur les deux corps éjectés à distance des débris calcinés des véhicules. On pouvait distinguer, en avant d'un rideau de flammes fuligineuses, qu'il s'agissait de celui d'un adulte et celui d'une fillette. On s'activait sur eux pour tenter de les ranimer. C'était une agitation frénétique, sous la pluie qui continuait de tomber, parmi les pompiers et les gendarmes affairés dans leurs tentatives de régler la circulation alentour.

Pierre de Brécourt se pencha pour tenter d'apercevoir les visages des deux victimes que l'on transportait en hâte jusqu'à l'hélicoptère, mais les masques à oxygène, les tuyaux orange qui pénétraient dans leur bouche et leurs narines empêchèrent toute identification. L'appareil décolla presque aussitôt. La cape de pluie qu'avait enfilée Pierre ondoya dans la bourrasque. Une odeur de caoutchouc brûlé mêlée à celle des ballots de laine qui flambaient encore dans la carcasse du second camion l'assaillit.

Il vit le gendarme qui lui faisait signe et se rapprochait en courant. Il se précipita à sa rencontre.

L'homme brandissait un portefeuille et l'ouvrit en arrivant devant Pierre. La première chose qui apparut était une photo de Claire.

— Ce sont les papiers de l'homme… la petite doit être sa fille… On a son identité… Frédéric Braz… Il y a une carte plastifiée avec le portable de sa femme…

Pierre crut défaillir.

Il tourna le dos. Son estomac se tordit, il lutta violemment pour ne pas vomir et chancela sur quelques pas avant de se laisser tomber sur les genoux à même le sol.

Le brigadier observa le colonel Pierre de Brécourt, ainsi prostré, immobile et ruisselant.

— Ça va mon colonel ?

Pierre inclina lentement la tête de haut en bas.

— Excusez-moi, mon colonel, reprit le brigadier, mais que dois-je faire ?… j'appelle cette femme ?… Il faut la prévenir, non ?…

Pierre tourna la tête dans sa direction.

— Je vais le faire…

Le brigadier se sentit soulagé, il était normal que son supérieur se chargeât lui-même de cette tâche délicate.

Il s'avança vers Pierre de Brécourt pour lui remettre la carte plastifiée, mais s'arrêta net quand il s'aperçut que celui-ci avait saisi son téléphone portable et qu'il appuyait sur une touche préenregistrée de son clavier.

Monge vit l'assemblage de tuiles ocre se profiler derrière les feuillages de l'oliveraie. Il prit une feuille de papier essuie-tout et frotta pour la énième fois le tissu de son pantalon. La tache d'essence avait été presque entièrement absorbée par le tissu de lin, mais l'auréole n'était pas des plus élégantes. Et surtout l'odeur persistait.

Maudit pompiste. Monge était contre les emplois de proximité, les petits métiers. Il n'aimait guère la jeunesse.

Il espérait que Claire Braz fût encore seule et jeta un regard dans lequel perçait de la tendresse en direction du sachet de « pierres de Chine » posé sur le siège passager. Ses haricots sauvages, son cheval de Troie, le prétexte idéal pour la revoir.

Quel idiot avait-il été d'avoir mis tout le week-end à se décider, mais peut-être après tout était-ce l'imminence de la venue du mari qui l'avait décidé. Si celui-ci n'était pas encore arrivé, un quart d'heure pouvait suffire. Cela avait monté depuis samedi, deux journées d'une lente et inexorable poussée de désir, une impérieuse envie de la serrer entre ses bras, de profiter des bonheurs du corps de Claire dont il avait deviné qu'elle était prodigue.

— Je reconnais les femmes qui aiment les hommes...

Depuis qu'ils étaient convenus un mois auparavant, par téléphone, qu'il allait venir la chercher à la gare et la convoyer jusqu'au mas, il n'avait cessé de fantasmer.

— Je porterai un foulard rouge noué autour de mes cheveux... Sinon j'ai trente-cinq ans, je suis plutôt fine, la peau blanche, le nez retroussé..., avait-elle précisé.

Et aussi petite et proportionnée à cœur, avait-il pensé en regardant la rondeur de ses seins se dessiner à chaque respiration sous le chemisier de soie écrue, puis ses jambes lisses et déjà bronzées, repliées sur le banc où il l'avait trouvé assoupie, dans la clarté zénithale que diffusait la verrière de la gare TGV.

Le foulard était dénoué, il avait glissé et formait sur le banc une corolle écarlate autour de son visage fin. Claire était abandonnée et désirable, au milieu de la cathédrale de verre et de bois érigée en rase campagne. Sur le moment, Monge avait eu le sentiment qu'il l'avait déjà vue. Cela avait été une impression assez forte qui l'avait poussé à s'approcher davantage, à sentir son parfum s'élever avec la chaleur de son corps.

Monge savait qu'il n'avait jamais rencontré aucune Claire Braz. Il attribua ce phénomène aux compositions que le cerveau créait parfois au moyen de matériaux préexistants dans notre subconscient. En l'occurrence le modèle n'était pas à aller chercher bien loin. Si le foulard était resté en place autour des cheveux châtains de Claire, elle eût ressemblé à s'y méprendre à Audrey Hepburn dans *Breakfast at Tiffany's.*

Cela avait été longtemps le film préféré de Monge. Lors de sa sortie, il était allé le voir à cinq reprises. À cette époque il avait pris la décision de se faire appeler Monge, et non plus Mangialopoulos qui était son véritable nom de famille. Tous ces Gable, Grant, Cooper, aux patronymes courts et virils sonnaient si agréablement à l'oreille. Et, pour la réussite en clientèle, ce genre de raccourci était souhaitable. Il s'en était convaincu dès l'âge de vingt ans.

Dans la gare d'Avignon, après quelques minutes de cette contemplation, Monge avait rompu le charme à contrecœur, au profit d'une réalité censée lui rapporter une somme rondelette en liquide.

Il avait posé la main sur l'épaule à demi dénudée, il avait effleuré la peau qu'il devinait douce et tiède.

— Madame Braz, excusez-moi...

Claire avait ouvert les yeux et cligné des paupières à plusieurs reprises, éblouie.

— Vous êtes bien, madame Braz... je vous réveille ? je suis un peu en retard...

— Oui, pardon... Je me suis endormie... il fait si chaud...

— Bienvenue dans le Sud, madame Braz, lui avait sourit Monge.

Puis, il l'avait accompagnée au mas.

Ensuite, tout le week-end il avait hésité. Il avait failli, mais il n'y était pas retourné le lendemain. Ni le lundi matin. Il avait repoussé d'heure en heure le moment de se lancer. Et cela avait fini par le prendre, alors qu'il était probablement trop tard, que le mari était déjà peut-être là. Il avait décidé de tenter sa chance malgré tout. Il avait jeté le sachet de cocos sauvages sur le siège. Il avait démarré. Le mas n'était pas si loin.

En route, il s'était arrêté de mauvaise grâce pour faire le plein d'essence. Chaque seconde perdue accentuait sa fébrilité, mais une panne sèche menaçait plus directement encore son projet. Le pompiste restait collé derrière son comptoir, à conter fleurette à une mignonne du coin. Monge avait pris le tuyau et choisi de se servir lui-même.

En remisant l'embout dans la pompe, il avait appuyé par mégarde sur la gâchette et de l'essence avait coulé sur son pantalon.

Il avait poussé un cri de rage, et, lorsque le jeune pompiste s'était présenté, l'avait houspillé sans vergogne. Il lui avait balancé un billet en s'emparant du rouleau de papier essuie-tout qui trônait sur la pompe.

Il n'avait même plus le temps de repasser chez lui se changer s'il voulait avoir la moindre chance d'arriver avant le mari.

Monge pesta à nouveau contre la ribambelle de mesures inutiles que le gouvernement avait prises en faveur de l'emploi des jeunes. On voyait le résultat. Maudit pompiste. Il accéléra et sa voiture fila entre les pinèdes.

Depuis qu'il était veuf, il avait connu quelques réussites. Il se rappela cette dermatologue, six ans plus tôt, un mois de septembre. Il avait débarqué une fin de matinée, à l'improviste. Elle se baignait nue dans la piscine. Elle lui avait fait signe de la rejoindre. Les dermatologues n'ont pas froid aux yeux, en général. Le mari et les enfants étaient montés à Avignon pour la journée.

Il se gara devant le mas et n'aperçut aucune autre voiture. Le mari et la fille n'étaient pas encore arrivés. Tout restait possible. Il regarda machinalement le ciel en direction du nord, devinant une biffure sombre sur l'horizon lointain.

Il fit le tour jusqu'à la piscine, tremblant presque d'excitation à l'idée que son fantasme prenait tour. Mais Claire n'y était pas, pas plus qu'ailleurs dans la maison, laissée ouverte aux vents chauds.

— Madame Braz... c'est Monge !

Il n'obtint aucune réponse.

Monge finit par apercevoir l'annuaire ouvert à la page des taxis, abandonné sur le sol près du plongeoir. Il l'avait pourtant prévenue qu'en l'absence de son mari il pouvait lui servir de chauffeur.

Il trouva le trousseau des clefs de la maison, abandonné sur la table, puis, un peu plus loin, le sac de la femme avec son agenda et tout un nécessaire de beauté.

Il s'aventura en direction de la chambre. Un maillot de bain encore humide avait été jeté sur le sol et la valise gisait ouverte, les vêtements répandus autour sans ménagement.

Elle avait quitté la maison avec précipitation.

Elle avait fui sans juger utile de le prévenir.

Il se renfrogna et alla s'asseoir sur le canapé du salon, décidé à attendre aussi longtemps que nécessaire.

Une idée tenace le poussait vers la colère, en dépit de toute raison. Il s'en voulait d'avoir tant hésité.

C'était comme s'il lui manquait quelque chose. Un fragment de sa vie qu'on lui aurait dérobé.

Le moment où il se retrouvait seul avec elle au bord de la piscine.

Son regard glissa sur les murs du salon, les meubles, qu'il ne reconnaissait plus à force d'avoir tant loué. Comme s'il avait suffi que d'autres les utilisent pour l'en déposséder. Il lui sembla que le prix à payer était considérable en regard du surplus de confort matériel procuré. En définitive, il n'avait pas besoin de louer, il ne manquait pas d'argent, c'était juste un moyen de rencontrer ceux du monde qui bouge. Il soupirait, quand son regard fut attiré par un morceau de papier chiffonné sous la table basse. Il se redressa péniblement et le ramassa.

Il y vit, griffonné à la hâte, le nom de l'hôpital de la Croix-Rousse à Lyon.

Claire observait la discrète ondulation du feuillage des arbres sous une brise légère. Un soleil radieux brillait. Le ciel était d'un bleu pur et sans limites. Un criminel avec un visage d'ange.

Elle se leva et alla se poster devant le distributeur de boissons. Déjà, elle connaissait par cœur l'emplacement des canettes sur les vignettes en façade. Le prix des sodas aussi. Et leur composition. Cela n'avait aucune importance. Chaque fois qu'elle s'y rendait une minute s'écoulait et c'était une victoire sur cette parenthèse ouverte dans sa vie. Son trajet la menait ensuite à la baie vitrée qui donnait sur la cour intérieure de l'hôpital où, selon l'agitation, la déambulation d'un malade ou l'arrivée d'une ambulance, elle grappillait encore quelques secondes. Enfin elle regagnait son siège en plastique blanc en suivant les lignes du linoléum, s'asseyait et s'efforçait de réfréner son envie d'une nouvelle excursion autour de la pièce. Elle ne voulait pas que les infirmières ou d'autres visiteurs la prennent pour une démente.

Claire se dit que rien n'était prévu pour que s'accomplisse le déroulement nécessaire du temps dans une salle d'attente d'hôpital. Les salles de jeux étaient pleines de jeux. Les salles de bains de baignoires. Les salles de classe de bancs et de bureaux. Ici il n'y avait rien d'autre que l'angoisse dévorante ou le guet du moindre pas annonciateur de nouvelles.

Dès la nouvelle de l'accident elle avait appelé un taxi et s'était rendue à Lyon. Elle avait retrouvé Pierre à l'entrée du service de réanimation, mais n'avait pas souhaité qu'il demeure auprès d'elle. Il n'avait pas insisté, saisissant que le sort avait mis leur liaison en danger, en même temps que la vie de la famille de Claire.

Depuis maintenant près de trois heures, elle attendait, seule, voisine de cet étrange espace désormais habité par son mari et sa fille. Ils avaient tous deux sombré dans un coma profond, sur le pronostic duquel les médecins refusaient de se prononcer, mais Claire était la prisonnière. Elle était retenue du côté du monde des conscients. À commencer par la prison de ses souvenirs. Rien n'était pire dans leur absence au monde que le surgissement brutal et répété des images de leur bonheur récent. Le plus difficile était de ne pas penser à eux, de ne pas les évoquer. Mais c'était trop nouveau. Depuis dix ans Fred et Faustine étaient entrés quasi conjointement dans sa vie, marquant sans exception chacune de ses émotions de leur empreinte. Ils étaient les instigateurs d'une merveilleuse routine affective que sa liaison avec Pierre de Brécourt avait entamée. Mais là, dans cette salle sans couleurs, en marge de la lutte engagée dans les deux corps qu'elle avait le plus aimé étreindre, elle se trouvait saisie de la sensation vertigineuse de la perte définitive.

Comment se penser, dorénavant, sans eux ? Comment se figurer le monde en leur absence ? Était-il seulement concevable de poursuivre ainsi ? Elle voulut envisager ce qui se serait passé si elle n'avait pas répondu à l'invitation de Sylvie à son mariage, si elle n'avait pas quitté cette boîte de nuit au bras de Fred, si Faustine n'était pas née. Alors ils n'auraient pas eu cet accident. Mais, à la place, ils n'auraient pas existé dans sa vie. Au fond, elle les aurait détruits dix ans avant. Dans la solution de pis-aller proposée par le destin, ils gisaient sans réactivité aux sollicitations extérieures, mais Claire pouvait espérer qu'ils émergeassent de leur coma.

Pour avoir vécu ces dix dernières années à leurs côtés, elle préférait prendre le risque de les perdre plutôt qu'ils n'eussent jamais existé.

Aussitôt que les médecins l'y autoriseraient, elle irait s'asseoir près d'eux et endosserait son rôle de stimulus de leurs consciences cadenassées. Il devait rester, à la frontière de leur cognition, quelques fils tendus d'un lien si fort.

À l'idée que leurs mains, pour la première fois, puissent être inertes dans la sienne, une larme coula sur sa joue. Elle en arriva à la conclusion que, pour ne pas souffrir, l'unique issue eût été qu'elle n'eût pas existé.

Que ses propres parents ne se soient jamais rencontrés.

Cette année-là, ils s'y prirent très tard pour organiser leurs vacances d'été, mais heureusement Claire réussit à dénicher une maison dans le Sud. Un authentique mas provençal promettait l'annonce du *Quotidien du médecin*, que lui avait mise sous le nez Isabelle, sa copine cardiologue.

Depuis que Xavier s'était installé à son compte, c'était la première fois qu'ils s'autorisaient à partir tous les quatre. Le restaurant gastronomique ouvert sur le port de Sauzon, à Belle-Île-en-Mer, n'avait fait le plein ni les premières semaines ni les premiers mois. Mais progressivement la réputation de chef de Xavier avait opéré et les clients avaient fini par traverser l'Atlantique.

Après quatre années de labeur acharné, ils pouvaient enfin envisager de fermer un mois entier pendant l'été. Les fourneaux allaient s'éteindre, Xavier allait déposer son tablier et Claire allait pouvoir se reposer.

Si, après leur retour de Cuba, il s'étaient revus à quelques reprises, Claire était allée à Nantes deux fois et Xavier s'était rendu à Rennes, leur relation s'était malgré tout rapidement dissoute dans la vie normale. Claire s'était lancée à fond dans la préparation de sa qualification en archéologie et Xavier transpirait devant les fourneaux de sa brasserie.

Lorsque, un après-midi, le téléphone avait sonné.

Xavier la rappelait après plusieurs semaines de silence.

— J'étais en train de ranger mes affaires... je suis tombé sur ton guide de Cuba.

— Ah oui, fit Claire, totalement concentrée sur une leçon d'anthropologie. Merci. C'est toi qui l'avais gardé ? Je n'en ai pas l'usage là.

— Oui, mais dedans j'ai trouvé une lettre qui t'était adressée... et je me suis dit que tu en avais peut-être besoin...

— Oh ! putain ! le mariage de Sylvie !

— Oui, c'est ça... je me suis permis de lire... c'est dans trois jours... alors...

— J'avais complètement zappé... Merci, je vais pas y aller, mais je voudrais au moins lui envoyer un bouquet, tu peux me dire l'adresse ?

— Si tu veux je te ramène le guide... en personne...

Claire resta silencieuse. Elle regarda la pile de cours photocopiés dont elle devait encore ingurgiter la substance d'ici la semaine suivante et soupira.

— OK. J'ai besoin d'un break... viens.

Leur deuxième rencontre fut la bonne et, souvent au cours de ces années, Claire adressa de secrets remerciements à Sylvie qui, sans le savoir, lui avait permis de découvrir Xavier dans des circonstances moins tropicales, mais finalement plus constructives que la première fois.

Elle ne put s'empêcher de penser au serment. Les deux filles ne s'étaient pas mariées le même jour ni au même endroit, mais elle ne pouvait nier que quelque chose de cela s'était produit.

Six ans plus tard, ils avaient débarqué du bateau qui assurait la liaison entre Quiberon et Le Palais, en tenant chacun une des mains de Raphaël. Leur fils quittait l'école maternelle et entrait au cours préparatoire.

Claire avait pris la décision de servir en salle dans le restaurant de son mari. Plus tard ils allaient engager du personnel. Parfois elle disait :

— J'ai toujours été attirée par la restauration…

Sans que Xavier puisse être certain de l'absence d'amertume dans le propos. Elle parlait de plus en plus rarement de l'archéologie. Mais lorsqu'ils marchaient avec leur enfant, au bord des falaises de la côte sauvage, le long de ces promenades fouettées par le vent du large, elle lui assurait qu'elle était heureuse dans cet endroit.

Quand Claire fut enceinte pour la deuxième fois, elle prit peur, elle se demanda même si elle devait le garder. Le chiffre d'affaires n'était pas suffisant pour envisager de la remplacer et la charge supplémentaire d'un bébé lui paraissait insurmontable.

Xavier refusa toute discussion évoquant un avortement. Il promit qu'il la seconderait autant que ses forces le lui permettraient, elle sourit en lui rappelant que, pour l'instant, elle le secondait en salle.

Un lundi, alors qu'ils avaient regardé une cassette du *Parrain*, Xavier imita l'accent de Marlon Brando et dit :

— La vie est une proposition que vous ne pouvez pas refuser…

Claire se serra contre lui et hocha la tête.

— J'ai juste peur qu'on ne s'en sorte pas… on travaille tellement dur…

— Et en plus tu ne fais pas ce que tu voulais…

— Ça c'est sûr, si on m'avait dit que j'épouserais un cuistot… moi je me voyais sur les traces de Leroy-Gourhan…

— C'est qui ça ?

— Le Brillat-Savarin de l'archéologie.

— Un jour on achètera une boutique…

— D'archéologie ?

— Non d'antiquités, meubles, tout ça… c'est un peu dans le même esprit…

— Oui, c'est comme toi avec tes feuilletés de Saint-Jacques à l'émulsion au vinaigre balsamique… si je te disais que c'est du même esprit que le poisson pané…

Claire travailla dans le restaurant jusqu'au terme. À la fin, elle dut supprimer une des tables, afin de déplacer son ventre sans encombre.

Léa attendit sagement la fin du service pour naître un jeudi.

À présent Raphaël avait neuf ans, Léa deux et demi et ils allaient partir en vacances tous ensemble. Le propriétaire, un certain Monge, leur refusa une ristourne au prétexte qu'ils n'arrivaient que le lundi.

— Vous savez bien qu'on loue du samedi au samedi… je ne peux pas déroger… Du temps où ma femme était vivante on louait déjà comme ça… tout le monde loue comme ça…

— Nous avons un restaurant en Bretagne. Nous fermons après le service de dimanche midi… et nous partons avec nos deux enfants… nous ferons une halte le dimanche soir à mi-chemin… nous ne serons jamais là avant lundi en début d'après-midi…

— Je comprends, madame, mais c'est à prendre où à laisser… vous arrivez quand vous voulez, mais vous payez à partir du samedi.

— Bien. D'accord, abandonna Claire qui ne se sentait pas la force de remettre tout en question.

— Si vous voulez, quand vous passez Cavaillon, vous m'appelez et je viendrai vous chercher à la sortie de l'autoroute… il ne faut pas manquer l'embranchement vers Ryoles…

— Bien, oui.

— Je vous attendrai juste après la première carrière de pierres, en direction d'Apt, précisa Monge. Vous ne pouvez pas la rater… sur la droite il y a une petite route… je serai là, j'ai une BM, un vieux modèle, vert métal et vous ?

— Une 404 blanche, répondit Claire.

— Hou là ! Ça roule encore ça ?

— On la bichonne.

Claire entendit un martèlement précipité, puis elle crut distinguer son nom. On se demandait si elle était là. Elle tourna la tête. Les pas reprirent et se dirigèrent vers elle.

Elle se leva du siège, les mains croisées devant son ventre. Le médecin déboula de l'angle formé avec le couloir du service.

— Madame Braz !

C'était un jeune interne, probablement très compétent, mais qui avait toujours l'air tellement désolé lorsqu'il s'adressait à elle. À tel point qu'elle avait fini par l'éviter. Elle préférait réclamer des nouvelles aux infirmières qui en avaient vu d'autres et ne rajoutaient pas leur peine à sa douleur.

En trois semaines elle avait effectué vingt et une fois à pied le trajet qui la menait du petit hôtel, où elle avait établi ses quartiers, au service du professeur Woirond au troisième étage de l'hôpital.

— Venez avec moi, madame…

Vingt et une fois elle avait remonté ce couloir, passant d'abord devant la pièce des internes où les scanners cérébraux décoraient les murs comme des posters de vedettes dans la chambre d'un adolescent, puis devant la salle de repos des infirmières d'où s'échappait toujours une odeur de thé, ensuite devant le poste de soins, et enfin glissant de son pas menu et discret entre les chambres des malades. Elle marchait pour ne pas être là.

Vingt et une fois elle avait observé le peuple désemparé, objet de toutes les attentions et pratiquement condamné. Elle s'était renseignée. Le taux de patients qui parvenaient à quitter vivants une unité de réanimation neurochirurgicale était faible. Ici ils accueillaient des adultes, victimes d'hémorragie cérébrale ou d'embolie massive, des pans entiers de leur conscience ou de leur mémoire évanouis, et encore des adolescents qui avaient éparpillé des morceaux de leur cerveau sur une chaussée bitumée. Cela expliquait la mine triste de l'interne.

Vingt et une fois elle s'était assise à leur chevet. Tour à tour, dans chacune de leurs chambres en vis-à-vis, épuisant jusqu'au soir les horaires de visite.

— C'est incroyable ! Ils viennent de se réveiller tous les deux à quelques secondes d'intervalle…

Claire vit deux infirmières qui se hâtaient devant eux en direction des chambres 407 et 406. Une troisième remontait le couloir en sens inverse et lui adressa un immense sourire.

Elle entendit le bref échange :

— Trois semaines de coma et ils reprennent conscience en même temps…

— La fille d'abord, non ?

— Je sais pas, j'étais en train de faire des soins au père…

Claire accéléra le pas, ses jambes avaient pris le commandement. Elle passa devant le chariot qui contenait les dossiers médicaux des patients hospitalisés. Vingt et une fois, elle y avait vu remisées les feuilles cartonnées sur lesquelles avaient été griffonnées trois lettres qu'elle s'était mise à détester. RAS.

— Les premiers examens que nous avons pratiqués, montrent qu'ils se portent bien... affaiblis, mais bien...

Claire s'arrêta. Dans la chambre 407 à sa droite, elle vit Fred, qui tournait la tête faiblement dans sa direction.

— J'ai téléphoné au professeur Woirond...

Mais Claire ne l'écoutait plus, elle tournait à présent la tête sur la gauche et vit dans la chambre 406, Faustine, qu'une infirmière aidait à s'asseoir dans son lit.

Alors elle y crut, pour la première fois, en les voyant bouger de part et d'autre de ce couloir qu'à vingt et une reprises elle avait arpenté en regardant leurs corps immobiles.

La vie avait pris la décision de ne pas s'interrompre.

Fred lui fit signe d'aller voir sa fille en premier.

Claire pénétra doucement dans la chambre de la fillette et s'approcha. Faustine ébaucha un mouvement des lèvres, mais aucun son ne fut audible. Elle écarquilla grands les yeux, étonnée que son corps ne réagisse pas comme prévu.

— Ne te fatigue pas, ça va revenir ma chérie...

Faustine hocha la tête et se concentra. Elle recommença.

— Maman...

Claire lui prit la main et lui fit signe de ne pas se fatiguer.

— Il faut prévenir papy Michel...

La mère, émue, acquiesça.

— Oui, je vais le prévenir, mais laisse-moi t'embrasser d'abord…

— Parce que quand papa est venu me chercher hier matin, Papy m'a fait promettre qu'on l'appellerait dès qu'on serait arrivés.

Claire se mit à pleurer et dit « oui ».

Depuis sa chambre, Fred, soutenu par l'interne, les regardait au travers de la vitre. Il n'avait conservé aucun souvenir de ce qui s'était passé, mais à voir sa femme et sa fille, ainsi enlacées, il sentit monter en lui une émotion irrépressible.

— Vous avez eu un très grave accident… mais tout ira bien à présent…

Fred regarda le médecin et hocha la tête lentement, puis, en proie à un vertige, il se rassit sur le lit. Il tenta de forcer sa mémoire, mais seule lui vint l'image d'une nuée d'insectes volants dont le vol frénétique trouble les éclairages des nuits d'été. Leurs cadavres jonchent le sol au matin, formant une seule poussière de leurs élytres desséchés, un seul tapis de leurs abdomens racornis, comme autant de versions différentes d'un même destin qu'une balayette époussette et jette hors de la maison.

La pluie tombait encore à grosses gouttes mais les rafales de vent avaient considérablement diminué. En tous lieux la chaussée de l'autoroute était jonchée de branches, de feuilles et de mottes de terre arrachées aux monts voisins.

Xavier siffla entre ses dents en désignant une colline qui devait être entièrement couverte d'un bois quelques minutes auparavant. Une main de géant semblait avoir griffé le massif et couché les arbres sur son passage, creusant plusieurs tranchées au sein de la forêt.

Il remit le moteur en route et la 404 quitta son abri le long du bas-côté.

— C'est incroyable, fit Claire... j'ai jamais vu une violence pareille...

— Si, peut-être à Cuba... le jour de notre rencontre...

Claire acquiesça et lui prit la main, louant la prudence qui avait poussé son mari à s'arrêter quelques minutes avant le déchaînement de la tempête.

— C'était comme dans les hautes instances ! lança Raphaël, encore tout excité.

— Qu'est-ce que c'est les instances ? demanda Xavier.

— Dans son jeu, tu sais, fit Claire, laconique.

— Dans WOW, c'est les donjons les plus durs, on les fait en guilde ! c'est trash comme là sur l'autoroute, tu imagines le décor ? Y en a une qui s'appelle Hache-Tripe et...

— Bon, l'interrompit Claire, on avait dit quatre semaines de vacances, c'est quatre semaines sans WOW ou sans parler de WOW !

— Je vais jamais tenir, ironisa le gamin.

— Mon fils est drogué, soupira Claire.

— Hache-Tripe ? reprit Xavier.

— Oui, je l'ai fait avec Andro et Zewhitelolo, on y a passé toute la semaine dernière...

Xavier ébaucha un sourire interrogatif en direction de sa femme. Lorsqu'il remontait des cuisines, il lui arrivait de trouver son fils, rivé à l'ordinateur, pianotant de toute la rapidité de ses dix ans sur le clavier en se trémoussant sur sa chaise. Il savait vaguement que cela se jouait sur Internet, et que son fils et les siens étaient représentés par des personnages évoluant dans un monde imaginaire.

Dans son siège-bébé, Léa s'était endormie, indifférente aux tracas du monde réel.

— Ce sont des avatars, expliqua Raphaël, moi je m'appelle Uskul, et y a Lyloue qu'est ma copine...

— Quel âge elle a ?

— Vingt-six ans... elle est trop marrante... elle a une boucle d'oreille dans le nez... c'est une humaine...

— Ce sont des adultes ?

— Oui, et même eux ils jouent en famille...

Raphaël guetta dans le rétroviseur, une réaction de sa mère, mais celle-ci demeurait impassible, le regard rivé sur un nuage épais de fumée noire qui s'élevait dans le ciel à quelques centaines de mètres.

— Andro... Andromaque, par exemple... c'est une elfe, et c'est la femme de Halatakeu, un nain trop drôle... et leur fils Thalys joue aussi...

— Dans le jeu ou dans la vie ?

— Mais tu comprends pas ? Oui, ils sont mariés et c'est leur fils dans la vie, en vrai, en Bretagne... et c'est mes potes...

— Et ils jouent à ce jeu ?

— Ben oui. On se voit tous les jours.

— Non, vous ne pouvez pas dire que vous vous voyez, si c'est sur Internet...

— Mais si c'est pareil, on se voit, on se parle, on se connaît...

— Ça n'a rien à voir, c'est totalement virtuel..., maugréa Claire.

— Ah oui ? Alors si c'est si virtuel, répliqua Raphaël, pourquoi j'ai pas le droit de jouer quand je veux ?... hein ?

— À ton âge, il serait temps que tu fasses un peu la part des choses entre ces jeux, qui te donnent l'illusion du réel... pour, je te le rappelle, enrichir quelques types assez grassement...

Elle précisa à son mari :

— Il paye quand même un abonnement à ce truc de dix euros par mois...

— Et on est quatre millions dans le monde à y jouer, reprit fièrement Raphaël.

— T'imagines le pactole ? Quarante millions d'euros par mois... Je peux te dire que ceux qui empochent ça, ils savent où elle est la vraie vie.

— On ne peut jamais savoir quand on vit la vraie vie, rétorqua Raphaël.

Claire allait répliquer, lorsque la 404 arriva au sommet d'une côte et découvrit en contrebas une dépression naturelle entre les collines. L'épaisse fumée noire emplissait le fond de la cuvette. La rambarde centrale de sécurité avait été pulvérisée sur plusieurs centaines de mètres, jusqu'à un amas de ferrailles tordues et embrasées. On pouvait distinguer les débris d'un camion et d'une voiture. Un autre poids lourd, pratiquement intact, gisait en travers de la route, un peu plus loin.

— Arrête-toi..., murmura Claire, d'une voix blanche.

Xavier obtempéra et la 404 s'immobilisa en biais. Il ouvrit sa portière et sortit lentement. De hautes flammes s'élevaient au niveau de l'impact. Une odeur âcre de pétrole et de caoutchouc vint l'assaillir au détour d'un changement du vent.

— Ça vient d'arriver... quelques minutes à peine..

— J'appelle des secours !

Claire se précipita sur son sac et s'empara de son téléphone portable. Elle vit son fils qui commençait à détacher sa ceinture.

— Non, Raphaël ! Tu restes à l'intérieur !

— Mais quoi, maman ! Je veux voir...

— Raphaël ! tonna son père. Y a rien à voir, c'est un très grave accident !

Tandis que Claire communiquait les coordonnées de l'endroit où ils se situaient à l'opératrice de police secours, Xavier s'approcha à pas lents de l'accident.

Il entendit la portière claquer derrière lui et se retourna. Raphaël avait quitté la voiture malgré son interdiction et trottinait en direction du brasier.

— Raph ! Je t'ai dit non ! C'est dangereux !

Il le saisit par le bras et le ramena en direction de la voiture, tandis que la masse sombre d'un hélicoptère vrombissait dans le ciel au-dessus d'eux.

En un instant ils furent pris dans un tourbillon de fumée et de feuilles déchirées. L'appareil se posa à quelques dizaines de mètres et deux hommes en blouse blanche en jaillirent aussitôt.

Xavier maintenait à présent Raphaël solidement serré contre son ventre et le forçait à reculer. L'enfant sanglotait entre les bras de son père.

À l'arrière de la 404, Léa se mit également à hurler. Claire raccrocha et se précipita pour rassurer son bébé. Elle tenta maladroitement de le bercer, sans pouvoir décrocher son regard du brasier.

Quelques minutes plus tard, une berline foncée glissa silencieusement près d'eux.

À l'arrière, un homme à l'allure martiale se pencha vers son chauffeur et lui fit signe de s'approcher au plus près.

Claire se retourna. Un instant elle aperçut distinctement son visage et fut troublée par l'éclat inquiet de ses yeux clairs, l'intensité tragique qui semblait tendre ses traits.

Elle suivit du regard la voiture qui s'immobilisait un peu plus loin. Le chauffeur sortit pour ouvrir la portière arrière, mais son passager le devança et il déboula hors du véhicule, en même temps qu'une bourrasque l'enveloppait d'un épais tourbillon noir.

Pierre de Brécourt disparut à ses yeux, tandis qu'elle songea à ce qu'avaient pu être les vies certainement détruites des personnes impliquées dans l'accident.

Claire fixa les débris déformés des véhicules qui paraissaient d'une immobilité surnaturelle au milieu des remous des flammes et des fumées. Elle fut prise d'un étourdissement à la pensée que les corps de sa famille auraient pu se trouver figés au cœur du brasier. L'écart entre les véhicules et leur propre voiture avait été infime. Dans la tempête, et lors des moments la précédant, ils avaient été soumis à un semblable ensemble de forces le long des lignes de l'autoroute. Ils avaient constitué un système, dont, en voyant l'amalgame de métal lacéré, elle se dit que les siens avaient eu la chance de réchapper. Dans ce lieu, ou dans ce temps, n'était pas venue leur fin.

Elle serra si fort son bébé contre sa poitrine que la petite lui décocha un regard interrogatif. Pas inquiet. Juste étonné. Elle lui passa la main sur le front et l'enfant sourit, postant ses petites mains de part et d'autre de son cou, lui prodiguant sa chaleur.

Xavier et Raphaël s'approchèrent. Le père avait enserré l'épaule de son fils, maintenant apaisé. Ils vinrent se tenir à ses côtés, silencieux, partageant avec elle le sentiment de leur absolue fragilité.

Claire ressentit alors une infinie gratitude à l'égard du destin. Simplement d'être. D'avoir toujours été emplie de cette certitude sans avoir eu besoin de la moindre preuve.

Cela suffisait à lui faire éprouver le sentiment du bonheur.

Et tant pis si l'existence n'était qu'une illusion.

Composé par Nord Compo
à Villeneuve-d'Ascq

Cet ouvrage a été imprimé par

FIRMIN DIDOT

GROUPE CPI

Mesnil-sur-l'Estrée

pour le compte des Éditions Julliard
24, avenue Marceau, 75008 Paris
en avril 2006

Dépôt légal : mai 2006
N° d'édition : 47092/01 – N° d'impression : 79283

Imprimé en France.